# 홍원 명기 홍랑

-홍랑과 최경창의 애끓는 사랑 이야기

# 홍원 명기 홍랑

-홍랑과 최경창의 애끓는 사랑 이야기

문정배

미래문화사

# 홍랑이 저만치 가네

날마다
홍랑을 좇던 나에게
친구가 술값을 보내왔다
함관령을 넘을 때마다
마른 목을 축이라나.

밤마다
건들바람 불어
술잔에 그을린 노래가
녹아내린 창가에서
갈색 노을로 탈거나.

꿈마다
교하 솔밭 사이
난필을 꺾지 못해

바장이는 나를 두고
홍랑이 저만치 가는고야.

연전에 송도의 명기 황진이와 부안의 명화 이매창을 만나 대작
한 적이 있다. 이번엔 홍원의 명희 홍랑을 조심스레 만나려 한다.
그녀의 홍루(紅淚:미인의 눈물)를 지나쳐 갈 방법이 없기 때문이
다.

사백 년 전의 절기요, 의기인 홍랑은 고죽 최경창과의 세기적
사랑의 승리를 위해 날마다 가냘픈 육신을 불태워야 했다. 그러
기에 지금쯤 완전히 표백이 되어 있을 백설보다 하얀 홍랑의 영
혼을 만나 볼 수만 있다면 다시없는 기쁨이겠다.

오, 저기 붉은 태양 가까이 황금빛 찬란한 원삼을 입고 있는 홍
랑이 보인다. 누군가가 홍랑의 머리 위에 화관을 놓는다. 이승에
서나 저승에서나 갖는 걸 싫어하는 홍랑은 그것도 싫어서 천궁
(무지개)의 한쪽 끝을 들추어 숨으려 한다.

내 빨리 가 막아서야 하겠다. 그리하여 가성(佳城:무덤의 미칭)
에 갇힌 홍랑을 묏버들 가지로 고복(초혼)해 그 옛날 선녀가 무더
기로 내렸다는 일산의 강선마을로 안내해야지. 호수공원 난간에
기대어 최서방 이야기도 듣고, 함관령을 울고 넘던 애달픈 사연

도 들으련다.

아, 저기 누구인가! 홍랑이 나를 향하여 다가온다. 왜일까. 내가 잘못 중얼거린 것일까. 가슴이 두근거린다.

"길을 잃으신 건가요?"

"아니옵니다."

"제가 아는 분이던가요?"

"이 천첩을 초대하지 않으셨던가요?"

"누구시온지?"

"홍원댁이옵니다."

"그럼 홍랑?"

"네."

"어허, 홍원의 명원 홍랑을 여기서 만나다니, 내 복인이로세."

"죄 많은 무자리의 딸이옵니다."

"예끼 이 사람, 무슨 말을 그렇게 고약스럽게 하는 겐가."

"사실인 것을요."

큰일이다. 행여 홍랑을 잘못 다루었다가는 큰코다칠 것 같다. 내 처음부터 조심하겠다고 다짐은 하였지만, 그래도 죽이 되든 떡이 되든 노가리를 풀고 볼 일이다.

"그나저나 홍원의 홍군(미인)을 만났으니 오늘은 일산에서 천도를 해드려야 하겠구려."

"아무렴, 첩도 계림(문단)의 문사를 만났으니 지난날이 일흥 윤택해지지 않겠나이까."

"그런가! 이제야 죽이 맞는군."

"풀솜을 고르듯이 버무러나 볼까요?"

정말 행운이다. 대명천지 대로에서 홍랑을 만나 수작을 걸 수 있음 행운이 아닐 수 없다. 한 세기를 시작하는 문턱에 걸린 작은 사건임에 틀림이 없다.

정지된 영혼이라서 그런 건가, 나보다 젊어 보인다. 그보다는 우수가 정수리에서 발끝까지 휘어감긴 이 여인에게 내가 해줄 수 있는 것은 무엇일까, 고민해 본다. 도대체가 신의 장난이 아니라면 더더욱 고심해야 한다.

이제부터 독자들은 단산과 홍랑과의 심각하고도 멋스런 대화를 계속 들어야 한다. 나 단산은 시리도록 맑은 홍랑의 눈빛을 파고들어가 조선조 중기에 부서진 한 여인의 애절한 일대기를 들춰 보련다. 이를 고죽이 옆에서 도와주면 더욱 좋겠고…….

2001년 5월에
일산 강선마을 우거에서
단산

# 차례

# 도래솔 양지 곁에

도래솔 양지 곁에 깊이 잠든 임이여
고운 음성 듣고자 엎드려 있사오니
도솔천 가깝거든 놀란 듯 깨어나소서.


화창한 봄날이다.

교하를 뒤로 홍랑과 함께 일산을 향해 걷노라니, 종다리 높이
시새움한다. 한 무리 참새떼도 부서진 겨울을 털어내며 후드득
날아오른다.

어디서 날아왔는지, 아까부터 노랑나비 한 마리가 주위를 맴돌
며 봄볕을 붙잡으려 펄럭거린다.

길가 언덕에는 파릇파릇한 새싹들이 우리들의 밀어를 훔쳐내려
고 옹기종기 모여 있다. 가끔씩 뜬구름도 걸음을 멈추어 머뭇거
린다.

어찌할거나. 우리도 이같이 봄나물 버무리듯 버무려나 보자 할
거나. 둘이서 한세상을 마름 엮어 가잘거나. 아니면, 동백꽃 향
기보다 더 향기로운 대화를 하잘거나.

어찌 되었거나, 홍랑과 함께 하는 시간이 지루하지나 않았으면 좋겠다. 우선은 저 애수 어린 홍랑의 눈빛 속에 감추어진 시린 언어들을 찾아내고 볼 일이다.

"나비 한 마리를 보시더니 상념에 잠기신 것 같소이다."

"옛일이 생각나서……."

"옛일이라면 고통스러웠던 날들이 먼저 떠오르시겠지요?"

"그러네요. 어른님(고죽) 묘하에서의 일들이 솜구름처럼 떠오르네요."

"그 춥고 떨리던 일들 말입니까? 그야 홍원댁의 마지막 버티기가 아니었나요?"

"글쎄요. 당신(고죽)의 묘하에서 십수 년을 보냈습니다. 함께 죽지 못한 여자의 길이었지요."

"얼굴을 훼손하기도 하셨다지요?"

"그 일을 어찌 문사께서 아시는지요?"

"내가 누구입니까. 이래봬도 한가락 하는 방안퉁수가 아닙니까. 《회은집》을 넘겨다 보았지요."

이렇듯 홍랑과 함께 하는 시간은 역으로 거슬러 가는 것이라서 최근부터 상고에 이르게 된다. 그래서 홍랑의 일생이 끝부터 시작이 되어도 이상할 게 하나도 없다. 그렇다고 계속 거꾸로만 가는 것은 아니다. 어느 한 시점에 도달해 멈춰서면 옛일이 서서히 드러나게 되는 것이다.

"그래요. 얼굴을 상하게 하고 있어야 내가 편했습니다."

"무슨 말인지 알 것도 같습니다. 그래도 그렇지……."

"날마다 생과 사랑과 죽음이 무엇인지를 파고들며 생명을 소진하고 있었지요. 결코 세상 역겨움이 아니었기에 견딜 수 있었습니다."

"깨달음이 있었는지요?"

"물론이옵지요. 모든 것이 행복으로의 줄달음이었습니다. 더욱이나 당신 곁에 있었기에……."

"지독한 사랑이네요."

"지독한 독부의 사랑이었지요. 어느 날은 손등에 떨어진 눈물을 보고 나비가 날아와 빨다 가더라구요. 이내 곧 그 나비가 당신이었음을 알았습니다."

"그래요?"

"생명은 곧 사랑이기 때문입니다."

홍랑은 역시 대단하다. 금방 나와 비교가 되어진다. 홍랑 앞에서 자꾸만 작아지는 나를 발견하게 되기 때문이다. 이렇듯 내가 미망에서 깨어나지 못하는 것은 홍랑의 지고지선함이다. 이제는 날 살리든가, 죽이는 것은 홍랑에게 있음을 고백 아니 할 수가 없다.

"홍희 씨, 대단하십니다. 무슨 말이든 막힘이 없으시니 어찌 소생이 놀라지 않겠습니까!"

"아니, 갑자기 홍희라니요?"

"그야 홍원골 여자라는 말이지요. 이제 후인은 청절과 열정과 덕망을 갖춘 미인의 이명을 홍희(洪姬)라고 추가하게 될 것입니다."

"그렇다면 싫지는 않네요."

"그렇다면 비행이나 계속하십시다."

"날더러 계속 시부렁거리란 말인가요?"

"시부렁거리다니요. 여부인께 어찌 그런 말을 할 수 있겠습니까."

"아니면 말구요. 그보다는 관북 기녀들이 왜 용비어천가를 잘 불렀었는지 알겠습니까?"

"척하면 삼척이지요. 함흥이 그쪽에 있지 않습니까."

"묻지 마라 갑자생이네요."

"그렇고말고요. 그래서 가끔은 왕따를 당하기도 하지만……."

"왕따라니요?"

"그런 게 있습니다. 그보다는 도래솔을 휘돌던 이야기나 계속 들으렵니다."

"자꾸만 눈물 나게 하려 하시네요."

"죄송합니다. 도래솔 양지 곁에 자는다 누웠는다로부터 시작해 봄이 좋을 듯싶습니다."

"그럽시다래. 산수갑산을 갈 때 가더라도……."

"그러시담, 둘이서 우선 한가락 해봄이 어떨까요. 초장 중장을 시생이 엮을 터이니 낙구를 이으시기 바랍니다."

"까짓것, 그럽시다."

"도래솔 양지녘에 깊이 잠든 임이여, 고운 음성 듣고자 엎드려 있사오니……."

"구천을 지났거든 꿈이런 듯 깨어나소서. 됐습니까?"

"됐다마다요. 아주 좋은 결구로소이다."

"가월(3월의 미칭)에 만난 문서방과 그런대로 대화가 되고 있으
니 다행입니다그려."

"아니면 돌아서려고 했는감요. 몸엣것(월수) 흘러내린 소녀처럼
말입니다."

우리들은 어느덧 신도시로 접어들어 강선공원 나무 벤치에 함께
앉았다. 그런데 갑자기 홍랑의 자태가 바뀌었다. 그야말로 눈 깜
짝할 사이에 변장을 했다. 여염 부녀의 모습 바로 그것이었다.

홍랑이 산과 더욱 가까워지고 싶은 모양이다. 그래도 정신을 바
짝 차려야 한다. 이 우둔한 자를 끌고 다니다가 어느 길가에서 내
동댕이칠지도 모를 일이기 때문이다.

"사람들 모두가 행복해 보이네요."

"그렇게 보이나요. 그런데도 저마다 고통의 짐이 무겁다고 아우
성이지요."

"그래요! 뜻밖입니다."

"저마다 고해에 넘실대는 파도타기를 하는 거랍니다."

"차림새는 화려하게 보이네요. 그러니 저들이 치장만 할 뿐 내
면은 가꿀 줄 모르는 모양입니다. 내가 좀 가르쳐 줄까 싶네요."

"참으세요. 저들에겐 오직 오늘만 있을 뿐 내일은 없답니다."

"그렇다면 어제도 없겠네요?"

"그렇습니다. 동물적 본능만 있는 것이지요. 오로지 생물학적
말초신경만 발달해 있답니다."

"세상 참 재미 없게 사네요."

"그렇습니다. 그러니 그 이야기는 접어두고 다시금 잔솔밭으로 가자구요."

 만물은 시공이라는 두 축에 묶여 있다. 따라서 시간은 흐름이 있고 공간은 벽이 있다. 그런데 이를 초월하여 홍랑과 동좌해 있으니 꿈만 같다.

 보춘화 향기보다 진한 향기가 어디로부터 오는 것일까. 천상의 여와 치맛자락에서 나오는 것일까. 아니다. 홍랑에게서 풍겨 나오는 것이 분명하다. 서럽고 서럽고, 서러운 홍랑의 향기이다.

"다시 눈물이 나면 어찌하지요?"

"아직도 남아 있는 눈물이 있습니까?"

"옹달샘 마른 날을 보셨는지요. 신은 그 샘물이 마를까 봐 거두어들인 눈물을 그곳에 다시 붓는답니다."

"그렇군요. 어쩐지……."

"그래도 난 그분의 묘하에서는 절대로 울지 않았습니다. 왜냐면, 당신이 싫어하실 것을 알았기 때문이지요. 오로지 당신의 명복을 비는 몸짓 하나로 행복했습니다."

"거짓말도 잘 하시네요."

"속아만 살으셨남. 그래요. 눈물이 나오면 입술을 사려 물었지요. 꼭꼭……."

"피눈물이 따로 없었겠습니다."

"그리울 때면 당신의 묘에서 풀잎 하나하나를 세었지요. 하늘 아래 당신과 내가 태어났음을 감사하면서 말입니다."

 정말이지, 지독한 사랑이다. 생명보다 사랑이 먼저였음이 확실

하다. 그렇지 않고서야 우주의 존재 원리와 질서는 없을 것이기

때문이다.

 범부에게 있어 3년도 해내기 어려운 수묘를 홍랑은 십수 년을

지켜냈다. 누가 조선의 여인을 경외하지 않으랴! 누가 있어 홍랑

의 청절을 어엿브다(가엾다) 하지 않으랴!

 조선조에는 못다한 효행을 소급하기 위해 선친의 묘하에서 고행

하기를 마다하지 않았다. 그러니 시묘중인 자는 왕도 함부로 부

르지 아니했다. 부모에 대한 효행을 막는 것이 되기 때문이다.

 아무튼 시묘란 것이 보통 험난한 고통이 아니었다. 묘하에 초막

을 지어 그곳에서 피죽을 끓여 먹으며 아침 저녁 문안은 물론 벌

안을 단속해야 했다.

 추운 겨울에는 동사하는 자도 있었고, 견디지 못해 중도 포기한

자도 있었다.

 "그래 그 추운 겨울에는 어찌하였는지, 상상이 가지 않습니다."

 "인내의 연속이었습니다. 더욱이 이 천첩에게는 처음부터 여막

이란 없었습니다. 누가 지어 줄 분도 없었고, 내가 지을 재주도

없었지요. 그러니 먹는 것, 자는 것이 어떠했겠습니까. 세안도

제대로 못해 산귀신이었습니다. 밤은 왜 그리도 길고 길었던지.

가슴을 으깨면 으깰수록 별빛은 더욱 초롱초롱 빛나 보였습니다.

그처럼 나 혼자만의 고독에 떨고 있을 땐 소쩍새도 자기 혼자라

고 울어대더군요. 정말이지, 나보다 더 서럽고 원통했을 촉제를

생각하니 위안이 되더라구요. 그래 천년을 울어대는 촉혼이 있을

진대, 살아서 당신 곁에 숨을 쉬고 있는 난 너보다 행복하다고 생

각하며 모든 것을 참아낼 수 있었습니다."

"이성과 감성의 소용돌이였군요."

"모르겠어요. 고뇌의 골짜기를 걷노라니 한 무더기 불빛이 늪에 빠져 있더군요. 그러나 어두움의 저편에 펼쳐지는 꿈길이 있었기에 얼마나 다행이었는지 모릅니다."

"소생이 알아듣기가 어렵네요. 현실은 어떠했었던지를 알고 있습니다."

"그럴까요. 동네 어귀를 돌아다니다가 어쩌다 버려진 옷가지를 모아서 겹겹으로 껴입었고, 끼니는 피죽도 늘 모자랐습니다."

"피죽이란 게 도대체 무엇입니까?"

"피사리한다는 말은 들어 보았겠네요?"

"그건 들었습니다."

"농작물과 함께 자라는 것으로, 논둑이나 밭둑, 또는 개울에 난 피의 열매를 손으로 거두어 두었다가 불어터지도록 끓여 먹었지요."

"아니, 최씨 문중에서는 그걸 몰랐다는 말입니까?"

"처음엔 몰랐지요. 미친 거렁뱅이를 누가 알아보았겠습니까. 도움받기도 싫었구요."

홍랑의 나이 스물일곱 적 일이다. 지금 같으면 겨우 시집 장가 갈 나이이다.

고죽이 44세로 졸하니, 홍랑은 파주 교하 고죽의 묘하에서 그 지독한 고행을 자청했던 것이다.

미망인, 함께 죽지 못한 죄가 그처럼 큰 것이라면, 누가 힘들어

자식 낳아 기르겠는가. 세상사 고해라지만, 사랑의 죄가 그토록 처절한 것이라면 모두가 태어나지 말았어야 한다.

1583년 가을부터 9년을 지나 임진왜란 7년 후 다시 5년 여 죽지 못해 홍랑은 그토록 눈물겨운 삶을 살았다.

무엇을 확인하기 위한 몸부림이었을까. 여자의 일생에서 빛을 거두신 당신은 누구인가. 홍랑의 일생이 너무도 시려서 접하기가 겁이 난다.

어쩌다 먹을 것을 위해 억지 불을 피우며 힘없는 입김을 불어댔을 홍랑을 생각하니 화가 난다. 왜, 왜 삼신할멈은 좋은 사람과 함께 죽도록 점지하지 못했을까. 미워지는 삼신할멈이다.

눈물 콧물이 뒤범벅 된 얼굴을 가리기 위해 한사코 고개 숙인 홍랑은 무슨 꿈을 피워 올리려 했었을까. 신에게 묻나니, 빛을 가린 죄가 어디 홍랑만인가? 결코 아름다울 수 없는 홍랑의 일생을 거두어 어찌하려 하시는가? 어느 여인이 딸 낳아 금지옥엽 키우겠는가?

범인은 3년은커녕 석 달도 어려운 일이거늘, 마지막 생명의 불꽃이 시들 때까지 다스린 홍랑은 신도 용서 못할 독부였다. 철녀요 절녀를 넘어 달리 이름할 수가 없다.

여인의 가슴속 붉은 응어리가 혹한도 녹여 낼 수 있는 것이라면 참으로 위대한 섭생이다.

그렇다. 홍랑의 눈물은 저 세상에서 기름이 될 터, 빛 가운데 있을 것이 분명하다.

"그런 가시밭길을 가느니, 나 같으면 그냥 자진해 버렸겠네요."

“이보세요, 문씨!”

“제가 실언을 했나요?”

“주인 없는 강아지도 그리 쉽게 죽지 않으려고 온 촉각을 다 동원한답니다. 하물며 사람이…….”

“잘못했습니다. 꼬리를 내리겠습니다.”

“그러니 방정 떨지 말고 들으세요.”

“유구무언하리이다.”

“생명은 축복입니다. 만물지중에 최귀한 인간으로 태어남은 축복이랍니다. 더욱이나 사지가 온전한 몸이라면 축복 중의 축복이지요. 문사께서는 그런 생명을 함부로 할 수가 있겠습니까?”

“…….”

“그처럼 소중한 생명을 가꾸는 동안 자신보다 남을 위해 살 때 하늘은 상을 내리게 되며, 남을 위해 죽음을 불사하게 될 때에는 더욱 큰 상을 내린답니다.”

“사후의 상이 무슨 의미가 있겠습니까?”

“모르시는 말씀, 희생보다 큰 사랑이 어디에 있겠습니까! 나의 생명이 타인의 고귀한 생명을 위해 희생될 때 신도 그 자리에 열복되어 떠날 줄을 모른답니다. 그 이상 사랑의 굴복이 어디 있겠습니까.”

홍랑이 지금 우주적 사랑을 설한다. 그렇다. 사랑의 질서는 먼저 주는 데 있다. 주고 또 주는 것이다. 그래야 영원히 돌고 도는 우주가 있게 되는 것이다. 태초에 수소 원자가 하나밖에 없는 전자를 서로에게 주려고 하다가 공유결합이라는 물질이 있게 되었음을 안다.

"그보다는 파주에서의 그 시린 혈투에 관심이 큽니다. 용서하신다면, 그 길고 긴 나날을 지탱해 낼 수 있었던 비결이라도 듣고 싶습니다."

"정히 그렇다면, 비결이 아닌 비방을 하나 알려드리지요. 우리의 만남에 실속은 있어야 되지 않겠는지요."

"그렇고말고요."

"우리의 주위에는 신기한 일들이 많습니다. 이를테면 장닭이 알을 낳는다든가, 소나기 지난 뒤 미꾸라지가 하늘에서 떨어진다든가 하는 것 말입니다."

"정말 그렇습니까? 소인이 속신(俗信)에 관심이 많은 편인데, 그런 경우는 속실(俗實)이라고 해야 되겠습니다그려."

"속신이든 속실이든, 방정 떨지 말고 들으라구요!"

"예예, 여부가 있겠습니까."

"정말이지, 죽으란 법은 없더군요. 가을이면 볏짚으로 짚더미를 만들어 두었다가 그 속에 들어가 있으면 참으로 따뜻했습니다. 초막을 걱정할 일이 전혀 없었어요. 여름엔 시원하지, 겨울에는 너무도 따뜻해서 땀이 나기도 하더라구요."

"그렇군요."

"봄이면 쑥을 뜯어 말려 두었다가 손으로 비벼 분말을 만들어 물에 타 마시거나, 끓여 먹으면 그것으로 민생고는 해결되었습니다. 일년 내내 그것만 먹고도 거뜬했어요."

"……."

"저 세상에 가서 알고 보니 쑥만 먹고도 살 수 있다 하더군요."

"신은 마지막 걸작인 인간을 위해 철저히 준비해 두었군요."

"아무튼 짚과 쑥만 있으면 더 이상 걱정할 게 하나도 없었지요. 나물 먹고 물 마시고, 등 따시고 배부르고, 날마다 소쩍새가 지켜 주니 더 바랄 게 없었습니다."

이토록 질긴 인간의 생명은 어디로부터 오는 것일까. 인간은 신의 생기를 천사가 접붙임하여 태어난다고 들었다. 그처럼 귀한 생명이 현세상 살다가 죽어지면 다시금 천사가 그 생기를 거두어 빛의 본체이신 신에게도 되돌려 드린다고 했다.

그러나 죄 많은 영혼(생기)은 어디에 두고 다스리실까. 백설보다 하얀 홍랑의 영혼은 하나님 가까이 가 있을 것이 분명하다. 그렇지 않고서야 홍랑의 눈빛이 저토록 영롱할 수가 없다.

"그래 꿈마다 낭군이 찾아들던가요?"

"늘 같이 있음인데, 찾아들고 말고가 어디 있겠는지요."

"그래도 임의 음성 듣고 싶어 엎드려 있사오니 도솔천이 가깝거든 놀라 깨어 나시라고 하지 않았던가요?"

"물론이지요. 일어나 다시금 봄나물 버무리듯 버무리자고 했었지요."

정말 지독한 홍랑이다. 그것도 행복이라고 말하는 이 여인은 사람이 아님이 분명하다. 어찌 그게 인간의 길이랴.

하늘을 우러러 한 점 떨림이 없는 홍랑이다. 죄 많은 고죽의 손을 씻기 위해 날마다 흘린 홍랑의 눈물이라니, 신보다 먼저 입맞추련다.

잔솔밭 양지녘에 홀로 잠든 임이시여
다정히 잠들고자 곁에 홍랑 있사오니
구천을 지났거든 어서 돌아 나오소서.

# 난향에 취한 임이

난향에 취한 임이 계절을 잊었는가
여름이 다 가도록 돌아올 줄 몰라
국향에 취한 나도 계절을 잊을레라.


  그래, 이 봄에 난향보다 더 좋은 꿈 같은 시간이 주어진다 해도
정신만은 잃지 말아야 한다. 이 순간이 영원히 정지된다 하여도
여인이 옆에 있음에 그 아니 좋은가.
  "풀솜을 고르자고 하였던가?"
  "그러하옵니다."
  "느낌이 좋군."
  "느낌이 좋다니요. 무슨 의미옵니까?"
  "오해하지 말게나. 만남이 나쁘진 않다는 말이로세."
  "사백께서는 말끝마다 반말이군요. 적어도 저 세상에선 상하가
없답니다. 이 위대한 나라에서 대화만은 공평해야 되지 않겠는지
요."
  "어허-"

“어허라니요. 어허 둥둥이라면 모를까.”

“어허 둥둥은 또 무슨 말이던가?”

“오해하지 마세요. 춘향가 한 가락일 뿐, 다른 저의가 있는 것은 아니랍니다.”

“저의라, 저의는 귀신도 모른다지?”

“장부가 말꼬리를 물고 늘어지는군요. 시시해서 원, 중이 절 보기 싫으면 떠난다고 했던가요?”

“이 사람, 시시하게 말꼬리 후려치는 것 보게나!”

“아무렴, 말 받아치기는 째비가 되지 않을 터이니 침묵하는 게 좋을 겝니다.”

큰일이다. 분명 잘못된 만남 아닌데도 피곤하게 되었으니 이도 팔자소관인가 보다. 내 주변머리가 없어 늘 변방만 치고 다녔는데, 이번에야 진짜를 만나 한수 배워야겠다.

“이로가 정연하신 명원께서 미거한 이 사람을 만나심은 쉬 이해하지 못할 일일진대, 그 연유를 밝히어 주시겠나이까?”

“금방 점잖아지는군요. 지금 이 시간 쉰네의 비극적 결정으로 시백을 만나고 있는 중이옵니다. 그러니 고마운 쪽이 어느 쪽인지는 아시겠구려.”

“예, 알다마다요. 시백으로 불러 주시니 더욱 몸둘 바를 모르겠소이다.”

“그럼 하나 물어봅시다. 황혼녘의 태양이 더 붉은 이유를 아시겠는지요?”

“퍽이나 신선한 질문을 하시는군요. 그야 마지막을 아름답게 하려는 신의 배려가 아닐는지요."

"퍽이나 신기한 대답을 하시네요. 반짝인다고 다 금은 아니지요."

"그럼 다른 의미가 있는 것이오니까?"

"그럼요. 어두움도 빛만큼 소중하다는 암시랍니다."

"대단한 발상이십니다. 하면, 문자도 하나 묻겠소이다."

"그러시구려."

"하늘이 왜 저토록 푸르른지를 아시는지요?"

"푸른 바다 때문일 겝니다."

"아닙니다. 하늘이 저토록 푸르른 것은 인간사 퍼렇게 멍든 사연만을 채집해 두기 때문이랍니다."

"그렇군요. 이제 보아하니 함께 홍우(紅友:술의 미칭)를 불러도 좋을 것 같습니다."

"고맙습니다. 만남은 설레임이라더니, 오늘은 돈자(자기 겸칭)가 실수나 하지 않았으면 좋겠습니다."

"계속 겸손하시구려."

"여부가 있겠나이까. 어떤 만남이온데-."

어찌 되었거나 지금 그런대로 대화가 되고 있으니, 잘만 하면 홍원댁을 오래 붙들고 있을 수 있을 것 같다. 고죽(최경창)이 나타나 산통만 깨지 않는다면 얼마나 좋으랴. 정말 오래 살고 볼 일이다. 단산도 명희(명가의 이칭)를 만날 수 있다는 사실만으로도 황홀하다.

이왕지사 만난 김에 장수의 비결이나 물어볼까 싶다. 약한 체질에 부질없는 짓이라고 금방 나무랄 것 같지만 밑져야 본전이 아니던가. 미친 척해 보련다.

"기왕지사 만난 김에 하나 물어봅시다. 화는 내지 마시구려."

"그럽시다래."

"장수의 비결을 일러주실는지요."

"화는 내지 않겠다 했으니 참으렵니다. 그러나 문사의 수준에 문제가 있는 것 같습니다."

"속물이라서……."

"다시 보아야 하겠습니다!"

"화를 내시는군요."

"좋습니다. 장수의 비법을 하나 알려드리지요. 나를 버리십시오. 그러면 오래오래 사실 겁니다."

"나를 버리다니요?"

"무욕을 말하는 겝니다."

"그야 세인도 다 아는 불가의 법어가 아닌지요."

"그렇습니다. 저 세상에 가면 욕척(慾尺)이라는 자가 있어 살아생전 욕심의 길이만큼 고통이 주어진답니다."

"정말입니까?"

"정말이고말고요."

"나야 그 욕척에 걸릴 일 없으니 고대 죽어도 두려울 게 없소이다."

"그러기에 길동무를 하는 게지요."

대단한 수확이다. 저승에 업경대가 있고 업보의 저울이 있으며 아수라의 포승줄이 있다고 들었지만, 욕척까지 있는 줄을 이제 알았으니 조심하고 또 조심해야 하겠다.

이토록 어려운 만남을 두고 무심함도 고약한 일인지라, 이것저것 계속 물어볼까 싶다. 홍랑의 핏대를 살살 올려주면 여러 가지가 기어나올 것도 같다. 유사 전무한 만남인데, 이 절호의 기회를 그냥 넘김은 단산의 도리가 아니다. 참을 수 없는 단산의 호기심에 상처를 입게 됨은 친구가 더욱 용서치 않을 것 같다.

단과 기, 선과 축 근처에도 아니 가본 내가 명부(저승)로의 유영은 순전히 홍랑의 홍은이다.

어쨌거나 꿈을 꾸는 것도 자유이지만, 꿈을 깨는 것도 자유가 아니던가. 어차피 신은 바빠서 내 곁에 올 가망이 없으니 내 혼자서 이 고행의 길을 가야 한다.

아무튼 나의 올무에 걸려든 홍랑을 쉽사리 놓아줄 내가 아니다. 놓았다 당겼다를 계속 반복하다 보면 홍랑이 오줌소태에 저려 영원히 아니 갈지도 모른다.

그러니 불쌍한 홍랑을 눈물의 강에서 빠져나오게 하는 것도 필생의 보람일 것 같다.

"뭐라고 중얼거리는지요. 이것저것 물어보려고 벼르는 것 같네요."

"뜸을 들이고 있는 중입니다. 시생이 감히 벼르기야 하겠습니까. 다만 소생의 속내까지 알아내시는 것 같아 황공무지로소이다."

"낮은 포복을 하시는군요."

"그나저나 우리의 만남이 어떻게 가능한 것인지, 그것이 궁금할 뿐이옵니다. 차원이 다른 세계이기에 말입니다."

"너와 내가 없고 가고 옴이 없다는 말을 들어 보았는지요?"

"여래의 설법이 아니옵니까. 아무리 무식하기로 그 정도도 모르겠습니까."

"어쩌다 들은 풍월이겠지요."

"아니올시다. 아직은 사단에서 방구도 못 뀌는 쫄다구지만 깔짝깔짝 씨부렁거리는 성미라서 누구든 날 잘못 건들었다간 개값 치르게 돼 있습지요."

"아니 이 양반이 삐딱선을 타고서 어디로 가는 겁니까!"

"괜시리 오도방정을 떨고 있는 중이옵니다."

"정신을 차리세요!"

"내골스러운 세상 이렇게 해롱해롱하다가 가버릴려고 그렇습지요."

"이 양반 태생이 어디이길래 이처럼 꼬일 대로 꼬였을꼬."

"그래도 이 개똥쇠의 노가리를 계속 들어야 할 겝니다."

"아이고, 딱하네요. 그렇게 히득거리다가 삼천포로 빠지는 날에는 두억시니(잡귀)가 귀신도 모르게 잡아갈 겁니다."

"될 대로 되라지요. 개떡 같은 소리 하다가 파도가 날 때 나더라도 할말은 하고서 거꾸러지려고 그럽니다."

"철딱서니 없이 그렇게 까람만 부리지 말고 내 말을 들으세요. 붓다의 설법을 이야기하다 말고 시부렁삽작이 되어 버리지 않은 감요."

"내 말이 순 엉터리 같지만 가식으로 도배가 된 놈들에겐 피가
되고 살이 될 수도 있다는 얘깁니다."
"아무튼 그만해요! 안 그러면 부지갱이로 그냥……."
"그것도 요즘 말로는 빠떼루를 준다고 하는 겁니다요."
"……."
"왜 도리질을 하십니까. 쫌스럽게 개구라 쳐 보아야 시간 낭비
라는 거지요?"
"잘 아시네요. 얼토당토 않는 소리로 계속 피곤하게 하면 일어
서렵니다."
그만해야 되겠다. 무엇이든 지나침은 아니 함만 못하다.
그러나 순간순간 내 존재에 대한 흔적들을 남기고 싶어 발버둥
치는 것쯤 알아주었으면 좋겠다. 때로 숨이 막혀 허우적대면 옆
에서 세상 버리지 말라고 울며불며 말리는 여자 있어 차마 자진
도 못하고 돌아눕는다.
참으로 낙오자이다. 사뭇 뒤처져 있다. 핸드폰이 없고, 컴퓨터
도 없고, 자동차도 없다. 바보가 따로 없다. 팍 죽어버릴까. 그래
도 그렇지, 천국문에 걸릴 냉장고 하나가 마냥 걱정인데 마누라
바가지까지 등 뒤에 한짐이다. 그래도 늘 행복한 것은 나만의 공
간에서 이처럼 노래하고 있음이다.
이른바 넋두리도 이 정도면 수준급이 아닌가. 허나 정신을 차리
고서 원위치로 복귀해야 하겠다. 엉뚱한 데서 헤매 보아야 소득
이 없을 터이니, 제자리로 가서 홍랑을 붙들고 늘어져야 죽사발
이라도 면할 것 같다.

"여인이여 다시 말하노니, 우리의 만남이 어떻게 가능한지를 하교하여 주시옵소서."

"장부가 비굴하게 아첨까지 동원하시는군요."

"당신의 영토에서 죽으리이까!"

"가관이십니다. 그래 그 굴복이 가상하여 밝히리이다."

"받아 쓸까요?"

"마음대로 하시구랴!"

"알겠습니다."

"능금은 능금나무 가지에 열린다고 하였습니다. 3차원의 열매가 4차원이라면 모름지기 함께 있어야 할 것입니다."

"열매라니요?"

"석두이십니다. 3차원에서 거두어진 열매라면 4차원의 영혼이 아니고 무엇이겠습니까."

"그렇군요. 유·무형의 세계가 함께 있다는 얘기로군요."

"그렇습니다. 시간과 공간을 초월한다는 4차원의 세계는 곧 3차원의 세계와 함께 있다는 얘깁니다. 그러니 그 어떠한 신비스러움도 3차원이라는 실체 속의 다양한 현상에 지나지 않는답니다."

"아아……."

"인간의 무지가 무형의 실체세계를 규명해 개발하지 못한 탓으로 인간의 기능은 지금 불구입니다."

"알쏭달쏭하기도 하고……."

"아무튼 인간이 말하는 4차원이라는 그 어떤 세계는 무형의 기, 그 이상도 이하도 아닙니다. 그런데 세상 사람들은 그 무형실체

인 기(우주적 에너지)를 우주의 원초적 존재로서의 절대자 또는
조물주라고 잘못 말하고 있는 거지요. 다시 말해 우주적 힘이란
이성을 가진 존재가 아니다는 사실입니다. 모든 것은 능금나무의
뿌리와 종대와 가지와 잎과 열매라는 실체 속에 녹아 있는 것이
지요. 그러기에 복잡한 염색체의 구조를 규명해 내듯, 초자연의
세계도 정확히 알아내야 합니다.”
“여사께서 도와주시면 나라도 금방 풀어낼 것 같습니다만.”
“소녀도 그걸 모르니 답답할 뿐입니다.”
“이미 그 길을 걸어오지 않았던가요?”
“함께 어울려 있는 세상이라고 말하지 않았던가요.”
“……”
“더욱이 유형실체가 있는 쪽이라야 무형실체의 구조를 파악하기
가 쉽겠지요. 혼백이란 실행에 옮기는 데는 언제나 한계가 있게
마련입니다. 체가 없으니 이성만 있을 뿐 나뭇잎 하나도 마음대
로 움직일 수가 없답니다.”
“홍여사, 하례하옵니다. 너무도 다식하십니다.”
“저쪽에서 들은 풍월입니다.”
“이 시간 이 가르침을 결코 잊지 못할 것이옵니다.”
그래 홍랑을 이처럼 끌고 다니다가 언제쯤 놓아 줄까. 아직은
아니다. 언젠가는 최서방에게 넘겨주어야 하겠지만, 지금은 아니
다. 이 악바리에게 코를 물린 이상 그녀를 보내고 안 보내고는 순
전히 내 맘이다.
한 세기에 한 송이가 필똥말똥한 해어화(解語花:미녀, 기녀)가

1500년대에는 무려 세 송이나 피어올랐다. 송도의 명기 황진이와 부안의 명화 이매창, 홍원의 명희 홍랑이 그들이다. 뉘라서 홍랑의 일생을 서럽다 하랴.

조선조 11대 중종에서 14대 선조 연간에 피어난 세 송이 해어화는 참으로 명희 중의 명기였다. 몸뚱이를 적절히 내맡긴 황진이가 해당화 해어화라면, 평생 그림자 하나를 따른 이매창이 해바라기 해어화요, 끝까지 의리와 절의를 다한 홍랑이 매화로서의 해어화이다.

이제사 청구의 언덕에 곱게 핀 홍매 한 가지를 받쳐들고서 단산의 노래는 시작되고 있다. 고저 장단 강약 조절을 잘하여 한 가락 멋지게 뽑으려 하니 걱정이 앞선다. 나만의 공간에서 조심스레 노래해야 하겠으니, 미친 바람이 훼방이나 놓지 말았으면 좋겠다. 그것이 필경 비가(悲歌)일진대, 누구든 눈물단지를 하나씩 준비해 두라고 말하지는 않으련다.

나의 탐매(探梅)가 술 한잔 걸쳤다 하면 어느 방향으로 뛸 줄을 모르니, 그대도 긴장해 있어야 한다. 현대의 속도전에서 날 놓치는 날에는 내 설화의 독자가 아니기 때문이다.

‘매화’ 하면, 여인의 사랑과 봄의 전령으로 인식되게 마련이다. 또는 순결과 정절과 다산으로 상징되기도 한다. 청화백자에서 매죽문은 곧 절개라는 뜻이다. 성삼문께서 자신의 호를 매죽헌(梅竹軒)이라고 하여 단종에 대한 충절을 암시했음이 그것이다.

산의 매화타령은 계속된다.

매화는 궁중의 속어로 똥을 말하기도 한다. 그러기에 형방에서 변기를 매화틀이라고도 했다. 더러 매화타령이 속된 잡가로 인식됨도 그것이다. 산촌의 빈여음은 듣질 못하고 야유원에서의 노래타령이 그처럼 방정을 떤 데서 나온 말이기도 하다.

매·난·국·죽, 이들 사군자는 예부터 고고한 선비를 닮았다 해서 지금도 서가의 상징물이 되고 있다. 잔설 속에 가지를 드리우며 피어나는 몇 송이 여린 매화, 그 꽃의 향기가 한없이 깊고 아늑하여 으레 길 가는 손들의 마음을 산란케 하고도 남음이 있었다.

이쯤 이야기하면 눈치가 빠른 사람은 금방 알아차리게 마련이다. 길 가는 객들이 하룻밤 묵을 곳을 찾아 여독을 풀려고 기웃거린다는 암시이다.

어찌 되었거나 함경도 홍원의 홍군이요, 홍희요, 홍혼이요 홍매인 홍랑을 만났으니 그녀의 출생 근본이나 물어보아야겠다. 그간 야사를 아무리 뒤져도 홍랑의 신원을 알 수 없었기 때문이다.

우선 얼굴을 보아하니 청아한 미희임에 틀림이 없다. 동그랗고 아담한 얼굴에 다소곳한 콧날이며 통통한 뺨, 작은 입에 선이 분명한 가느다란 눈이다. 그야말로 10대의 소녀처럼 해맑고도 정적이면서 지적인 관자놀이에 시선마저 곱다. 무엇 하나 나무랄 데가 없으니 전형적인 조선의 미인임이 분명하다.

허나 홍랑에게 있어서는 미인 박명이 아닌 미인 박운임을 밝혀야 하는 문자(문씨 아들)도 가슴이 아프기는 마찬가지이다. 밤마다 새벽을 밝히는 이 고생도 모친께서 시켜 하는 일이라면 투덜대고 말았을 것이다.

자, 이제는 아리까리한 말은 그만하고 본론으로 들어가야겠다. 쓰잘데없이 이것저것 주저리주저리 읊어 보았자 유식하다고 상줄 사람 없을 것이니 그만 빠져나와야 하겠다. 지 꼴리는 대로 얼토당토 않게 뇌까려 보아야 역사며 철학에 빠삭한 학자님들로부터 쥐어터지기 뻔할 뻔자다. 버르장머리 없이 죽사발 되기 전, 낌새가 노랗다고 우리 큰놈이 말하기 전에 빨리 도망쳐야겠다. 어디까지 왔었던가. 옳지, 홍랑이 홍랑(洪娘)인지도 알아보아야 할 것 같다.

"홍여사, 홍자가 무슨 홍자이옵니까?"

"어느 홍자가 좋겠습니까?"

"그야 홍원의 재원이시니 클홍 자가 좋겠습니다."

"그러면 그렇게 하시구려."

옳다. 이렇게 술술 대답이 나올 때에 묻고 싶은 것을 계속 물어야 한다. 쌩폼 잡지 말고 겸손하게 물어야 하겠다. 잘만 하면 짭짤한 수확이 있을지도 모를 일이니 바짝 다가서야지.

"그런데 한 가지 말입니다."

"뭘 그렇게 뜸을 들이나요. 이제사 철이 드나 보구려."

"요즈음 나라 꼴을 이야기하려니까 겸연쩍어서 그럽니다."

"잘난 사람뿐인 진역(우리 나라)이 어쨌길레요."

"국제구제금융인가 뭔가를 맞더니, 근래는 단군이 수난을 당하고 있습니다."

"그건 소녀도 알고 있습니다. 일부 그 사람들은 우리 상고사의 고조선을 인정하지 않는 모양입니다. 뿌리를 몰라도 되고 없어도 된다는 쪽이 아니겠는지요."

"글쎄 말입니다. 고조선을 인정하지 않게 되면 단군 역시 부정하게 되겠지요. 결국은 민족도 부정하게 되고 말입니다."

"옳아요. 태초 건국의 시조를 뭐라 하든, 그 자체를 부정하다 보면 결국 자기를 부정하게 되겠지요. 그 다음은 어떻게 될까요?"

"……."

"우상을 잘못 알고 있는 일부 편협한 분들을 열린 세계에로 끄집어내야 할 거예요."

"그렇습니다."

"그리하여 저들이 말하는 우주적 사랑으로 가득 차게 해야 할 것입니다. 보세요. '저'의 복수가 '저들'인데 이는 자기와 동속의 '우리'란 말입니다. 그러니 우리 안에서 모든 걸 녹여내야 합니다."

"역시 홍선생은 대단하십니다. 소인이 행복해서 어찌할 줄 모르겠습니다."

"좋아하지 마세요. 누가 들으면 무슨 말인지 몰라 오해하겠네요."

"왜요! 사랑이 훔칠 수만 있는 것이라면 훔쳐서 그 끝이 어디인지를 알고 싶습니다."

"큰일날 분이군요. 다시는 상종 못할 사람입니다그려."

그렇다. 조금씩 약을 올려주어야 하겠다. 그래야 서로가 상대를 물고 늘어질 것 같다. 그러다 보면 자연스레 손목을 만져 보게 될 것이 아니겠는가.

　나 역시 의뭉한 놈이라서 여자가 한눈팔다가는 나의 손이 어디로 갈지 모른다. 본시 손이란 놈은 늘 하초 근처에 있게 마련이라서 버릇이 좋은 편은 못 된다. 비실비실하다가도 느닷없이 본성을 드러내게 된다. 눈이란 놈도 엉큼해서 순식간에 공수합작을 감행하게 된다. 그러니 은근슬쩍 물어보아야 한다. 다시 말하면 스므드하게 접근하는 거다.
　"세월은 결코 미인을 만들지 못한다고 했습니다. 그런데 여사께서는 어찌 그리 고우십니까?"
　"또 또, 야리끼리한 말씀을 하시는군요. 지금 보아하니 문서방은 경계를 게을리해서는 아니 될 사람이십니다."
　"아이고, 손목이라도 한번 잡아 보겠다고 했더라면 큰일났겠습니다그려."
　"그럼요. 큰일나지요."
　"안심하십시오. 울며 매달리지 않겠습니다. 즈믄 날을 사정해도 끄떡도 아니할 분이심을 내가 압니다."
　"알면서 그러시네요."
　"악취미입니다."
　"그래도 그렇지, 쉰네가 뭐 젖소부인이라도 되는 줄 아세요!"
　"아니, 어떻게 젖소부인을 다 아십니까?"
　"아니, 난 허깨비인 줄 아십니까?"
　"그건 아니지만 신기해서 묻습니다."
　"신선한 충격이옵니까?"
　"설레임으로 다가선 여부인이기 때문입니다."

"설레임으로 다가선 여부인이라니요. 무슨 의미인지요?"

"모르시군요. 부인을 유혹하고 있는 중이옵니다. 멍청한 최서방은 지금 어디에 있는 겁니까?"

"못된 독버섯이로군요."

"그럴지도 모릅니다."

"이보세요, 독버섯이 왜 그렇게 고운 줄 아십니까?"

"위장술이지요."

"아시는군요."

"아아, 그러니까 여사를 잘못 건들었다간 큰코다친다는 얘기로군요?"

"그게 아니고요. 하늘이 저렇게 푸른 것은 거기에 붉은 독버섯이 없기 때문이랍니다."

"야, 대단한 상상력이십니다!"

도대체가 나는 째비가 되지 않는다. 어차피 한 수 아래일 수밖에 없으니, 약간은 무식하게 나가야겠다. 그래야 그녀는 가르침의 입장에서 대화가 계속 가능해지기 때문이다.

가슴속에 눈물을 감추고서 저토록 여유 있는 수사를 동원하는 것을 보면 대단한 상대가 아닐 수 없다. 변방의 고죽이 그녀에게 사족을 못 썼던 게 다 그럴만한 이유가 있었던 게다. 물론 멋쟁이 최경창에게는 어엿븐(가엾은) 홍랑일 수밖에 없다.

누군가 말했다. 저 세상에 영글 영혼을 아름답게 하려면 이 세상에서 곱게 살아야 한다는 것이다.

오늘 백합보다 고운 홍랑의 영혼을 본다. 살아서 얼마나 정숙했으면 백설보다 고울까. 잘사는 것도 중요하지만, 잘 죽는 것도 중요하다는 옛사람의 말을 실감하는 시간이다.

이 깨끗하고도 아름다움은 정녕 땅의 것이 아님이 분명하다. 정말이지 한 송이 백합보다 더 고결한 영령을 보게 됨은 나의 기쁨이 아닐 수 없다. 이름 없이 땅에 엎드려 있던 천상의 여인이다.

누가 이 여인에게 상을 주랴. 누가 있어 이 여인의 일생을 보상해 주랴! 죽는 것은 생각지 아니하고 늙는 것만을 안타까워했던 이 소인배에게는 오늘이 얼마나 행복한지 모르겠다. 너무도 행복해서 신이 시기할까 봐 겁이 난다.

지금 홍랑을 위해 내가 할 수 있는 일은 무엇일까. 내가 줄 수 있는 것, 줄 수 없는 것은 무엇일까. 단산의 고민은 중첩된다. 이러다가 산이 요실금에 걸려 '당신의 노예요. 당신의 포로이기에 행복해 우노라'고 말할지도 모르겠다.

동백꽃 화관이 너무도 곱다. 홍랑의 예쁜 모습에 갑자기 치한이 되고 싶지만 참아야겠다. 홍랑이 내게 당신이 누구냐고 물어도 대답하지 않으련다. 나 혼자서 황홀해 하고, 나 혼자서 미쳐 있어야 하기 때문이다.

'오 사랑의 모후여, 하례하나이다. 이렇게 좋은 날 눈물은 왜 나오는 것입니까. 행복은 고통과 함께 있는 것이라고 말하시면 이제 죽어버리겠나이다.'

산이 지금 제정신이 아니다. 그러나 현명한 그대의 이해를 구하고 싶다. 그대는 단산이 지금 원심력에 의해 얼마나 떨어져 나가 있는지를 설명해 주고 싶어 혀끝이 간질간질할 테지만 참아야 한다.

　시(詩)에서 다의성과 모호성을 이해하지 못하면 백치이다. 그대들의 수준이 어느 정도인지를 단산이 실망하지 않도록 그대들이 도와주어야 한다. 독자는 언제나 나의 하늘이기에 이 정도 얼버무림도 여간 실력 아니라고 칭찬해 주어야 신이 나기 때문이다.

　자, 이 정도 까발려 놓고 콧노래를 불러 볼까. 다시금 그들먹하게 도전해 보아야겠다.

　"아니 그래, 손목을 좀 잡기로 그렇게 큰일이 난다구요? 홍여사는 그래도 대범한 줄 알았습니다."

　"대범할 게 따로 있지, 첩도 여염집 여인인 것을요. 됐습니까!"

　"송구하옵니다. 가방끈이 짧아서 늘 실수를 자초하고 있습지요. 해량하여 주소서."

　"만약 손목이 잡히면 손목을 자를 것입니다."

　"아이쿠야, 겁나는 소릴 하시는군요. 한번 보듬기라도 한 날엔 죽는다고 하시겠군요?"

　"두말하면……."

　"잔소리다, 그런 거죠? 그건 소생도 싫습니다. 저로 인하여 영혼이 고통받는 건 저도 싫습니다."

　"그만합시다. 그 이야기 길게 했다가는 문사의 그대들이 눈 흘길 것 같습니다."

　"예, 좋습니다. 그들이 어찌 황새의 뜻을 아리오만, 본시 문화와 문학, 예술과 외설이 시간과 공간을 초월한다는 것쯤은 그들도 알 것입니다."

“이제야 전공을 끄집어내시는군요. 쉰네도 그 방면에서는 지기가 싫습네다.”

“소인이 또 실언을 했나 봅니다. 사단(문단)의 이야기라면 금방 바닥이 날 것 같으니 피하겠습니다.”

“그래도 제법인 것을요. 난향에 취한 임이 어쩌고저쩌고…….”

“매향이라고 할 걸 그랬습니다. 아무튼 졸작을 어느 틈에 보셨는지요. 그래도 임의 옛일을 생각해서 멋을 부려 본 것입니다. 품평을 해주실는지요.”

“난향과 국향의 대비며 계절의 순환을 잘 조화시킨 것 같습니다.”

“감사합니다. 칭찬해 주시니 오늘의 점심은 소인이 살 수 있도록 청허하여 주시기 바랍니다.”

“민생고라! 쉰네는 아침에 점심까지 먹고 나왔으니 시백께서는 저녁에 점심까지 해결하시구려.”

“그럽시다래. 우리 사람 찧고 까부는 일이라면 사흘도 굶습니다.”

“하지만 좀더 고상하고 품위 있게 나올 수는 없겠는지요?”

“고민해 보겠습니다.”

“아직도 원위치가 아니로군요?”

“왜, 그러면 안 됩니까?”

“말을 못 하게 하시네요.”

“말을 못 하게 하는 게 아니라, 여사께서 시비로 나오니까 하는 말입니다.”

"내가요?"

"아니면 됐습니다. 이러다 누가 보면 가정불화인 줄 알겠습니다."

"뭐라구요! 이 양반이 점점 가관이야!"

"그러다 때리겠습니다."

"못할 것도 없지요."

"이럴 땐 누가 와서 말려 주어야 하는 건데……."

"먼저 꼬리를 내리세요."

"그럴까요, 슬그머니."

웰까. 도대체가 난 역량 부족이다. 처음부터 불균형인 것을 감지했어야 했다. 홍원댁은 그동안의 연륜으로 무엇이든 막힘이 없다.

그렇다면 겸손해야 하는 쪽은 내 쪽이다. 영문도 모르고 방향도 없이 뛰다가는 개구리와 다를 바 없다. 하기야 저놈의 개구리들이 인간 외설을 눈여겨보려고 무작정 높이 뛰다가 눈알이 툭 튀어나온 거다. 지가 땅을 밀어 보았자 다리 힘만 뺐지 소득은 별로 없을 것이다.

가만있자, 내가 지금 무슨 말을 하고 있는지 도통 알 수가 없다. 또라이가 따로 없다. 시건방지게 개구라를 치다가 실컷 얻어맞고 비실비실하는가 하면, 어느새 쌩폼을 잡고서 너스레를 떨고 있으니 말이다.

그렇기에 홍씨가 아직도 원위치가 아니냐고 했을 때 정신을 차렸어야 했다. 아직도 갈 길이 먼데, 홍랑을 피곤하게 하는 것은 산의 도리가 아니다.

 그렇다고 절간에 온 색시처럼 말도 않고 있으려면 복장이 미어 터질 수밖에 없다. 뱃사공 뱃머리 둘러대듯 말머리 둘러대며 시간을 쪼개야 한다. 동서남북도 모르던 철부지 시절부터 밭은기침해가며 다진 버릇이 아니던가.

 그러나 이제는 정말 제자리로 돌아가야겠다. 더욱이 그대가 쫑콩으로 딱총을 쏠지도 모르기 때문이다. 더욱이 동각설중매(東閣雪中梅)를 두고서 주접을 떠는 것은 산이 할 짓이 못 된다.

 매화, 그것도 설중매이다. 이른 봄 동산의 정각 담장에 기대어 떨고 있는 매화 한 떨기를 본 적이 있는 그대라면 다음을 읽어도 좋다.

 홍매요 홍희인 홍랑은 피어나자마자 그처럼 차가움에 떨어야 했다. 모진 세파에 얼마나 울었는지, 외로움에 얼마나 떨었는지, 나의 난필과 졸필을 총동원하여 끝까지 그려 보리라.

 홍랑은 어려서부터 예쁜 데다가 품행도 방정하여 나무랄 데가 없었다. 말씨도 곱고 인사깔도 고와서 동네 사람들의 칭찬이 그치지 않았다. 효행심도 대단해서 홍원 고을의 명원(名媛)임이 틀림없었다. 그런데도 설중매일 수밖에 없었던 필생의 기구함이 그녀를 놓아 주지 않았다.

 일찍이 아버지를 여읜 홍랑은 홀어머니 밑에서 자라야 했다. 그러던 어느 날 어머니마저 자리에 누워 일어날 줄을 몰랐다. 그 어린 것이 어머니를 붙들고서 울고 또 울었다. 어미의 여읜 손길을 부여잡은 열두 살 어린 소녀의 떨림이라니, 세상은 왜 공평하지 않는 것일까.

사무친 서러움에 홍랑은 목이 메었다.

그때였다. 보다 못한 이웃 노파가 함흥 서호진에 명의가 있다는 말만 남기고 가버렸다.

그 말을 들은 어린 홍랑은 아침 일찍 길을 떠났다. 용운으로 접어들어 단숨에 함관령을 넘어섰다. 함흥을 거쳐 서호진까지는 꼬불꼬불 백리 길이다.

홍랑은 꼬박 하루를 걸어 저녁 늦게서야 김의원 집에 도착했다. 물어물어 가는 길이 얼마나 고달팠을까. 홍매 한 떨기는 이렇듯 한호의 설한 속에서 떨었다. 두고 볼 일이다. 하늘이 있고 땅이 있으니 두고 볼 일이다.

# 동백보다 붉은 마음

동백보다 붉은 마음 고이고이 간직하고
백합보다 고운 순정 서리서리 접었다가
들국화 향기보다 향기롭게 펼치리라.


한수 이북에는 동백나무가 거의 없다. 그러니 홍랑이 동백꽃을 보았을 리가 없다. 추위 때문에 감나무나 대나무도 거의 없는 것으로 안다.

그렇다고 허두의 글을 척촉(철쭉)으로 쓸 수가 없다. 대개 글을 쓸 때면 앞뒤의 대조와 감흥을 고려해 써야 하기 때문이다. 그러니 철쭉보다 붉은 마음으로는 어쩐지 맛이 덜하다.

아무튼 홍랑의 갸륵한 마음과 효성에 감복한 김의원은 의구를 챙겨 곧 떠나기로 했다. 아침을 함께 먹고서 길을 나선 김의원은 홍랑을 나귀 등에 태웠다. 어린것의 부르튼 발과 야무진 눈동자가 노인네의 마음을 녹여냈기 때문이다.

그러나, 그러나 이게 어찌된 일인가! 이틀을 기다리지 못한 홍랑의 어머니는 싸늘히 숨져 있었다. 그토록 고단한 길을 돌아왔건만 홍랑의 어머니는 기다려 주지 않았다. 끝내 눈을 뜨지 않는 어머니를 자꾸만 흔드는 어린 홍랑이라니, 그 난감함을 이기지 못한 노인은 한숨을 몰아쉬며 먼산을 응시했다.

하늘이 무너져내린 듯 이제는 홍랑마저 쓰러지고 말았다. 이를 어찌하면 좋은가. 그동안 침선방적으로 생계를 꾸려 주시던 어머니는 말이 없고, 홍랑은 실어증에 부들부들 떨기만 했다.

이를 지켜보던 김의원은 이제 홍랑의 어머니가 아닌 홍랑을 치료해야 했다. 핏기를 잃고 떨고 있는 홍랑을 두고 차마 돌아 나올 수 없었던 김의원은 그날부터 홍랑을 정성으로 치료해 주었다.

대저, 설중매란 그냥 설중매가 아니다. 고도에 홀로 핀 매화가 설중매 아니던가.

동네 어른들의 주선으로 어머니를 양지바른 뒷산에 묻고서 그 어린 것이 무덤 곁을 떠날 줄 몰랐다. 그야말로 사고무친한 천애의 고아가 되어 버린 홍랑이다. 그러나 열두 살 어린 홍랑에게도 커다란 홍예(무지개)가 드리우고 있었다. 그러지 않고서야 어찌 공평한 세상이랴!

그러기에 단산은 가인을 만나 시작도 끝도 없는 대화를 계속하고 싶은 것이다. 한이 많은 여인은 시간과 공간을 초월하는 법, 그녀의 영혼을 위로해 줄 수만 있다면 평생을 곁에 있으라 해도 마다할 내가 아니다.

홍랑 곁에 바짝 다가앉아야 하겠다. 언행일치란 바로 이럴 때 기민하게 행동으로 옮겨져야 한다. 그대는 다시금 산의 장광설에 기대를 걸어도 좋을 것이다.

그녀를 오래도록 쉬게 하였더니 지루한 모양이다. 산의 장난기가 고개를 들면 해결될 일이다.

최고죽과의 사랑이 한창 무르익어 갈 무렵, 너무도 행복해서 손각시(처녀귀신)들이 시기할까 봐 겁이 나더라는 홍랑이다. 그런 그녀가 문군을 만나서는 영 재미가 없는 모양이다. 허기사 손목도 못 만지게 하는 홍랑이니 어차피 재미는 없게 돼 있다. 그러나 백방으로 시도는 해볼 일인 것이, 억지 춘향도 나귀 등에 타기만 하면 거시기가 발동을 걸 일이 아니던가.

"청아(미인)의 외출은 무죄랍니다. 날씨도 좋고 꽃내음도 좋으니 계속 산보나 하십시다. 가다가 노점에서 단팥죽이나 한 그릇씩 하고서 말입니다."

"저의 심신을 해하시려 하는군요."

"심신을 해하다니요. 이놈이 또 무얼 잘못하였는지요?"

"단팥죽을 먹으라면 놀라서 기절하고 말 것입니다."

"아니, 기절은 또 뭡니까?"

"팥죽이나 동지죽을 싫어할 수밖에요."

"그건 또 무슨 연유입니까?"

"저쪽을 양($+$)이라 하지 않았던가요. 붉은 색이 양이니, 상대적으로 양은 양을 싫어하는 겁니다."

"그렇군요."

"더러 이 세상을 양으로 보고 저 세상을 음으로 보는 경향이 있는데 그건 잘못입니다. 더욱이 유가에서 음택이니 음부니 하며 저 세상을 음계로 보고 있는데, 사실은 그렇지가 않습니다."

“그건 또 왜 그렇습니까?”

“정(靜)을 양으로 보고 동(動)을 음으로 보는 대원칙을 알게 되면 쉽게 풀리는 문제입니다. 그래서 체(體)를 갖는 음계가 양계를 이긴다고 하는 것입니다.”

“그러기에 정신이나 영혼이 양이라는 주체적 입장에서 음(객체·지체 또는 대상)을 필요로 하는군요.”

“그렇습니다. 주체와 객체라는 입장에서 서로가 보완관계에 있다고 하겠습니다. 좌의정과 우의정이 상보적이면서도 좌의정이 좌상이 되는 것과 같은 맥락이라고 하겠습니다. 그러므로 이곳에서도 정적인 좌측이 우선순위가 되어야 하는 것이며, 은연중에 앞으로 나아갈 때에도 왼발을 먼저로 하고 있습니다. 이를테면 하늘에서는 양력을 써야 우주의 순환 고리에 맞출 수가 있는 것이며, 땅에서는 음력을 써야 절기와 간지를 맞출 수 있다는 애깁니다.”

“그러기에 어떤 행사나 예식이 있을 때면 남자가 좌측에 앉고, 여자가 우측에 앉는 것도 다 그런 뜻이 있는 것이로군요. 남자의 손금을 왼손으로 보듯 말입니다.”

“그러나 죽으면 자리가 바뀌게 됩니다. 제사 때 지방에 모시는 분의 위치가 이승과 다르게 한 것도 마찬가지 이치입니다. 천심은 곧 인심으로 흐르게 되어 있어서 저쪽의 양은 이쪽의 음으로, 음은 양으로 흐름을 이어줄 수 있는 것이랍니다. 그리하여 음과 양의 만남이 있는 곳에 생성(형성)과 소멸(환원)이 반복하여 영원한 우주가 있게 되는 것이지요.”

“예, 예.”

“따라서 한 개체 내에서 정신과 육체를 갖는 인간은 양과 음을 동시에 갖게 되는 소우주가 되어 대우주인 자연의 이법(천법, 원리)를 따르고 실천하며, 조정함으로써 만물지중에 인간이 ·최귀하다고 한 거예요.”

“역시 자기는 최고입니다.”

“자기라⋯⋯.”

“이럴 때의 자기란 상대방을 일인칭으로 끌어들여 일체화하려는 술책입니다. 재밌지 않습니까?”

“그것이 우리말의 최고 장점이기도 하지요. 또한 의성어, 의태어가 많은 우리말은 심정의 세계를 일체화하는 데에도 최고입니다.”

“심정의 세계라니요?”

“지·정·의의 최고 정점이 심정입니다. 그러니 누구든 심정을 통하지 않고서는 진미선에 도달되지도 않거니와 극복되어지지도 않고, 정복되어지지도 않습니다. 다시 말해 조물주(절대자)에게로 가는 문은 심정으로 연결되지 않으면 열려지지도 않거니와, 흉중을 헤아리는 심정이 아니고서는 누구와도 일체가 되지 않는 것을 문사도 잘 알고 있을 것입니다.”

“충분히 이해가 가는 말씀입니다.”

“그러기에 지체로서의 자기가 주체를 움직이게 하고 일체화하려면 심정의 세계에서 만나야 합니다. 가령, 요즘 사람들이 하나님께 제아무리 갈구해 보아야 심정의 길을 통하지 않고서는 어림도 없습니다. 당신의 뜻을 헤아려 이루어 드리려고 노력할 때에 그 심정의 끈에 매달린 당신은 나에게 끌려오는 것이라구요."

역시 홍랑의 논조는 정연하다. 그러니 미숙하고도 미거한 단산을 만난 홍랑의 고생이 말이 아니다.

물론 모두에게 광명을 주기 위해 제 몸을 태우는 촛불이 있다. 나에게 크나큰 봉화로 다가선 홍랑은 산의 파랑새요, 빛나는 새벽별이다. 그야말로 촉하에 드러난 나의 연구 대상이 아닐 수 없다.

행운의 여신이 날 계속 지켜만 준다면 득도를 해야 하겠다. 홍랑이 옆에서 이렇듯 천리를 깨우쳐 주는 데야 못할 것도 없다는 생각이다. 이 홍은을 어찌 그냥 넘기랴!

석가모니 부처님은 6년 만에 득도를 했다고 한다. 아무리 무섭게 정진하여도 공식적으로는 7년을 넘겨야 득도를 하게 되어 있다고 한다. 그 지독한 득도를 석가는 6년 만에 해냈는데, 나라고 못할 것이 없어 보인다. 더욱이 옆에서 홍도사가 인도하는 데야 석존보다 빠를 것도 같다. 감람산 겟세마네 동산의 감람나무(올리브)가 아니더라도, 가야산의 우루베라 보리수가 아니더라도, 신시의 태백산 박달나무(신단수)가 아니더라도 소생은 고향 옥녀봉 기슭의 느티나무 아래서 시도를 해볼 일이다.

도통까진 몰라도 도동통(똥통)에서 건져올린 가스를 에너지로 하여 에너지에서 기로, 기에서 기적으로, 기적에서 초극현상이 감지되는 것 아니겠는가. 단과 기, 참선과 기도는 동속이다. 무엇을 붙들든 간에, 어느날 천목(天目)이 열리면 어찌할거나. 막상 그렇게 되어도 큰일이 아닐 수 없다. 날마다 엉뚱한 짓만을 일삼는 또라이가 되는 것보다는 이대로가 더 좋기 때문이다.

하루 세 끼 찾아 먹고, 늘어지게 잠도 자고, 적당히 배설하는 것도 복이라면 복이다. 영혼이 하늘로부터 온 것이라고 해서 환상의 날개를 달아 보았자 어지럽고 피곤하기만 할 뿐, 살로 가지 않을 게 뻔하다. 그러니 몽구리(중의 비칭)들의 허무주의도 싫고 골예수(기독교인의 비칭)쟁이들의 환상주의도 싫으니, 냉수 먹고 제자리로 사뿐히 돌아가야겠다.

오오, 홍랑을 김의원이 아직도 거두고 있구나. 홍랑의 사람됨을 안 그가 자기 집으로 데리고 가 잘 키우고 있다. 산이 산을 넘어 타임머신을 타고 가보니 그렇다는 것이다.

그대가 더러 말도 되지 않는 말을 뇌까린다고 하면 그대 잘못이다. 문군(文君)과 홍군(紅裙)과의 데이트이니 만큼 그대가 정신 바짝 차려야 한다. 잘만 하면 오락가락 타임머신을 함께 타고서 날을 수도 있으니 늘 가까이 있어야 한다. 이는 그대의 밀착에 따라 덤을 주려고 하는 말이다.

김의원이 홍랑에게 시문을 가르쳐 주고, 여자로서의 예절도 가르쳐 주었다. 친딸보다도 더 애지중지하는 홍랑에게서 무엇을 찾으려는 것일까. 당신의 노안이 더욱 맑아 보임은 홍랑이 있기 때문이다. 그도 그럴 것이, 총명한 홍랑이 예쁜 짓만을 골라서 하니 아니 그럴 수가 없다.

그러나 매사는 조심해야 한다. 행복도 지키려고 노력해야 사귀가 침노하지 않는 것이다.

홍랑이 때로는 부모를 그리는 정한과 마음속에 스민 고독을 어쩌지 못해 괴로워한다. 그 예쁜 얼굴에 어두운 그림자를 불러들여 스스로 괴로워하는 것이었다. 아무도 없는 곳에서 깊은 한숨이 버릇이 되어 버린 홍랑이다.

큰일이다. 병적이다. 이렇듯 홍랑은 혈육 한 점 없는 옛집을 생각하며 우수에 젖어들기가 한두 번이 아니었다. 어느새 모든 생각은 어머니에게로 이어져 처마 끝을 나는 제비만 보아도 쌓인 그리움이 한꺼번에 줄달음쳤다. 수양부모의 그 극진한 사랑도 홍랑의 공허를 달랠 수 없었던 모양이다.

그러던 어느 날, 홍랑은 기어이 양부모의 집을 나서고 말았다. 그렇게도 부여잡는 식구들의 손길을 뿌리치는 홍랑을 두고 김의원의 주름진 눈가에 이슬이 맺혔다. 부질없는 인간의 정이 아교처럼 달라붙고 있었던 것이다.

만 3년 만의 일이다. 온 식구의 석별을 뒤로 홍랑도 울었다. 서로간에 정이 들대로 들었음에도 이별을 시도한 홍랑의 야멸찬 속내는 누구를 닮은 것일까.

그 좋은 사람들을 두고 탯자리를 숙명인 양 찾아가는 홍랑의 발길도 한없는 무거움으로 눌려 있었다. 홍랑은 많은 눈물을 흘려 어지러운 몸을 지탱해 가며 발길을 옮겼다.

우선은 어머니의 무덤이라도 자주 찾아볼 수 있도록 가까운 집을 구했다. 무엇인가 다시 시작해 보고 싶은 마음이었다. 그 효성, 그 심성을 알았기에 김의원은 홍랑을 홀로 보낼 수 있었고, 소녀의 총명함이 어지러운 세상을 능히 헤쳐 나가리라 성원해 마지않았다.

"나 같으면 그대로 눌러 살았겠네."

"뭐라고요?"

"아닙니다. 저기 눌러앉아 있는 느렁이(암노루, 암사슴)들을 보고 하는 말입니다."

"저들이 어쨌게요?"

"더벅머리(논나니)보다 못한 저 계명워리(불량녀)들 때문에 기다(여러)의 사내들이 얼마나 피곤해 하는 줄 모릅니다. 저들 때문에 밤마다 녹초가 된다구요."

"……."

"저들의 옷 좀 보세요. 저게 옷을 입은 겁니까?"

"생동감이 있어 좋아 보이네요."

"역시-."

"역시라니요?"

"가재는 게편이라는 겁니다."

"비루하기 짝이 없군요."

"막말하시깁니까?"

"고약하십니다. 여성을 그토록 미워하는 이유라도 있는 건가요?"

"여성에 대한 관심은 나의 운명입니다."

"이제는 고상하게 나오시는군요."

"아닙니다. 저 철부지들이 자꾸만 나를 잠 못 들게 한다구요. 그러니 금생의 여자들은 나를 고뇌에 빠뜨리는 반역자들이기도 합니다."

"병태가 심각하군요."

"예, 그렇습니다. 요즘은 여자들 중에 순결을 이유로 죽는 사람이 하나도 없다는 게 저들의 자랑이랍니다."

"그래요! 너무 뜻밖이군요. 사백년 세월의 변화가 너무 놀랍습니다."

"앞으로도 놀랄 일이 계속 있을 겁니다."

"경기나 하지 않았으면 좋겠습니다."

"그러게요. 요즘 여권의 범람은 해체주의 범람과 같아서 고을마다 솔찬히 시끄럽습니다."

"물론 옛적엔 너무 지나쳤지요. 여자는 그릇 한 죽(열)을 셀 정도면 충분하다고 했습니다. 또한 여자는 많이 배우면 자궁의 피가 머리로 올라가 해롭다고 가르쳤지요. 무지의 올가미를 천형처럼 목에 걸고 다녔다구요."

"그 분풀이를 지금 하겠다는 거 아닙니까."

"그건 아니겠지요. 균형이 잘 잡힌 날개처럼 인간관계를 만들고자 하는 거겠죠."

"그랬으면 얼마나 좋겠습니까. 꼬부랑말을 아실는지 모르겠지만, 노라이즘이 페미니즘이 되어 페미니즘이 페시미즘(비관주의, 염세주의)으로 갈까 봐 불안해서 하는 말입니다."

"그건 하나의 논변에 지나지 않아요. 대범하면서도 너그러운 남자란 모든 사물을 긍정적으로 생각한답니다. 얼굴 좀 펴야겠어요."

“그럴까요.”

결국은 바보가 될 수밖에 없는 나다. 숨도 크게 쉴 수가 없다. 마냥 거룩함으로 다가서는 홍랑은 지금 나의 천극성(북극성)이기도 하다.

이 여희(麗姬)께서 날 만난 이유가 무엇일까. 한 맺힌 규원(閨怨)이 있어서일까. 마귀할미라도 되어 있을 줄 알았던 홍랑이 영택(묘)을 박차고 나와 단산과 함께하고 있으니 흥고채렬(기뻐서 신바람이 나다)일 수밖에 없다.

내 백옥루(白玉樓:문사들이 죽어가는 곳)에 가 이두를 만나는 날 말하리라. 귀천(歸天:죽음)은 하였으되 잠룡(潛龍:숨어 있는 용)이 되었으니 해동으로 가자고 하련다. 싫다고 하면 면산으로 들어가 개차추를 만나겠다고 엄포를 놓아 볼까.

조선(이하 우리 나라 이칭), 대동, 청구, 근역, 단국, 동이, 동국, 진역, 해동, 계림, 부상국, 군자국, 계림팔도, 예의지국인 우리 나라에 희대의 명희 있어 극동의 자랑이라고 말해야겠다. 태초에 말씀이 있었듯이, 태초에 운율이 있었다고 말하는 옥녀가 지금 조강(한강과 임진강이 만나 서해로 이르는 강)을 거슬러 올라 낙하(한강)에 이르러 한 호숫가에 앉아 있다고 귀띔해 주련다. 그녀를 아무리 보아도 하백(河伯)의 셋째 딸 위화(違和)의 변신인 것 같다고 하면 경풍이 날지도 모른다.

“과민한 신경 쓰지 말고 내 이야기나 계속 들으세요.”

“예, 죽여 주십시오.”

“문생원은 신경 과민이십니다.”

“이러다 죽을 겁니다.”

“문선생! 정말 후회하게 하실 겁니까?”

“예! 그럴 리가 있습니까.”

더 이상의 투정은 금물이다. 그러다 가겠다고 하면 낭패다.

이제는 일산의 미관광장으로 안내해 다정하게 걸으며 이야기해야겠다. 두런두런 낮은 목소리로 속삭여야지. 지나가다가 누가 들으면 금방 또라이라고 할 것이 틀림없다. 저들에게는 혼자서 중얼거리는 산의 모습을 보고 날궂이 하려고 한다 할 것이다.

그러나 영안이 안 트인 저들이 불쌍하여 이쪽에서 동정의 시선을 보내련다. 도마가 예수의 옆구리를 끝내 만져 보지 못했기에 망정이지, 만지라고 했던 예수의 배짱도 대단했던 것 같다. 다만 천국의 마룻바닥 틈새로 가만히 빠져 나온 홍랑일 터이니 쉬이 보내지는 않으리라.

“난 사춘기 때 너무 지나칠 정도로 어머니의 환영(幻影)에 시달리고 있었어요. 그때는 내가 병적이었지요.”

“그때는 이미 몸엣것이 있을 때였겠네요?”

“몸엣것이라뇨?”

“아 거 달손님 말입니다. 모르면 달거리, 그것도 모르면 달보기 말입니다.”

“아이고, 도대체 이 양반은 생각이 한쪽으로 고정되어 있군요.”

“불쌍하게 보이십니까?”

“꼭 호정(여우의 넋)에 팔린 사람 같군요.”

“그 정도면 다행입니다. 지나가는 여자의 도끼 자국에서 호취

(암내)가 날 때면 정신이 아찔해서 한참을 서 있어야 합니다."

"이보세요. 우리 어느 쪽 수준에다 대화를 맞출까요?"

"그야 땅의 사람은 아니겠지요."

"비로소 바른 말을 하십니다. 그렇다면 홍원에서의 이야기를 좀 더 들으세요."

"그럽시다."

"어머니는 날 보물 다루듯 했어요. 그래서 자모에 대한 정이 더욱 강했던 것 같습니다."

"그게 유혈목이(꽃뱀)가 될 줄은 모르고……."

"그래요! 난 홍녀(유녀)입니다. 앙사부모도 모르는 유녀였습니다."

"진정하십시오. 잘못 설복당할까 봐 연막을 치는 중입니다. 그만한 눈치는 있을 줄 알고……."

"쉰네가 천루(무식)하여 무엇을 알겠나이까. 늘 하교하여 주시옵소서."

"갑자기 왜 이러십니까. 난처하게스리."

"난처하다니요! 남 폄하하는데 이골이 났으면서……."

"아닙니다. 이 별유천지(딴세상)에서 여사를 만나 감개무량한 나머지 제정신이 아님을 고백하지 않을 수 없나이다."

"아무튼 정신 빼는 데는 일가견이 있으셔!"

물론이다. 산도 한가락 하면 하는 놈이다. 안짱다리 밭장다리 만났다 하면 몽둥이로 꼼짝 못하게 하는 기질이다. 이 말 알아듣는 그대는 멋쟁이로 산과 수준이 동급이다. 친구 할까말까 고민이 중첩된다. 내 한창 나이 물총 쏘러 다닐 때는 하룻밤에 보리방 아를 닷말씩도 찧었다.

자, 어떻게 하면 홍랑이 자유로울 수 있겠는가를 생각해 본다. 잠시 그녀를 상념에 잠기게 해야겠다.

홍랑의 변신에 결코 박수를 보낼 수는 없다. 그녀가 스스로 자진 유녀였음을 밝힌 이상, 산도 꺼릴 것이 없다. 다만 열다섯 살 어린 홍랑이 유소보장(커튼) 속으로 왜 자신을 감추었는지는 알 수가 없다. 그 진한 모정을 안고서 어떻게 청루로 올라가려 했는지 정말 모를 일이다.

무엇 때문이었을까. 혼자 몸으로 세상을 살아가는 데는 제일 쉬운 방편이었을지도 모른다. 얼굴도 모른 채 돌아가신 아버지며 간호도 제대로 못해 드리고 보낸 어머니를 생각하면 자신의 운명이 평탄치는 않으리란 생각이 그녀로 하여금 팔자 사나운 길로 내몰았을 것이다.

언제든지 마음이 내키거든 돌아오라던 김의원의 호의에 망설여지기도 했지만, 남을 행복하게 해줄 자신이 없었던 홍랑은 스스로 천인의 길을 택했다. 어린것의 중정이 참으로 가상하여 울컥 울음이라도 나올 것 같다. 이 여자의 일생을 누구든 괴롭히지 말았으면 좋으련만 온갖 잡새들이 그녀를 가만두지 않을 것 같다. 기녀 홍랑, 그녀는 이제 기적에서 속량되지 않는 한 천형의 멍에를 지고 절벽을 지나야 한다.

그러나 이를 어쩌랴. 기방에 뛰어든 지 1년도 채 못 되어 성가를 올리기 시작했다. 김의원 집에서 3년을 닦은 수련이 진가를 발휘한 것이다. 그도 그럴 것이, 다소곳한 미모에 뛰어난 지능과 예능, 여자로서의 예의 범절, 어느 것 하나 나무랄 데가 없는 홍랑이다.

그러니 뭇 유랑들의 선망의 적이 된 홍랑을 보호해야 하겠다. 짓궂은 한량이며 부잣집 도령, 관변 토호 세도가들이 여러 가지로 작전을 구사해도 필자의 필봉으로 방어하련다. 그들이 홍랑의 문지방이 닳도록 넘나들어도 그녀의 뛰어난 기지를 믿기에 안심은 된다. 그러나 모를 일, 생각지도 않은 놈이 홍랑의 가랑이에 바람구멍을 내면 큰일 아닌가. 왜냐하면, 세상에는 피어나지 말아야 할 꽃도 있기 때문이다.

홍류막이 터졌노라고 적막강산 달 밝은 밤에 두견새 목놓아 우는 소리를 뉘라서 막을 수 있겠는가. 진달래 꺾어다가 길바닥에 뭉개 놓았노라고 울 것이 분명하다. 그 붉은 핏빛이라니, 난 책임질 일 없으니 도망 아니 가겠다.

우리 어머니, 책임지지 않으려면 여자의 손목 함부로 잡지 말라 했다. 수다한 마녀들이 어느 틈에 끼어 있을지 모른다고 했다. 내 열세 살까지 어머니의 젖가슴을 만지며 들은 바이다.

정발산 쪽에서 쑥국이(뻐꾸이) 울음 들려온다. 낮 뻐꾹새도 놀랄 일 있나 보다. 우리 홍랑의 절망을 보았을까.

"제가 울고 있나요?"

"숨막히는 시절이 있었던 모양이죠."

"가슴이 아프다는 말을 이제사 깨닫고 있는 중입니다."

"신기하군요. 아직도 마르지 않은 눈물이 있다니."

"다시는 태어나지 않으렵니다."

"생이 너무 고달팠었던 모양입니다."

"다시 태어날까 봐 두렵습니다."

"고죽이 들으면 섭섭해 하겠습니다그려."

"대개의 길동무는 비극적이기 때문입니다."

"그것은 누구에게나 맞는 말입니다."

"만남은 눈물이었습니다."

"알겠습니다. 임 생각에 그러시군요. 그러나 고죽은 내일 만나시고 오늘은 나와 동행하십시다."

"그럴까요."

육신은 땅의 것이라서 내던져도 되고, 영혼은 하늘의 것이라서 소중히 간직해야 한다. 물론 영혼은 위탁된 것이다. 애초부터 더럽혀지지 않은 영혼이 아니던가.

아동의 여걸 황진이가 그러했고, 비련의 여왕 이매창이 그러했다. 물론 홍랑의 순결과 청절은 이 난필의 주제이기도 하다. 어떤 경우라도 변할 수 있는 사랑은 처음부터 사랑이 아닌 동정에 불과하다. 그러니 생명이 없는 사랑은 처음부터 하지 말아야 한다.

청구의 동원에서 이를 실행에 옮긴 홍랑이 오늘 여기 내 곁에 있다. 홍랑의 숨소리가 그리운 사람은 따로 있겠지만, 그녀에 대한 위로가 신탁된 이 사람도 그녀의 목소리가 듣고 싶음은 어쩔 수 없다. 사랑은 눈물이기에 울 준비가 되어 있지 않거든 사랑하지 말라는 홍랑의 말이 계속 귓가에 맴돈다.

정말 그런가. 풋사랑에 맛들인 소인배가 어찌 참사랑을 알랴.

죽었다 깨어나도 어려울진대, 이 한마디는 할 수가 있다.

'언약일랑 함부로 하지 말라. 부귀와 공영 앞에 무너지는 한없이 나약한 군상들이 아니던가.

뭔가 그럴 듯하다.

이제 홍랑을 위로해야겠다. 우리 홍랑을 행복하게는 못 해도 기쁘게는 해야 할 내가 아닌가. 태초에 말씀과 함께 율려(律呂:음률과 악률, 곧 음악)가 있었다고 했다. 《사기》의 악서에 음악이 시작될 때 북을 치고 끝날 때에 징을 친다고 했다. 가끔 이 미관광장에서 사물놀이가 펼쳐진다고 하니 기다려 보아야 하겠다. 그러다 보면 가까운 서울방송 무용수들까지 와서 한바탕 흐드러지게 놀고 갈지 누가 알겠는가.

그쪽 꽃띠들이 몽땅 와서 정신을 산란케 하면 나도 고민이 될 것이다. 그야말로 행복한 고민을 하면서 시험에 들게 하지 말라고 기도해야 한다. 홍랑을 기쁘게 해준답시고 엉뚱한 쪽에 침 흘리고 있으면 그것도 도리가 아니다.

그러니 까르프니 마크로니 하는 저 큰 매장으로 안내하련다. 홍랑의 눈이 갑자기 어디를 보아야 할지, 휘둥그레지는 모습을 보는 것도 재미가 있을 것 같다. 저것들이 다 무엇이냐고 물으면, 먹고 입고 바르고 버리는 것들이라고 대답하겠다.

"문서방, 우린 여기 초대받지 않았잖아요?"

"이곳은 초대받지 않은 사람들만 오는 곳이랍니다."

"저기 저 사람은 주머니에서 무슨 소리가 나는군요?"

"그것이 현대인들의 족쇄랍니다."

“아이고, 요상해라!”

“저 안쪽으로 들어가면 별게 다 있습니다. 부끄럼 가리개까지 없는 게 없답니다.”

“아이고, 해괴해라!”

“자, 그럼 우선 먹자판으로 가볼까요?”

“저게 다 먹는 거예요?”

“예, 그렇습니다.”

“음식 냄새가 하나도 나지 않네요.”

“포장을 해두었기에…….”

“저 많은 것을 누가 언제 먹나요?”

“한 달 내내 두어도 변하지 않는답니다.”

“밖으로 나가십시다. 도저히 적응이 안 되네요.”

“아이고, 다행입니다. 나도 저 많은 것들을 하나하나 설명해 주려면 쓰러지고 말 겁니다. 그런데 북쪽 동네에서는 저게 없어 쓰러지는 사람이 많답니다.”

“북쪽 동네라뇨?”

“아직도 민생고가 해결 아니 되는 양계(함경도와 평안도) 말입니다.”

“아니, 내 옛 고향 안태본이 그렇게 돼버렸어요?”

“가보지도 않았는지요?”

“가볼 기회가 없었습니다.”

“그래요! 이해가 되지 않네요.”

“이해하지 마세요. 그걸 이해하려면 저 많은 물건들을 다 이해

하는 것보다 어려울 것입니다."

"그럴 리야……."

"아닙니다. 무형의 세계가 유형의 세계보다 훨씬 복잡하고 난해하답니다."

"그래요?"

"저 세계는 업보의 세계라서 각자가 자기 기준의 처소에 가 있기 때문에 가고 싶은 곳을 아무데나 가는 게 아닙니다. 그러니 최고죽과의 상대적 기준이 맞지 않아 이제껏 한번도 만날 수가 없었습니다."

"더더욱 알 수가 없네요."

"이해를 못해도 어쩔 수 없지요."

"……."

"다만 저 세상도 노력하는 자의 것이랍니다. 조금이라도 빛 가운데로 나아가려고 모두가 부단히 노력하고 있다구요. 이해가 돼요?"

"……."

"저 세상에서의 노력은 금생의 노력보다 천배 만배나 어렵답니다."

"왜요?"

"저 세상은 빛 가까이 갈수록 자유롭지요. 그래 누구나 빛 가까이 가려고 노력하나 체(입체적인 몸)가 없기 때문에 외롭고 서럽고 고독하며, 깃털 하나를 공중에 띄울 수가 없답니다."

"아, 아……."

“그러니 살아서 자기의 영혼을 깨끗하게 해야 하는 거라구요.”

“아, 예예……”

“선인들이 날마다 적선하라고 가르친 것도 다 그런 뜻이 있는 겁니다.”

“오, 현원(賢媛)이시여, 어찌 이제 현현하셨습니까!”

“욕심이 고개를 드는군요.”

“부나비 인생이 무슨 말인들 못 하겠습니까. 부세(뜬세상)의 삶을 어엿비(불쌍히) 여기시기 바랍니다.”

“금방 자신을 낮추는 그 모습이 좋아서 계속 친구 하겠습니다.”

“그러면 한 가지 더 대답해 주시겠습니까?”

“그럽시다. 능청스러운 질문은 말구요.”

“그럼 험악하게 이승을 살다 간 사람은 어찌합니까? 내버려 두나요?”

“아니죠. 그만큼 저승에서 노력하려니 얼마나 고통이 심하겠습니까. 이승에 자기 기준이 맞는 사람을 협조하여 그 사람의 심령 기준이 상향하면 자기도 혜택을 입어 한 등급 부활하는 것입니다. 그런데 저급한 영혼이 저급한 사람을 협조하려다가 더욱 잘못되어 도처에서 갖가지 사고가 일어나는 거지요.”

“아, 그렇군요.”

도대체 홍랑은 누구인가. 누구이시길래 저토록 박학다식한가. 홍랑이 태백산이라면 조룡대에 지나지 않는 나 단산을 친구하여 천기를 일러주고 있으니 더없는 행운이다.

좋아하는 사람은 아니로되, 존경하는 사람을 가까이서 바라볼 수 있음은 정말 행운이다.

매향(梅香)의 향기를 국향보다 더 향기롭게 하는 홍랑이다. 연화(煙花:기녀)로 피어올라 어디까지 뿌리려는지 두고 볼 일이다. 청구의 언덕에 곱게 핀 홍매를 두고서 하는 말이다.

산이 왜 작가가 되었는지를 이제야 알 것 같다. 교하(홍랑의 무덤이 있는 곳)의 홍랑에게서 조금도 자유로울 수 없다는 사실이다.

# 너와 나와 둘이서

너와 나와 둘이서 하나가 되고 말고
나와 너와 합하여 한몸이 되고 말고
둘이서 펼칠 세상 마름 엮어 가리라.


이제 그만 야로를 부려야 하겠다. 누가 보면 내가 갓(갖)옷을 훔쳐 입은 표박자(떠돌이)로 생각할지도 모르기 때문이다.

그런데 그대가 금방 갓옷이 무어냐고 물을 것 같아 대답하고 가야겠다. 산중문답(山中問答:웃기만 할 뿐 대답 아니함)으로 일관하고 싶지만, 그대가 토라져 자리를 박차고 일어서면 나만 손해일 테니 밝혀야겠다.

본시 갓옷이 갖옷이요, 모피 옷을 말한다. 더 정확히 말하면 모피로 안을 댄 옷이라는 뜻이다. 그런데 그게 흰 갓옷이었을 때가 문제다. 흰 갓옷을 입은 매구(불여우 또는 백여우)가 인가에 내려와 사람을 꾀기 때문이다. 매구란 천년 묵은 늙은 여우가 둔갑술로 여희가 되어 사내들을 홀리게 된다. 그런데 대개 결과가 좋지 않다는 데에 심각성이 있다. 그래 그 백여우(백역구)가 나타나면 삼역구(세 발 달린 개)가 출생하여 잡아먹는다.

문제는 그 흰 갓옷을 훔치는 방법을 알기만 하면 장안의 보물은 다 내것이 된다. 지금부터 그 갓옷 훔치는 방법을 가르쳐 주고 싶지만 참아야겠다. 잘못하여 비명횡사할 자 나타날지도 모른다. 그대가 공갈이라고 할지 모르겠지만, 영매술에 능한 내가 그것을 모를 리 없다. 본보기로 한 가지만 가르쳐 달라고 하면 주저하지 않겠다. 어디선가 백역구가 나타났다 하면, 박달나무 몽둥이로 후려치면 꼬리를 접고 죽게 돼 있다.

이런 이야기 하다 보면 홍랑이 좋아하지 않을 게 분명하다. 그러니 이만 접고 넓은 미관광장을 한 바퀴 돌아보는 것도 좋을 것 같다.

그런데 저게 뭔가! 호수공원 호수 가운데서 물줄기가 솟구쳐 오른다. 아까는 그러지 않았는데, 분수대의 물줄기가 힘차게 솟구쳐 오른 것이다. 신기하게 쳐다보던 홍랑이 자꾸만 그쪽으로 간다. 그러나 붙잡아야 한다.

우리들의 데이트 코스는 그게 아니다. 호수공원을 돌아 나왔으니 이제 중앙의 미관광장을 한 바퀴 돌아 정발산으로 가서 일산의 야경을 구경하는 것이다.

잘만 하면 밤가시초가집에 들러 옛 살림살이며 가구, 농기구, 옷가지들을 둘러보고서 자정 전에 일단 헤어지는 것이다. 그런데 홍랑이 분수의 물보라를 보고서 다시 호수공원 쪽으로 가고 있다. 왤까. 구미호 이야기에 식상했을까. 아니다. 저기 저 물기둥에 서린 홍예(무지개)를 보고서일 것이다.

　그렇다. 본시 선녀는 무지개를 타고 오르내린다. 산이 홍랑을 처음 보았을 때 찬란한 황금빛 원삼을 입고서 무지개의 한쪽 끝을 들추어 숨으려 하지 않았던가. 그 홍예가 지금 호수공원 호수 위에 펼쳐지고 있는 것이다.

“홍여사, 저 무지개 때문입니까?”

“……”

“저 정도 홍예라면 우리집에 가서도 얼마든지 보여드릴 수 있습니다. 그러니 너무 집착하지 말기 바랍니다.”

“집착이 아니라, 애착입니다.”

“어찌 되었건 저의 집에 가면 저런 건 열 개라도 만들어 드릴 수 있습니다. 아들이 학교 다닐 때 학교에서 실습하던 프리즘이 아직도 서랍 어딘가에 있을 겁니다. 원하신다면 아주 선명한 오색 무지개를 만들어 드리겠습니다.”

“그런 게 정말 있나요?”

“정말입니다. 속고만 살으셨나……”

“요술 방망이로군요.”

“그런데 그게 아주 조그마합니다. 무지개처럼 공중에 펼쳐지지도 않구요.”

“천궁처럼 되어지지 않는다는 말입니까?”

“그렇습니다.”

“그러면 그렇지, 놀랐잖아요.”

“죄송합니다.”

　또 한번 바보가 되었다. 가만히나 있으면 중간은 갈 텐데도, 공연히 긁어서 부스럼이다. 홍랑 앞에서는 무엇이든 아는 체를 말아야 한다.

"문선생, 풍인(風人:시부에 능한 사람)이란 아무 때나 나서는 게 아닙니다."

"천루하여 바닥이 난 것입니다."

"글쎄, 글쟁이가 글이나 쓸 일이지, 무얼 안다고 외도를 하십니까그래."

"글쎄 말입니다. 오도방정을 떠는 중입니다."

"선녀가 하늘에 오르내리는 것은 천의(天衣) 때문만은 아닙니다. 천궁(天弓;무지개)을 타고 오르내리는 거죠. 그래 천공(하느님)으로부터 미움을 받은 선녀는 무지개로 지상에 내려놓고 무지개를 걸어 버리면 그만인 것입니다."

"계속 듣고만 있겠습니다."

"그러기에 용한 무당을 무지개무당이라고 하는데, 무지개를 걸어 천상에 못 오른 선녀를 자처한 데서 생겨난 말이랍니다. 천지 신명에게 기원하는 고삿상에도 무지개떡이 오르게 마련인데, 그것도 그 소원을 들어줄 천제가 계시는 하늘로 통하는 통로를 만들기 위함이라구요. 역시 신방에 들이는 주안상에 무지개떡을 놓아 두는 것도 신랑 신부 사이에 무지개 다리를 놓는 의미랍니다."

"천천히 이야기하세요. 숨 넘어가겠습니다."

"어릴 때 무지개를 보고 손가락질하면 생손 앓는다는 말 들어보았지요?"

"예, 그래요."

"그게 다 무지개의 속신(俗信)으로, 하늘 땅을 잇는 아름다운 매체이기에 그런 것입니다."

"그러면 낭자(홍랑)도 그쪽에서 가운(嘉運:최경창의 자)을 만나 보고 싶으면 천궁을 이용했겠네요?"

"그렇지요. 순전히 내 덕분에……."

"내 덕분이라니요! 고죽의 공적은 어떡하구요?"

"그분의 공적은 저 세상에선 오히려 걸림돌에 지나지 않아요. 당파와 정쟁, 변방에서의 살육으로 욕척의 끈에 감기어 숨도 쉬기 어렵답니다. 그러기에 가끔은 자유로운 내가 그를 찾아가 위로하고 있습죠."

"아니, 고죽을 만나면 성질이 나지도 않던가요? 살아서 봉성(서울 장안)으로 데려가지도 않은 사람을 말입니다."

"그래도 그분은 내게 삶의 의미를 찾게 해준 분이었습니다. 사랑이 끝을 보이면 되겠습니까."

"아무튼 지독하군요."

최경창(崔慶昌), 그의 자(字)는 가운(嘉運)이요, 호(號)는 고죽(孤竹)이다. 본관은 해주이며, 안태본은 전라도 영암이다. 1539년(중종 34년), 평안도 병마절도사를 지낸 수인(守仁)의 외아들이다.

그가 고향 영암에서 유년기를 보낼 때의 일이다. 주야로 한학을 수학하면서 짬짬이 퉁소를 불기도 했는데, 어느 날은 밤에 왜구들이 해변으로 쳐들어와 마을 초입에서 진을 치고 있었다. 그리하여 경창이 사랑채 마루에서 퉁소를 구슬피 불자 왜구들이 향수에 젖어 흩어져 위기를 모면했다는 일화가 전한다.

어쨌거나 최경창은 학문과 문장에 능해 율곡 이이, 구봉 송익필, 동고 최립 등의 지인들과 우이동에서 시를 주고받았기에 세인들이 그들을 조선 팔문장(八文章)이라고 불렀다.

그뿐만이 아니다. 송강 정철, 만죽 서익 등 문사들과 삼청동 문원(문단)에서 놀았기에 그들 모두를 세상 사람들이 대동 이십팔숙(二十八宿)이라 부르기도 했다. 어디 그뿐이랴! 옥봉 백광훈, 손곡 이달과 함께 당풍을 진작시킨 삼당파 삼당시인으로 시사에 기록되고 있다.

청년 최경창은 백광훈과 함께 청련 이후백(李後白)에게서 글을 배웠으며, 송천 양응정(梁應鼎)의 문하에도 드나들었다. 그 무렵 삼당파 시인 외에 제봉 고경명, 백호 임제 등이 등장하여 시사의 일세를 풍미했다. 이달 외에 모두가 전라도 사람이라는 공통점을 지닌 그들은 발군의 재주를 가지고 중앙에 진출하여 그들이 계림(문단)에서 발휘한 격조 높은 운치는 세인의 부러움을 사기에 충분했다.

백광훈의 우수와 비애, 이달의 애상과 절망, 임제의 비분과 격정, 최경창의 기개와 풍류라는 시적 특질은 그 이면에 남도인들의 감정을 깊숙이 담고 있다 하겠다. 교산 허균이 그들 가운데 최경창을 가리켜 시가 편마다 모두 아름다운 것은 반드시 단련하고 다듬어서 마음에 모자람이 없을 때 내놓기 때문이라고 하였다.

고죽 최경창은 당대의 수많은 명사와도 교류하였다. 거론하라면 율곡 이이, 우계 성혼, 사암 박순, 송강 정철 등이 그들이다.

기득권을 가진 중앙 상층부에 발을 딛기도 했으나, 성정이 굳센 편이어서 늘 변방으로 쫓겼다. 시와 서예, 활쏘기, 피리 등 뛰어난 재주에도 불구하고 변방의 낮은 자리에서 고상하고도 고결한 생을 가꾸었던 것이다.

이제 그를 홍랑과 만나게 해주어야 한다. 물론 오늘 밤을 지나서이다. 오늘 밤 자정이면 홍랑을 자유롭게 해줄 수 있기 때문이다.

홍랑을 붙들고서 다시금 자리에 앉힌다. 아니다. 거짓말이다. 붙들 수가 없는 홍랑을 두고 무슨 망말인가. 그대들도 문자가 허튼소리를 하면 빨리 바로잡아 주어야 한다.

홍랑을 나무 벤치에 앉게 했다. 오가는 사람 모두가 제각기 생각에 젖어 있으리라. 아무 생각 없이 다니는 사람은 없을 테니까. 저기 저 자전거를 타는 사람은 무슨 생각을 하고 있을까. 미안하지만, 그에게는 생각이란 게 없다. 오감이 중심(균형)잡기에 열중해 있으면 생각은 공방이 된다.

그러니 무료하게 앉아 있을 필요가 없다. 재잘대는 참새가 시끄럽기는 하지만, 제 살기 위한 방편이 아니던가.

"그런데 여부인께서 이것만은 밝혀 주셔야 하겠습니다. 생몰과 본명 말입니다. 이것만은 밝혀 주어야 당신을 알고, 그대를 아는 것이 아니겠습니까?"

"다 부질없는 것을요."

"부질없다니요! 나의 그대들이 그것도 밝혀내지 못하면서 무얼써 갈기느냐고 할 것 같아 미리 묻는 것입니다."

"차차 알게 될 것입니다. 분명한 것은 내가 홍가라는 사실입니다."

"그야 서상(앞글)에서 암시를 주었기에 다 아는 사실입니다."

"그러니 홍원 여자라서 홍랑이 아니고, 홍씨 딸이기에 쉽게 홍랑이라고 한 것입니다. 좋지 않아요? 그대가 언뜻하면 문자(文子)라고 하듯이……."

"그러면 본명은 그렇다 치고, 생몰이나 압시다!"

"계산을 해보시구려."

"그렇지, 계산을 해보면 알겠습니다그려. 고죽이 1573년 만 서른넷에 북도평사가 되어 경성으로 가던 길에 홍원에서 홍원댁을 만났겠다. 그런데 그때가 임자께서 계년(笄年:15세)에 입적하여 일년 후라고 하였던가요?"

"그렇습니다."

"옳아, 그렇다면 1557년으로 신유(辛酉)생 닭띠로군요."

"아이고, 빨리도 계산하십니다."

"이래봬도 소인이 눈치와 수치에는 일가견이 있는 사람입니다."

"대단한 자랑이군요."

"그럼요. 그럼 그럼……."

"그래도 모른 게 있습니까?"

"생년을 알았으면 월일까지는 알아야 속이 후련해지지 않겠습니까?"

"그것도 알아맞혀 보세요. 스무고개를 하든, 뭘 하든……."

"봄 여름 가을 겨울, 어느 계절인지요?"

"초하입니다."

"그렇다면 오월입니까?"

"아닙니다. 맹하(孟夏:음력 사월)입니다. 그것도 윤사월이지 뭡니까."

"그게 그것 아닙니까. 더 묻지 않겠습니다."

윤달은 시간의 잉여(剩餘)이다. 한 달이 가외로 있는 까닭에 공달, 또는 여벌달이라고 한다.

이에 착안하여 윤년이나 윤달에는 무슨 일을 해도 동티가 나거나 부작용이 없는 것이라고 믿었다. 막말로 송장을 거꾸로 세워도 탈이 나지 않는다 했다. 무슨 일을 해도 부정을 타지 않는 달이니 가옥을 수리하거나 이사를 해도 지장이 없다는 것이다. 혼례를 올리고 수의를 만들어 두면 더욱 좋단다. 따라서 윤달(閏月)은 무탈의 달이므로 윤택할 윤자를 써서 윤달(潤月)이라고도 했던 것이다.

아무튼 홍랑은 1557년(조선조 13대 명종 12년 신유년) 닭띠생으로 윤사월 모일에 태어났다. 몰년까지 알아낼 수만 있으면 더욱 좋겠지만 참아야겠다. 최씨 가문을 위해서도 졸년을 알아냈으면 좋겠지만, 너무 욕심낸다고 성질을 낼까 봐 참아야겠다.

산이 홍랑에게 은애(恩愛)는 아니더라도 은정(恩情)은 있는 것이기에 조용히 그녀를 따르는 것이 도리이다. 말을 곱게 하면 마음도 고운 법, 이타정신이 투철한 산은 오늘 기꺼이 홍랑의 길라잡이를 자청한다.

이제는 홍랑을 앞세우고 정발산 쪽으로 발길을 옮긴다. 오후 4

시 햇빛이 그녀의 등뒤에서 뛰놀고 있다.

아직까지도 그대들은 홍랑의 의상에 대해서 묻질 않는다. 궁금하지도 않는 모양이다. 서상에서 찬란한 황금빛 원삼을 입고 있노라고 하였지만, 꼭 그렇지만도 않다. 누구라도 나처럼 영매에 의한 천목이 열리면 특정한 혼령(혼백)을 볼 수가 있다. 다만 각자의 욕척에 따라 홍랑의 의상이 달리 보인다는 것이다.

이 얼마나 신기한가!

홍랑이 보라대단 속저고리에 광원사 겹저고리를 입은 건지, 백저포 깨끼적삼을 입은 건지, 화문단 곁막이를 입은 건지, 직금단 삼회장을 입은 건지 각자의 기준에 따라 다르다. 다시 말해 백방사 진솔 속곳에 남방사 홑단치마를 입은 건지, 백방사주 스란치마를 입은 건지, 물명주 고장바지에 난봉항라 대단치마를 입은 건지, 수화주 거들치마를 입은 것인지 각자의 눈에 다 다르게 보인다는 것이다.

그래서 저 세상이 더 복잡 난해하다고 하는 것이다. 왜냐하면, 저승이란 이승의 모든 것, 이미 없어진 것까지 다 있다. 그 옛날 홍랑이 술청에서 썼던 백옥병이며 산호병, 오동병, 황새병, 자라병, 당화병, 쇄금병, 죽절병까지 다 있다. 어디 그것뿐이랴. 홍우(술)로 말한다면 옥로주, 삼해주, 두견주, 송화주, 앵두주, 두강주, 죽엽주, 조시주, 포도주, 자하주, 송엽주, 과하주, 방문주, 천일주, 백일주, 금로주, 연엽주, 정주, 청주, 약주, 탁주, 감주에 이르기까지 없는 게 없다.

이 정도면 타세(저승)의 세계가 어느 정도 현란하며 복잡 미묘

한지를 알 수 있을 것이다. 그러니 아예 저 세상에 대해 알려고 하지 않는 게 속 편한 삶이다. 이승도 다 못 알아서 한이거늘, 저승은 저승으로 가서 알아볼 일이다.

지하철 정발산역 지하도를 통하여 인공폭포 앞에서 물보라에 젖어 본다. 그것도 일세를 풍미하던 홍랑과 함께라면 그대도 부러울 것이다.

창공에 높이 솟는 물기둥도 보았던 그녀인지라, 별로 놀라는 기색이 없다. 이제는 인세에 조금씩 길들여지는 모양이다. 산기슭 바위틈에서 저토록 많은 물이 솟구쳐 흘러내리면 놀랄 것도 같은데 태연하다.

늦철쭉 한 포기가 홍랑을 맞이해 저만치 피어 있다. 어디서 왔는지 노랑나비 한 마리가 날아오른다. 평화는 그렇게 펼쳐지고 있었다.

그러면 그렇지, 그 옆을 돌아나와 나대지 주차장에 세워 둔 그 많은 자동차를 보고서야 깜짝 놀라는 것이었다.

"저 큰 풍뎅이들이 도대체 무엇입니까?"

"풍뎅이들요! 으하하하, 동네 사람들 들어 보소. 풍뎅이랍니다."

"그럼, 저게 풍뎅이가 아니고 뭐지요?"

"달구지를 아십니까, 달구지?"

"달구지야 알지요."

"저게 그 쇠달구지랍니다. 저기 저렇게 기어가지 않아요!"

"신기하네요. 저절로 굴러가네요. 색깔도 가지 각색이구요."

"저게 사람 싣고 다니는 쇠달구지랍니다."

"그런데 저게 우마도 없이 가잖아요?"

"그래서 저것이 지금은 자동으로 간다 해서 자동차라고 한답니다."

"신기해라! 무슨 힘으로 갈까. 앞바퀴 뒤에 뒷바퀴도 따라가네요."

"엔진, 아니 전기, 오일, 아니 기름은 알지요, 기름?"

"그럼요! 기름이야 알지요. 콩기름, 들기름……."

"아이고 두야!"

홍랑에게 자동차가 움직이는 원리를 가르쳐 주려면 석 달 열흘 보름 닷새는 걸릴 것 같다. 초등학교 기초부터 상식을 가르쳐야 하기 때문이다. 그러니 자동차의 구동원리를 끄집어내지 말고 대충 넘어가야 한다.

지난 가을 어느 날 팔십이 넘은 어머니와 텔레비전을 보다가 참으로 답답한 일이 발생했다. 히말라야 고봉의 원정대가 폭풍 속에서 넘어지고 다치면서 위험한 빙벽이며 암벽을 기어오르고 있었다. 그러자 저렇게 힘든 곳을 아니 가면 되지, 무엇 때문에 올라가느냐고 어머니가 물었다.

이럴 때 그대는 무슨 말로 이해를 시키겠는가. 기념, 원정, 정복, 개척 등등으로 어머니를 이해시키려 노력했지만 헛수고였다. 더욱이나 거기 가면 밥이 나오느냐고 묻는 데야 두손 들고 말았다. 그야말로 바보상자 이야기이다.

한 시대를 같이 살면서도 이해가 아니 되는 세상 물정인데, 저 자동차를 두고 구동의 원리를 홍랑에게 이해시키려면 흰 머리가 얼마나 더 나게 될지 모른다. 산 역시 배꼽티며 붉은 머리, 노랑 머리들의 광기에 미쳐 버리는 젊은이들을 이해 못 하긴 마찬가지가 아니던가. 저 한마(사나운 말)들을 길들이기는 정말 어려운 일이다. 요즘 학교에서 학생들의 버릇 없음과 선생들의 무관심이 합치되어 공교육이 무너지고 있다고 아우성이다.

가만있자, 어디까지 와버린 것인가. 샛길을 타고 가다 숲속 어디까지 왔는지 나도 모르겠다. 그래서 가끔은 호흡 조절이 필요하게 된다. 그게 바로 소변시간일지니, 신의 지혜로움에 감탄하지 않을 수가 없다. 분뇨가 한꺼번에 나오게 하지, 왜 따로따로 나오게 한 것인 줄을 스스로 깨닫고 있다.

참으로 큰 발전이다. 홍랑이 이를 알고 단산을 좋아하는지도 모른다. 그렇지 않고서야 이 여인이 친구할 여인이 아니지 않는가.

정발산 중턱에 다다르니 일산의 신시가지가 시야에 펼쳐졌다. 가까운 강선마을과 강촌마을이 보이기 시작했다. 천천히 걷고 걸었다. 나 시생은 언제나 홍랑의 뒤 좌측에서 적당한 간격을 두고 따른다. 물론 나에게도 계산은 있다. 홍랑을 보호하고 인도하며 만약의 경우 붙들기가 좋은 것이다. 오른손으로 단번에 붙들 수 있는 적당한 간격을 유지해야 함이 그것이다.

나무 계단을 한참 올라서니 오른쪽으로 누대가 하나 보인다. 방향을 잡아 걸으며 다시금 대화를 나눈다.

"홍여사, 최서방 만난 이야기나 들어 봅시다."

"그걸 알아서 뭐하실려구요?"

"이왕 만났으니 좋은 기회가 아니겠습니까."

"기왕 만났으니 본전을 뽑자는 거군요. 그러나 무엇이든 감추어 있을 때가 신기한 것 아니겠습니까?"

"그러나 그 알맹이를 보고 싶은 충동이란 때로 생사를 걸 때도 있는 것 아니겠습니까. 그러니 나무라지 마시고 슬슬 풀어 놓으시기 바랍니다."

"오늘 보니 문서방은 끈끈이로군요."

"거지 발싸개로소이다."

"그렇게까지야……."

"어차피 버린 몸입니다. 죽이든가 살리든가, 맘대로 하십시오!"

"내가 왜 그런 책임을 져야 하나요?"

"그러니까 최고죽과 무슨 일이 있었는지, 고백하라는 것입니다."

"아이구야! 화적대가 따로 없네요."

"소인의 다른 이름이 단산(丹山)입니다. 홍건적이 아니라 단건적이라도 되어야 할 것 같습니다. 벼르고 벼르던 기회인데 놓칠 수가 없지 않겠습니까."

정말이지 벼르고 벼르던 기회이다. 선배인 황진이(1519년 기묘생)도 만나 보았고, 후배인 이매창(1573년 계유생)도 만나 보았다. 이제는 가희 홍랑(1557년 신유생)을 이곳에서 만났으니 쉽게 물러설 내가 아니다.

홍랑이 우리 나이 열여섯에 최고죽을 만났다고 했다. 그곳이 홍원(洪原)인지, 경성(鏡城)이었던지도 밝혀야 한다. 고죽이 경성에서 일 년여 만에 다시 한양으로 가게 된다. 그것이 영전인지 좌천인지, 과만(임기가 만료)인지, 당파의 희생으로 불려가는 것인지를 정확히 알아야 한다. 홍랑이 경성(서울)엘 한 번 간 것인지, 두 번 간 것인지도 바로 잡아야 한다는 것이다.

그뿐만이 아니다. 경성에서의 헤어짐, 그러니까 고죽이 서울로 간 것이 봄인지 여름인지를 정확히 하자는 것이다. 홍랑이 아이를 낳았는지 아닌지도 알아야 한다. 또한 홍랑이 그 험한 천리길을 칠주야 걸어서 도성에 도착했다고 하는 문제도 지나친 과장이 아닐 수 없다. 바로 잡아야 한다. 장정도 열흘 넘어 걷는 험난한 천리길을 아녀자가 도저히 걸을 수 없기 때문이다.

"홍랑 씨, 사람이 주야 삼일을 걸으면 노독에 죽는다고 들었습니다. 홍원에서 이곳까지 어떻게 칠주야를 걸어올 수 있었는지요?"

"정말이라면 나도 그때 죽었을 겝니다. 장정도 해내기 어려운 행보이지요."

"그때야 더욱 험한 길이 아니었습니까?"

"험한 길이다마다요."

"우리가 지금 올라온 이 정발산의 높이가 이백구십 자 정도 된답니다. 이것도 산이라고 나무 계단을 한참 올랐더니 숨이 찹니다."

"금방 정발산이라고 했나요. 무슨 정자입니까?"

"솥정 자, 바릿대발 자입니다."

"해마다 풍년을 기약했던 산이로군요."

"그렇답니다. 산형이 세 발로 뻗어 있어 솥정 자를 썼던 모양입니다."

"그렇군요. 그렇게 보이네요."

"그런 것을 보면 옛사람들도 상당히 해학적인 데가 있었던 것 같습니다."

"매사에 해학이 넘쳐흘렀지요."

그렇다. 옛사람의 음담패설도 가히 기상천외한 바가 없지 않다. 인간 속성이란 게 배꼽 아래는 인격이 없다고 했지 않았던가. 해학과 음담패설의 차이는 품위가 있고 없고의 차이다. 오해 없도록…….

산도 음담패설이라면 동서 고금을 넘나들며 배꼽을 쥐게 할 수도 있겠지만 접어두어야겠다. 홍랑의 체면에 구김살이 가는 짓은 하지 말아야 하기 때문이다. 지금도 홍랑에게는 너울인지, 쓰개인지, 장옷인지 왼손에 걸친 것이 있다. 무엇인지 모를 그것을 기회가 있으면 펼쳐 보고 싶다. 아까부터 영 궁금해서 견딜 수가 없다.

우리 나라는 예부터 남녀 유별이 심해서 남자와 여자는 엄격히 내외하는 습속을 지녀왔다. 그 내외를 하는 방식 중 하나가 여인들이 얼굴을 함부로 외간 남자에게 드러내지 않도록 얼굴 가리개를 고안해 냈다. 그래 너울은 궁중에서 많이 사용했고, 장옷이나 쓰개치마는 일반 상류층에서 쓰여졌다. 그러기에 조선의 여인들에게 보여지는 세상은 그렇게 넓지도 않았고, 눈물이 흘러도 흐르는지를 모르게 했다. 이렇듯 억눌린 조선의 여인이 있었으니 여기에 한 분을 옮긴다.

임란 후의 선조 때 일이다. 새며느리를 맞는 영명공주(英明公

主)의 잔칫집에 고관대작의 마님들이 성장을 하고 모여들었다. 모두가 한참 야단법석을 떨고 있는데 갈의(칡넝쿨에서 뺀 실로 만든 옷) 저고리에 거친 삼베치마를 입은 한 할머니가 문안으로 들어섰다. 누군가가 거지인 줄 알고 내쫓으려 하자 공주가 신발도 신지 않은 채 뛰어나가 반갑게 맞아들이는 것이었다. 그분이 바로 당대의 명정승인 이정구의 부인이었던 것이다.

그대들은 어찌 생각할지 모르겠다. 그분은 현직 정승의 부인이었다. 그날의 당당한 모습이 너무도 거룩해서 모두가 멀리 나앉더라는 것이 아닌가.

우의정에서 좌의정이 된 이정승은 사람이 현달할수록 겸허하고 드러내지 말아야 하는 것을 덕목으로 삼았다. 곧 몸에서 나는 빛은 번쩍이게 해서는 안 된다 하여 비단옷이나 관복을 입고 나들이를 할 때는 반드시 그 위에 허름한 베두루마기를 걸치고 다녔다. 그대는 이럴 때 지나친 결벽증이라고 말을 하겠지만 참아야 한다. 건방지기 때문이다.

그 남편과 그 부인 사이에 태어난 백주와 현주는 더불어 현달하였다. 그들은 당상의 높은 벼슬살이를 하면서도 집에 돌아오면 나뭇짐이나 거름짐을 손수 져나르는 성실함을 보였다. 밥상에 세 가지 이상의 반찬을 놓아 먹지 않았다 한다.

문이 이렇게 입이 아프도록 말을 하는 것은 잘 먹고 잘 입고 사는 것만이 거룩한 삶이 아니라는 말을 하고 싶어서 그런 거다. 저 세상의 욕척은 그런 데 써먹으려고 있는 것이다. 똥고집 센 문자가 기어이 한마디를 한다면, 똥꼬치마 입고 고약한 냄새 피우며

거리를 쏘다니는 여성들은 이제 그만 집으로 돌아가라는 것이다.

　저 애미나이가 눈을 흘겨도 옳은 소리에 박수를 치는 사람이 많다는 것을 알아야 한다. 저기 저 다정하게 걸어가는 남녀 한 쌍도 새겨들어야 한다. 살이 되고 뼈가 될지니…….

　정발산 산등의 돌길이 인상적이다.

　이제는 평심루(平心樓) 다락으로 함께 오른다. 저 아래 펼쳐진 일산 신도시의 마을 마을이 평화롭다. 장성마을, 성저마을, 문촌마을, 강선마을, 후곡마을, 양지마을, 밤가시마을, 호수마을, 강촌마을, 정발마을, 백마마을, 박송마을, 흰돌마을, 멀리 탄현마을, 중산마을까지 내려다보인다.

　"홍선생, 소생이 여기 이곳까지 모시고 온 이유가 있습니다."

　"그러세요?"

　"예, 지금 해가 멀리 강화도를 넘어가고 있습니다. 조금 있다가 어두워지면 홍원이며 경성, 한양 이야기를 모두 들려주어야 합니다. 이제는 사람들이 거의 하산을 할 것입니다. 그러면 우리 둘이만 이곳에 남게 되는 거예요. 기분이 어떻습니까?"

　"기분이란 그 옛날 군막에 있을 때보다야 못 하네요. 물정 모르고 고죽만 따라다니던 그때가 그래도 좋았습니다."

　"그렇습니까? 이제 차근차근 그 옛날 이야기나 들어 봅시다."

　"그런데 저 시가지에 요란한 불빛이 피어오릅니다. 점멸하는 저 등롱들은 다 무엇입니까?"

　"글쎄, 저것들이 무엇일까요. 오늘 밤 홍여사가 이 누대에 오른 줄 알고 환영을 하려고 그런 건지, 홀기려고 그런 건지 두고 봅시다."

"그나저나 신기하네요. 불빛이 저토록 찬란하게 점멸하다니
……."

"저게 현대판 청사초롱입니다."

홍랑이 놀라고 있다. 그도 그럴 것이, 전등을 이해 못 하는 홍
랑으로서는 가히 일대 장관이 연출되고 있는 것이다. 이를 또 설
명하려면 초등학교로 가야 한다. 기본교육이 되어 있질 않아 이
해시키기가 어렵기 때문이다. 차라리 산중문답으로 일관해야 한
다. 어디 그것뿐인가. 저 멀리 김포비행장에 오르내리는 비행기
를 설명하려면 차라리 죽고 말 일이다.

"여사께서 오색 등불을 보더니 구미가 당기는 모양입니다."

"구미 정도가 아닙니다. 저렇게 찬란한 불빛은 처음 봅니다."

"처음 보실 겁니다."

"저게 도깨비불도 아니고 무엇일까요?"

"알려고 하지 마십시오. 정체를 알고 나면 신비가 없어지기 때
문입니다."

"그럴까요."

처음으로 홍랑이 산의 의사에 동의한다. 순수가 서로를 접근시
키고 있는 것이다. 쓸데없이 개똥철학 끄집어내 보았자 냄새만
날 뿐, 건강에 도움이 되질 않는다.

그대여, 청결한 심정의 끈이 우리를 동여맬 때에 우리는 일체가
되어진다. 우리들에게 전혀 도움이 되지 않는 아랫것들의 지적
오르가즘에 취하게 되면 변방의 오랑캐가 우릴 건들게 된다. 똥

고집 피우지 말고 순수의 저 솔바람 소리를 들을 줄 알아야 한다.

"여사, 아무리 궁금하여도 저것이 무엇을 태워서 저런 불빛을 내느냐고 묻지 말기 바랍니다. 길가는 사람이 들으면 유치원에나 가보라고 할 것입니다."

"함구무언하겠습니다."

"그래도 그렇지, 함구까지야 할 필요가 있겠습니까."

"……"

"그건 그렇고, 저 찬란한 불빛을 보고서도 시적 감흥이 없다면 어찌 홍규(기루)의 여인이라 하겠습니까?"

"그러니 한 수 읊으라는 겁니까?"

"그렇습니다. 모처럼 홍시인의 운치를 들어 볼 기회를 주시겠습니까?"

"소원이라면 무엇인들 못 하겠습니까."

홍랑이 저 색색의 등불을 보고서 한 수 읊겠단다. 기대가 된다. 낭의 시적 기교야 가히 아는 바이니 더욱 기대하지 않을 수 없다.


저 찬란한 불빛 아래 누가 있을까.
저들의 마음도 불빛처럼 고울까.
나도야 꽃초롱 하나 들고 노래하려네.


홍랑이 〈꽃초롱〉이라는 시를 한 수 낭송한다. 대가이다. 어찌 금방 멋스런 시상이 떠오를까.

이 여인을 도저히 그냥 내버려 둘 수가 없다. 결코 운명의 장난이 아니다. 이 청순한 여인에게서 천국을 보아야 한다. 저 순박한 동공에서 천상의 노래를 훔쳐내야 한다. 정말이지 이 순결한 여인의 목소리에서 명랑한 시냇물 소리를 들어야겠다. 청절의 가슴 속 천둥 소리를 기어이 들어 보련다.

"시인이시여, 저 불빛보다도 곱습니다."

"놀리는군요."

"놀리다니요. 그런데, 나도야 꽃초롱 하나 들고서 무엇을 노래하겠다는 것입니까?"

"그렇다니까요. 금방 흠집을 들춰내는군요."

"대가의 수작에 무슨 흠집이 있겠습니까. 다만 의미를 묻는 것입니다."

"그럼, 낙구를 고치렵니다. '나도야 등불 하나 들고서 이 밤을 밝히리라' 됐습니까?"

"그래 저 불빛 아래 있는 사람들의 마음이 고울 것 같습니까?"

"꽃처럼 고울 테지요. 저렇게 요지가지로 꾸미고 사는데 마음인들 얼마나 곱겠습니까. 꽃처럼 곱고 빛처럼 밝겠지요."

"큰일났네……."

"큰일나다니요. 쉰네가 무엇을 잘못 알고 있는지요?"

"아닙니다. 밤공기가 차가워서 하는 말입니다."

홍랑이 지하에서 너무 오래 잠을 잤나 보다. 이곳 사정을 전혀 모르고 있다. 그러니 이 여인에게 다시 눈물 나게 하면 아니 된다. 내 최대한 노력하여 홍랑의 눈가에 이슬 맺히지 않도록 해야겠다. 최고죽이 그만큼 울렸으면 됐지, 나까지 울리게 되면 모두가 산을 가만두지 않을 것 같다. 그런데 문제는 어떻게 상처를 건들지 않고서 위로해 줄 수 있단 말인가. 어줍잖은 문군이 그럴 실력 있을지, 불안해 할 그대를 위해서도 노력은 해보겠다.

누구에게나 고통과 행복은 번갈아 온다. 누가 나에게 장차 고통이 있을 것이라고 해도 맞는 말이다. 그걸 이용해서 밥 먹고 사는 사람들도 있다. 다시 말해, 사랑은 아픔만을 낳는 것이기에 모두가 고민하고 불안해 한다. 산의 말이 틀렸다고 하는 그대는 나의 그대가 아니라고 아니 할 수 없지 않다. 그대는 이 말의 뉘앙스에 함정이 있게 보이는가. 신발 신고 발바닥 긁는 것처럼 시원치가 않는가!

그래도 속상해 할 일이 아니다. 산의 자유가 그대를 구속하지 않는 한 박수를 아끼지 말라. 정발산 평심루에서 평심을 찾아야 하겠다. 가슴이 따뜻한 평심을 찾아야 한다.

"무엇을 그렇게 생각하세요?"

"그렇게 보이나요?"

"무엇인가 아까부터 고심하고 있는 것 같은데요?"

"그래요. 내게 당신은 누구인가를 생각중입니다. 바보 같은 당신을 말입니다."

"당신이라면 누구를 말씀하시는 것인지요. 소인이 원체 석두라서."

"그야 해주 사람이지요."

"영암 사람이 아니고요?"

"맞습니다. 영암 사람이네요."

그렇다. 그들이 만든 세상, 그들이 누벼 가게 해야 한다. 그들
이 하나 되어 펼친 세상 그들 둘이서 마름 엮어 살게 해야 된다.
이제 그들을 만나게 해야겠다.

# 내 얼굴 눈물 자국

내 얼굴 눈물 자국 가랑비 때문일레
가슴속에 천둥소리 울리고 떠나가신
낭군은 처음부터 비오게 했더이다.


지금까지 하나의 단락마다 이처럼 중간 제목을 붙여 왔다. 앞으로도 변함이 없을 것 같다. 산의 졸작인 시조의 초구나 중구, 또는 낙구를 빌려 중간 제목을 붙인 것이다. 역량 부족인 것이 한눈에 보여질 것이나, 그대들이 하해와 같은 마음으로 해량해 주실 것을 믿기에 계속 용기를 내보련다.

평심루 난간 잡고 서 있는 홍랑의 허리가 세요요 초요이다. 살랑거리는 바람에 옷깃이 날리면 영낙없는 초요이다. 자고로 허리가 가늘어야 미인이다. 뚱보를 미녀라고 하는 바보는 없기 때문이다.

한토의 초나라 영왕(靈王)이 가는 허리를 좋아했기로 온 나라의 여인들이 가는 허리를 만들기 위해 굶어 죽는 여인이 잇따랐다. 이를 초요(楚腰)현상이라고 한다. 몸에서 독특한 체취를 풍기는 서역계 여자가 있는가 하면, 허리가 그토록 날씬한 진역(우리 나라), 곧 한국계 여자들이 미희로서의 주가를 올렸다.

요즘 그 날씬이가 되고 싶어 안달인 여인들이 있는 모양이다. 공녀(貢女)가 유독 많았던 우리 나라이기에 또다시 화를 입을까 걱정이 된다.

"홍랑 아씨, 이곳까지 올라오길 잘했지요?"

"그런 것 같습니다."

"저기 저 불빛들이 아씨의 쌍무지개보다 고운가요?"

"그렇지는 않는 것 같습니다. 다 같은 불빛에 의한 것이로되, 저 불빛은 조금 상스럽게 보입니다. 방정을 떠는 게 혼란스럽기도 하구요."

"그런가요. 저것들이 아무리 고와도 수무지개보다는 못하다는 말씀이군요."

"곱기로야 암무지개보다도 못하지요."

저 불빛이며 네온사인이 암무지개보다 못하단다. 쌍무지개에서 유난히 밝고 고운 것이 수무지개이다. 세상에 무지개도 암수가 있다는 말 들은 그대는 산에게 감사해야 한다. 이는 지적 오르가즘이 아니다.

저 불빛 아래서 인간 만사 희로애락이 꿈틀대고 있는 것을 생각하면 단산의 말이 길어지는 것도 무리가 아니다. 저것도 우리 모두가 일구어 낸 것들이라고 생각하면 감개가 무량할 수밖에 없다. 무량수 무량이다. 정확하지는 않지만 셈의 단위로서 일, 십, 백, 천, 만, 억, 조, 불, 경, 극, 겁, 황하사, 아승기, 나유타, 불가사의 다음 가장 나중이 무량수이다.

또 딴전 피우고 있다. 위치를 확인해 보니 상당히 이탈되고 있다. 낭떠러지로 떨어지기 전에 빨리 제자리로 가야겠다.

"홍여사, 여사의 호칭을 뭐라고 불러야 가장 무난하겠습니까?"

"지금껏 그랬던 것처럼, 마구잡이로 부르는 것이 더 재미가 있는 것 같습니다."

"역시 그것도 그때그때 운치를 살리는 게 좋다는 얘기로군요."

"그래서 나도 아무렇게나 불렀는데, 싫으셨나요?"

"아닙니다. 그건 그렇고, 우리도 보리술이나 몇 병 가지고 올라올 걸 그랬습니다."

"술이요?"

"도수가 제일 낮은 보리술이라는 홍우(술의 미칭)가 있습니다."

"홍우는 무슨 홍우입니까. 화천(禍泉:술의 별칭)이지요."

"아이구야! 생전에 밀밭 근처도 안 가본 분처럼 말씀하시는군요."

"해본 소리입니다. 귀신도 주향을 맡고 눈을 뜬다지 않습니까."

"그래요. 낮엔 먹고 밤엔 마시는 겁니다. 세상 이치가 그렇습니다. 그래야 어둠 속에서 도원을 만들어 낼 수 있지 않겠습니까!"

"이제 보니 주도사이군요?"

"주박사입니다. 옛사람도 세사는 금삼척(琴三尺)이요, 생애는 주일배(酒一盃)라고 했지 않습니까. 내 그 말을 귀담아 시행하려고 노력하고 있습니다."

"잘났어 정말, 그렇게 살다가 죽으시구려!"

"점잖은 분께서 그런 소리까지야……."

"어울리지 않다는 겁니까?"

"어찌 쪼금 그러네요."

성인도 진노한다는데, 홍랑이라고 어찌 다르지 않겠는가. 일사도 몸에 걸치지 않고서 육욕의 단젖을 빨 때도 있었으리라. 가슴속에 천둥소리를 내게 하는 임을 두고서 고통의 밤을 지샌 홍랑이 아니던가.

무서운 밤의 유혹을 뿌리치지 못하고서 눈물의 강에 빠져 있던 홍랑이다. 한 남자의 여자, 그 이상의 욕심은 없으니 제발 구해 달라던 홍랑을 두고 이 밤 대작을 못 하는 것도 두고두고 후회가 될 일이다.

"구원이란 어디로부터 오는지, 찾거든 나에게도 가르쳐 주시구려."

"사랑은 고통과 동행하는 것, 태어남도 만남도 그 자체가 괴로움의 시작인데, 무슨 구원이 있겠습니까."

"그렇다면 좋은 수가 없겠습니까?"

"좋은 수라뇨?"

"저걸 보세요. 저 강 너머 하늘에 큰 불덩이가 가고 있지 않습니까. 저게 무엇인지 알겠습니까?"

"글쎄요, 아까부터 불빛이 공중에서 왔다리갔다리하는데, 그러잖아도 물어보려고 했습니다."

"그게 말입니다. 누가 인간 고해에 빠져 있나, 구해 주려고 왔다갔다하는 것입니다."

"그렇군요."

"그게 비행기라고 하는 것인데, 누군가를 구하려고 할 때는 무서운 속도로 가서 구해 준답니다."

"그래, 그렇게 구해서 어디로 가나요?"

"불덩이 안에 담아 가지고 멀리 가서 요지연에다 내려놓는답니다."

"나도 그럼 저쪽으로 가서 있어야 되겠군요?"

"아닙니다. 그쪽으로 갈 게 아니라 오게 해야지요."

"아이고 문서방, 기술도 좋습니다."

"핸드폰으로 부르면 금방 온답니다."

"핸드폰이 무엇인가요?"

"가지고 다니는 전화기라고 하는 게 있습니다. 그걸 가지고 부르면 오게 돼 있어요."

"그러면 그렇게 한번 해보시구려!"

"그런데 그걸 안 가지고 나왔습니다. 충전을 한다고 두고서 깜빡……."

"그만 '깜박'하는 것은 예나 지금이나 마찬가지이군요."

"그 버릇 어디 간답니까!"

산이 이 맛으로 산다. 흥랑하고 죽이 맞다 보면 자정도 넘길 것 같다. 그러니 이제는 다투지 말아야 한다.

산이 왜 그 옛날에 태어나지 못했을꼬. 조선조 중엽에 태어났더라면 문사들과 함께 사장(문단)에서 견줘 보았을 것을, 못내 아쉽다. 여류문사들 틈에 끼어 운율을 밀고 당기고 하였으련만, 못내 아쉬움이 더한다. 산이 최경창만 못했을까 싶다. 문림(문단)을 그냥 휘저어 버렸을 내가 아니던가.

그보다 한산세모를 받쳐입은 여인이 홍장을 하고서 내 가슴에 쓰러지면 난 어떻게 하였을까. 얹은머리가 풀릴까 봐 뒤로 물러났을까. 아니다. 깨끼적삼 속으로 손을 넣어 속살을 만져도 보았을 것이다. 한사코 고개 숙이는 여인을 안고서 긴 겨울 밤이 짧다고 방정을 떨었겠지. 함께 죽자고도 하였을 테고…….

그럴 즈음 울먹이는 어깨 너머로 홍촉하 불빛이 아교처럼 녹아내렸으리라. 풀먹인 대단치마가 바스러지도록 안으면서 어찌하여 하늘은 너를 두고 나를 보냈느냐고 그럴듯하게 얼버무렸을 것이다. 야즈랑스럽게 여인이 입을 놀리면 '어허' 소리만 연발했을 게 아니던가. 촉하에 드러난 삼회장 저고리의 옆구리가 너무 고와서 손길이 갈까말까 망설이기도 하였겠지.

그때에 태어났더라면 저 지독한 페미니스트들을 만나지도 않았을 것이다. 그동안 해체주의를 표방하던 그들이 이제는 배격주의로 돌변하여 동네마다 불안하다. 제발 병등이 아닌 균형의 묘를 살릴 수는 없는 것인지, 단 한번의 사랑을 위해 잡아먹히는 사마귀의 사랑이 하도 가엾어서 눈물이 날 지경이다.

이 정도로 참아야겠다. 너무 과격하다고 그대가 발길로 걷어차면 나만 죽사발 되는 거다. 물론이다. 그만 흥분하라고 어디선가 망제가 울어댄다. 심학산이 아닌 가까운 고봉산에서 들려오는 것 같다.

"홍랑 씨, 저쪽에서 망제혼이 울어대네요."

"그러네요. 저게 저토록 애잔하게 울어대니 옛 함관령의 일이 생각나네요."

"그러세요. 괜한 말을 했군요."

"아닙니다. 그때는 저 접이가 나의 유일한 벗이었답니다. 그도 그럴 것이, 지나 내나 서럽기는 마찬가지였으니까요."

"……."

"그 고개를 어머니 때문에 넘어다녔고, 그분 덕분에 넘어다녔습니다. 그럴 때마다 저 접둥이가 위로해 주더군요."

"뭐라구 위로해 주던가요?"

"서럽기로야 나보다 나을 테니 울지 말라고 하더군요."

"미물이 인간보다 낫군요."

"심장을 지근지근 씹어낼 듯 울어대는 데야 나까지 서러워지더군요."

"그러기에 접동새는 자기보다 더 잘 우는 새가 있으면 죽고 말았을 것입니다."

"참 재미있는 말이군요. 역시 그대는 내가 친구할 수 있는 분이에요."

"백수에 건달을 친구한다구요?"

"어째서요. 이만한 낭객이면 충분하지요."

고맙기 그지없다. 홍랑이 끝까지 친구하겠단다. 태어날 때부터 매나니(빈털털이)에 지나지 않는 문군이 아니던가.

달이 휘영청 밝은 산촌의 밤이면 소쩍새가 가슴 찢는 피어린 울음을 운다. 탐욕과 굴욕, 고통과 번민 등 가지가지 탐욕에 물든

예토(이 세상)에서 신음하지 말라고 울음 운다. 별과 구름과 바람과 비, 숲과 물소리에 젖어 욕심 없이 살라 한다.

욕계의 배신 때문에 나라를 빼앗긴 망제(望帝)의 혼이 그 원통함을 참을 수 없어 밤마다 목놓아 울고 있다. 지나(중국)의 촉나라(지금의 사천성)에서 두우란 이름의 망제(임금의 호)가 믿었던 신하(장인)에게 나라를 빼앗기고 원통하게 죽었다. 그의 혼백이 새가 되어 밤마다 저렇게 목구멍에서 피가 나도록 울고 있는 것이다.

신하에게 나라를 빼앗긴 이가 수없이 많지만, 그의 혼백은 유독 원통함이 더했다. 물에 빠진 자를 구해 후일 장인으로 삼았더니, 교활하게 나라를 빼앗은 것이다. 그 원통한 망제의 혼(새)을 기려 후세 사람들이 애도해 마지않은 것이다. 접이, 접둥이, 접동새, 소쩍새, 제혼, 촉백, 촉혼, 촉조, 제결, 자규, 두견, 두견이, 두견새, 귀촉도, 불여귀, 적다정조 등으로 불리우고 있다. 세상에 이만한 원통함이 어디 있으랴!

이 밤 저 두견이 우는 소리에 홍랑의 마음이 상했나 보다. 공규(여인의 빈방)의 여인들이 그리움과 쓰리움에 몸서리칠 때 두견새 울음은 더욱 가슴을 찢는다. 피나게 우는 두견새 울음을 막지 못해 규원(閨怨)의 여인들은 자기 살을 꼬집으며 몸부림쳐 보지만 허사였다.

"홍여사, 이 사람의 노력도 인정해 주어야 하지 않겠습니까?"

"갑자기 무슨 말씀인지요?"

"여러 가지 망제혼을 찾아내려고 시간 많이 빼앗겼습니다. 혼자서 이토록 찾아낸 것도 평소 저력이 있었기 때문이 아닐까요.”

“팔푼이 되기 전에 조용히 하세요! 저 촉혼이 까무라치겠습니다.”

“왜요?”

“웃기지 말라고 말입니다.”

“어허, 듣자듣자 하니 못 하시는 말씀이 없구려!”

“여자는 본시 입으로 살지 않던가요.”

“하긴, 여자는 입이 두 개라서 좀 복잡하긴 하지요.”

“뭐라구요! 듣자듣자 하니 참말로 못 하는 말이 없네요.”

“피장파장입니다.”

“당장 일어섭시다!”

“어디로 가시게요?”

“이제 내려가야 되지 않겠어요!”

싸움은 금물이다. 지금까지 다투지 않으려고 애쓴 보람도 없이 어찌된 일인가.

홍랑의 맘을 상하게 했다면 이는 전적으로 산의 잘못이다. 어떻게 해야 할까. 업고서 내려갈 테니 업히라고 할까. 아니면, 안고서 내려갈 테니 안기라고 해볼까.

이럴 때일수록 정신을 차려야 한다.

평소 아녀자들 후려치던 기술을 이럴 때 발휘해야 한다. 이럴 때 써먹을 수 있는 노하우가 내게 있다는 사실이 나로 하여금 안정을 찾게 한다.

“자기 화났어-요?”

"픽―"

홍랑이 픽 웃는다. 그러면 그렇지, 알랑방구를 떠는 데야 귀신이라도 웃게 돼 있다. 허깨비라도 웃을 수밖에…….

일단은 허리를 굽혀 인사를 해야 한다. 실수를 용서해 달라는 제스처인 것이다.

맘씨 고운 홍랑이 먼저 자리에 앉는다. 저 사려 깊은 모습이라니, 관북미녀의 자태가 역력하다.

어두운 밤인데도 홍랑의 얼굴이 밝게 보인다. 멀리서 오는 불빛 때문인지, 고운 얼굴이 어두움을 밀어내는 것인지 알 수가 없다. 저 시리도록 맑은 눈동자까지 별빛처럼 영롱하다.

조선 팔도에서 미인이 많이 나기로 강계(江界)가 으뜸이었다. 강계는 대한반도의 북단에 위치해 있다. '강계미인' 하면, 키가 늘씬하고 살결이 흰 대신 머리가 칠흑같이 검다. 그래, 이러한 조건을 갖춘 미인이 나타나면 관북 미색을 갖추었다고 했다. 따라서 관북 미색은 바로 한국 전통사회에서 미의 대명사가 되었다.

오늘 밤 평심루에 하북녀보다 더 예쁜 관북녀가 앉아 있다. 오종종한 이남 여성은 근처에도 못 갈 미인이다. 그렇다고 풍만한 여성에게서 보여지는 풍요롭고 너그러움 같은 것이 홍랑에게도 없는 것은 아니다. 끝없이 용서하고 이해해 주는 하해와 같은 너그러움이 그녀의 눈가에 어리어 있다.

이 밤 적강(謫降:신선이 인간 세상에 내려오거나 사람으로 태어남)은 아닐진대, 4차원의 터밭(무형실체세계)을 거닐던 홍랑이 잠시 모습을 달리하여 함께 있으렷다. 산버들가지의 위력이 이처럼 효력이 있을 줄이야 누가 알았으랴. 그러나 한 가지 더 산만이 가지고 있는 주술이 있으니 이는 공개하지 않으련다.

"이제 한 가지 약조해 주어야 하겠습니다."

"약조라니요?"

"이곳에서 가끔씩 만남을 허락해 주십시오. 그리하여 윤필연(출판 기념회)에도 와주셔야 하겠습니다."

"규중 여인이 누구와 약조를 한단 말씀입니까?"

"한없이 너그러우신 임께서 허락해 주셔야 이 몸이 죽음을 면할 것입니다."

"억지도 대단한 억지로군요."

"약조를 아니해 주시면 이 길로 따라가겠습니다. 언제라도 하세(기세)를 할 각오가 되어 있습니다."

"무서운 사람이군요."

"그럼 약조를 해주시겠습니까?"

"씨앗이 코에 불알을 넣고 말지, 못 당하겠네요."

"씨아에 넣을 불알이 있기라도 하는지요?"

"문서방 수준이 검색되고 있는 순간입니다."

"그건 그렇고, 약조를 하신 겁니다?"

"세 번만 만나겠습니다."

"세 번이라면 앞으로 두 번을 말하는 것입니까, 세 번을 말하는 겁니까?"

"그야 앞으로 두 번입니다."

"좋습니다. 낮이든 밤이든 이 자리에서 만나 주시는 겁니다. 그래야 여름날의 운치가 있지 않겠습니까?”

“그러지요. 줄려면 다 벗어야 되는 것 아닙니까?”

“물론이지요!”

사실은 이곳 평심루 북쪽 천정에 큰북을 하나 매달아 놓아야 제격이다. 관리상의 문제가 있겠으나, 북채는 두지 말고 높이 매달면 될 것이다. 그러나 그 북을 지팡이로 치는 정도의 높이는 괜찮을 것 같다.

북은 인류의 최초 악기로 기록되고 있으며, 고대사회에서는 신과 접촉하는 수단이었다. 그러기에 북만큼 내적 갈망을 표출하는 악기는 없다고 하는 사실이다. 북은 귀신을 불러 의사 소통을 하게 할 뿐 아니라, 병을 낫게도 하는 엄청난 주술적 악기이다. 그래서 동물의 가죽으로 북을 만들고 사람의 뼈를 북채로 사용해야 조화로운 것으로 보았다.

또한 북은 풍요의 상징이기도 했다. 남자의 정강이뼈를 북채로, 둥근 관통에 가죽을 댄 북을 인간 음양의 상징으로 보았기 때문이다. 따라서 북은 성적 충동을 일으키게 하는가 하면, 풍요를 가져다주는 복음이기도 했다.

이러한 북이 평심루에 하나 걸려 있었더라면 홍랑을 불러내는 데 훨씬 편할 것 같다. 세 번씩 삼 회를 치면 현현하게 돼 있다.

어찌 되었거나, 서상에서 태초에 말씀과 함께 리듬이 있었다고 했다. 《사기》의 악서에 음악이 시작될 때 북을 친다고 하였으니, 북의 쓰임새를 짐작할 수가 있다. 무릇 사대부가 운율을 개척해 왔다면, 기방의 여인들이 리듬을 개척해 나왔다. 그 리듬을 춤과 노래와 악곡으로 발전시킨 그들의 공과를 무시할 수 없어 단산이 이 밤 잠들지 못하고 있는 것이다.

조선은 고려의 제도를 답습하여 기녀로 하여금 궁중의 진연(큰 잔치)에서 여액을 담당하게 했다. 일국의 큰 경사가 있게 되면 열군(여러 고을)에 명하여 기녀를 뽑아 올리게 했다. 이른바 선상기들을 악원(교방)에 예속시켜 가무를 익히게 했다. 물론 이럴 때 악공은 따로 있게 된다. 특지가 있으면 수에 변동이 있겠으나, 매 삼 년마다 연소 여기 백오십 인, 연화대(무용수) 삼십 인, 의기(여의) 칠십 인 등을 선상토록 했던 것이다.

홍랑이 열다섯에 변방 홍원 고을의 교방에 자진 뛰어들어 한 해가 지난 어느 봄날이었다. 어스름이 고을을 내리덮던 초저녁, 관아의 솟을대문 앞에 막 도착하는 선비가 있었다. 삼십대 중반의 군장을 한 사령이 종자(말을 끄는 시종) 한 사람을 데리고 그렇게 도착하고 있었다.

그때다. 교방으로 들어가던 홍랑이 먼발치에서 그들을 지켜보게 되었다. 솟을대문을 열게 하여 안으로 드는 것을 보아 지체가 높은 분임을 알 수 있었다. 얼굴의 윤곽이나 몸집이 장골이었다. 한참을 눈여겨보았으나 객관(객사)에는 불이 켜지지 않고 동헌에서 불빛이 밝아 올랐다.

그곳에 도착한 사람은 다름 아닌 최경창이었다. 아침에 함흥을 출발한 그가 함관령을 넘어 그곳에 도착한 것이다.

고죽 최경창은 1539년에 출생하여 스물셋(1562년)에 진사에 합격하였다. 이후 스물아홉인 1568년에 문과 을과에 급제하여 대동

도찰방(大同道察訪)이라는 관료직을 맡은 이후 문관으로서의 외직 벼슬살이를 수 년 했었다. 드디어 그의 나이 서른넷인 1573년 정6품의 북도평사(北道評事)에 임명되어 경성(鏡城)의 군막으로 가던 길이었다. 선조 6년의 일이다.

마침 그곳에는 양응정의 문하 동료인 이생려(李生麗)가 홍원 사또(지방관의 총칭)로 시무하고 있었다. 직급으로야 어사또가 홍원 현령이니 종5품으로 한 급 높다. 그러나 그 정도의 직급은 학반(동반, 문반)에게 크게 문제되지 않았다. 문관이든 무관이든 외관직의 현령, 군수, 부사, 목사, 관찰사에 이르기까지 모두를 사또라고 하는 것이니, 기억해 두면 좋을 것 같다.

북도평사는 병마평사를 말하는 것으로 대개 북쪽에서 시무하는 데서 북도평사라 했다. 이를 더 줄여서 평사라 했고, 고죽을 최평사라고 했던 것이다. 병마절도사 다음가는 무관직으로서 국경지대의 일정한 지역 병권을 장악하는 벼슬이다.

그래, 홍랑을 이 밤에 고죽과 만나게 해줄까 말까는 순전히 이 머저리의 권한이다. 어떻게 할까. 자정이 가까우니 일단 홍랑을 그녀의 처소로  보낸 다음에 할 일이다.

"헤어지면 어디로 가십니까?"

"나의 처소로 가야지요."

"나의 처소라……."

"이해가 아니 가남요?"

"알 것도 같습니다만, 그 음습한 곳으로 가려고 그러십니까?"

"아닙니다. 이 우주에서 제일 평온한 곳이랍니다."

"그렇게 좋으면 빨리 가야 하겠습니다."

"문사도 같이 가시렵니까?"

"아, 아닙니다. 난 집으로 가겠습니다."

"같이 갔다가 같이 인아(人痾:어떤 형태든 다시 태어남)가 되어 나타나면 되지 않겠습니까?"

"아무튼 지금은 아닙니다. 아직은 할 일이 많거든요."

"같이 가서 암수 무지개를 잡고서 줄넘기나 하자구요!"

"꼭 같이 가고 싶습니까? 가다가 고죽이 나타나서 뺨이나 냅다 후려치면 정신이 멍해 가지고 이승잠에서 깨어나질 못할 것입니다."

"그렇게 겁이 나면 그만두시구랴!"

"괜히 사람을 놀라게 하시네요."

"그럼 저 혼자 슬슬 가렵니다."

"그렇게 하세요. 슬슬 가시든가, 살살 가시든가."

"금방 꼼상이 되시네요."

"꼼상이든 깜상이든 맘대로 하세요."

"아이고, 큰일났네. 꼼상을 두고 갈 수도 없고……."

"그러시면 가지 말든가!"

"그래도 가야 하겠으니, 뒷일을 잘 부탁합니다."

"뒷일은 엉망이 될 것입니다."

"왜지요?"

"섭해서 그럽니다."

"북두성이 앵도라지면 북극성이 놀라지 않겠습니까?"

"그렇다면 참겠습니다."

"저쪽에서 오운거(五雲車:신선이 타고 다니는 수레)가 오고 있네요. 오늘은 여기서 작별을 해야겠어요."

"그러세요."

홍랑이 오운거를 타고 북쪽으로 사라졌다. 이상한 향기와 음악과 불빛이 오운거를 에워싸고서 날아갔다.

그녀가 자칭 북극성이니 재미있지 않은가. 북극성이 우주의 중심은 아니련만 옛사람은 천극이니 극성이니 하여, 이등성의 북극성을 대단한 신성으로 여기고 있었다. 오늘 밤 잠깐 홍랑이 북극성이 되고 산이 북두성이 된 것도 그렇게 나쁘진 않을 것 같다.

물론 연인으로 헤어진 것이 아닌 이상 섭할 것도 말 것도 없다. 그런데 산의 눈에서 울컥 눈물이라도 날 것만 같다. 왜일까. 두려움 때문일까. 산상 고도에 남겨진 불안함일까. 별들에게나 물어볼까. 속절없는 눈물을 감추어야겠다.

그렇다. 부족함이 없는 완벽한 아름다움의 홍랑에게서 매력을 느끼지 않았다면 그건 거짓말이다. 불타는 서울의 밤이나 구경 가자고 할 것을, 그녀를 쉽게 보내고 말았다. 아니다. 이 비극적인 순간을 영원히 잊지 않도록 노력해야겠다.

자, 이제는 카오스가 됐건 코스모스가 되었건, 홍랑이 빌려준 타임머신을 타고서 정확히 426년 전으로 돌아가야 한다. 한 치의 실수도 없이 홍랑의 춘소(봄밤)를 그려내야 한다. 행여 춘흥에 겨운 산이 실수할까 봐 걱정이 된다.

저게 누구인가. 홍랑이다. 어두움 속의 형체며 몸매가 틀림없는 홍랑이다.

홍랑이 자꾸만 내아며 동헌 쪽을 살핀다. 아직 밤으로는 찬바람이 귀밑을 스치건만, 홍랑이 관아 쪽을 관심 있게 살피는 것은 무엇 때문일까. 교방이 언덕에 있는지라 동헌이며 객사를 살피기가 여간 용이하다. 그래도 그렇지, 무슨 심사로 관아 쪽에서 눈길을 떼지 못하는 것일까. 전생에 무슨 암시라도 받은 것인가.

북도평사의 이동은 대개 수하 병졸들이 십여 명쯤은 따라야 하건만, 최경창은 워낙 번거로운 의식을 싫어하는 까닭에 종자와 둘이서 길을 계속 걸어왔다. 그동안 사족발이(네 발목이 흰 말)가 탈없이 잘도 업어 주었던 것이다. 그는 호탕한 성격인지라, 부임지를 가면서도 마상에서 늘 시상에 잠기기도 하고 자연을 벗하여 자유롭게 걷기도 하였다.

그런 그가 오늘 밤 홍원 고을 동헌에서 동문 이사또와 잠깐 담소를 나눈 뒤 밖으로 나와 객관으로 발길을 옮겼다. 관노가 친히 등롱을 잡아 주었다.

그곳 객사의 침소에 들어 여장을 푼 최경창은 손발을 씻기 위해 밖으로 나왔다. 이미 토방의 대야에는 세숫물이 담겨 있었다.

이 기회를 놓칠 리 없는 홍랑이 낭하의 저쪽에 서 있었다. 허나 오밤에 소복을 한 사람의 모습은 장정이라도 놀라게 마련이다. 최평사가 섭짓하더니 헛기침을 하면서 다가갔다.

"누구이던고?"

"당돌하게도 여기 오면 나리님을 만날 수 있을 것을 알았나이다."

"너무 당돌하구나!"

"죽이시렵나이까?"

"이런 고얀 일이 있나! 이런 야밤에 사람이 할 일이 아니지 않더냐?"

"죄당 백사하겠나이다."

"허허! 이름이 무엇이던고?"

"무자리의 딸 홍랑이라 하옵니다."

"무자리의 딸이라 했더냐?"

"예, 밟아 죽여도 탈이 없을 것이옵니다."

"에이, 지나치구나! 이름이 금방 뭐라고 했던고?"

"홍랑이옵니다."

"홍랑이라, 그래 홍원 고을을 대표한 계집인 모양이로구나?"

"관북에 미희가 많사오나, 오늘 밤은 홍랑만이 있을 뿐입니다."

"그래, 그렇다면 날 따르라!"

이상한 일이다. 왜 홍랑이 그곳에 나와 고죽을 기다리고 있었을까. 이유는 간단했다. 그날 밤의 객사 일은 홍랑이 당번이었다. 이를 알고 있는 홍랑이 미리 대기만성해 있었던 것이다.

열군(列郡)에 기녀를 둔 것은 관원의 수청 외에 외사접대라는 또 다른 목적이 있었다. 대개 기녀를 둔 이유가 이러할진대, 이는 표면상의 이유에 지나지 않는다. 결국 사대부의 노리개로써 의도적 필요악이었던 것이다. 사회의 밑바닥에서 태어나 귀족의 주연이나 사교장에 나가 창으로 흥을 돋우고, 시로써 수작(주고받음)해야 했다. 그들은 곧 귀천을 함께 누리는 기생이라 이름하는 여인들이다. 결국 상층사회의 정황과 기호에 민감해야 했던 홍랑은 오늘 밤 그 길을 가고 있는 것이다.

"먼저 절부터 받으시옵소서."

"그런가. 그렇다면 나도 의관을 정제해야 되지 않겠느냐."

"아니옵니다. 나리께선 그대로가 좋아 보이십니다."

"이대로가 좋다. 의미 있는 말이로군."

"일 배를 하릿까, 이배를 하리잇까?"

"이런 이런, 이배를 하고서 내게도 절하라 할 게 아니던가. 일 배만 하게나!"

"그러면 일 배만 받으시옵소서."

이런 대화는 조선 천지에 처음 있는 일이다. 장난기 있는 홍랑의 접근이 재미있어 보인다.

"보아하니 부족함이 없을 것 같구나."

"……."

"너무 어여쁘구나! 항아가 시기할 것이로다."

"……."

"왜 말이 없는고?"

"정처럼 무서운 것도 없다 하더이다. 나으리께서 소녀의 영혼까지 빼앗을까 겁이 나나이다."

"생각을 많이 하며 사는 모양이구나. 어른스럽기도 하고……."

생각보다 빨리 친근해지는 것 같다. 남녀의 만남이란 대개 이러했다. 누가 먼저랄 것도 없이 밀착되어지는 게 음양의 이치가 아니던가. 그것이 신선한 충격으로 다가설 때는 그 속도가 더욱 빠르게 마련이다.

홍랑의 나이 열일곱이면 고죽의 나이 반이다. 허나 이들에게 무슨 일이 일어나지 말란 법도 없다. 그동안 남쪽의 봄을 몰아 이곳까지 온 고죽은 몸이 너무나 나른하기도 했다. 목적지까지는 아직도 반이나 남은 길이기에 누군가가 부드러운 손으로 삭신을 주물러 주기만 한다면야 강남 삼만리라도 마다 않을 봄밤이 아니던가.

"다담을 준비하리까, 주효를 올리오리까?"

"소주나 한잔 할까. 불을 지펴야 하지 않겠느냐?"

"불을 지피다니요. 황구(어림)라도 그런 말은 금방 알아먹나이다. 그러나 그 말을 금세 잊도록 노력하겠나이다."

"오, 홍랑을 미워할 수가 없겠구나!"

"누가 소녀에게 청혼을 하면 좋겠나이다. 나리께서 그렇게 하시렵니까. 나리께서 그렇게 하시면 소녀는 싫어하겠나이다."

"말이 좀 어렵군. 어쩌자는 것인가?"

"소녀의 반려를 말하는 것이옵니다."

"어찌 눈물의 강에 뛰어들려 하느냐. 세상에 사랑처럼 사람을 피곤하게 하는 것도 없느니……."

"기쁨과 슬픔은 동질이라 하더이다. 눈물샘을 함께 쓰기 때문이 아닐는지요?"

"그렇던가! 말을 곱게 하는군. 마음은 얼마나 고울꼬."

"정녕 여자를 아시나이까?"

"오, 무서운 말을 할 줄도 아는구나!"

"술상을 봐 오겠나이다."

홍랑은 물러나왔다.

대단하지 않은가. 어찌 이게 열일곱 여자의 성숙함이라 하겠는가. 모를 일이다. 무슨 일이 벌어지고야 말 것 같다.

최평사께서 술을 소주로 주문했다. 소주라 하니 근세의 술 같지만, 탁주와 약주와 소주는 삼국시대부터 있었다. 고려와 조선으로 이어지면서 담근 술이 발달하여 갖가지 맛깔나는 술이 있게 된 것이다. 고려에서 조선으로 넘어오는 격동기에는 세간이 불안하여 화주당, 곧 소주만 먹는 패거리들이 많았다고 전하고 있다.

어찌 되었거나 술타령은 그만하고 홍랑을 들여보내야 한다. 화담은 불락의 성으로 진이가 무릎을 꿇었으되, 고죽의 철옹성이 얼마나 튼튼한가 지켜보리라. 홍랑이 경일국(한 나라를 넘어뜨림)은 아니로되, 고죽이야 능히 삽다리를 걸어 넘어지게 할 것만 같다.

홍랑이 송화주를 대령한다. 백옥병이 한결 어울린다. 이제부터 별유천지가 전개될 판, 그들이 밭갈이를 하든 모심기를 하든 내 알 바 아니다.

이럴 때 눈치 빠른 산의 그대들은 이 말을 빨리 알아들어야 한다. 밭갈이는 자식새끼 낳으려고 하는 짓이요, 모심기는 허연 가랑이 살을 내보이는 짓이다. 잘만 하면 서혜부가 보일락말락 하지 않겠는가.

이해를 돕기 위해 고죽의 시 한 수를 옮긴다. 승축(僧軸:스님의 두루마리)이라는 한시이다. 원문은 생략하고 국역하여 적는다.

눈보라 치는 돌밭길을 지나서
어느 스님이 저녁 늦게 가시나
멀리 시냇물 건너 절이 있구나
칡넝쿨 사이 성근 등불 비치네.

얼른 보아 누구라도 이해가 쉬운 시이다. 그러나 시란 언제나 그 이면을 읽을 줄 알아야 한다. 이를테면 눈보라 치는 돌밭길은 고해를 말함이요, 저녁 늦게 길을 가는 스님은 뒤늦은 자각이요 후회이다. 멀리 시내 건너 절은 이상향이다.

마지막, 칡넝쿨 사이로 보이는 등불은 결국 갈 수 없는 서역이요, 이상세계(유토피아)이다. 이렇듯 시란 함축된 자기 세계에의 경작이요 경영이다.

"여자를 아느냐고 물었던가?"

"……."

"미움의 세월 뒤켠에서 목놓아 우는 두견이라고나 할까."

"분해서 울고 다시 또 억울해서 우는 촉조 말입니까?"

"그렇지, 단장의 아픔을 깨무는……."

"그것이 여자라는 말인지요?"

"그러니 내 앞에서 너무 완벽하게 하려고 하지 말게나. 신도 가능하지 않는 일이니."

"노력하겠나이다. 하오나, 단장의 아픔을 깨물던 여자는 죽어 어디로 가는지요?"

"다행인 것이, 인간을 잃어버린 신은 불행했던 사람만을 기억하며, 그 중에서도 눈물이 많았던 여인의 영혼만을 가까이 둔다네."
"아픔만을 기억하는 신이로군요."
"그렇다네."
"한편 무자비한 신이기도 하네요."
"왜?"
"인간의 아픔만을 즐기시니……."
"그게 아니지, 누구보다도 아픔만을 챙기시는 신이라는 이야기지."
"그러나이까. 그 이야긴 그만하고, 화두를 달리해야 할 것 같사옵니다."
"술맛 떨어진다는 얘기로군."
죽이 잘 맞고 있다. 주고받는 급수가 보통이 아니다. 물론 대화는 상대방의 말을 재빨리 알아들어야 김이 세지 않는다. 더욱이 주석에서의 이야기는 여간 재치가 있어야 하는 법이다.
"나리님, 술맛 떨어질까 봐 한 가락 읊으오리까?"
"좋지, 풍월을 싫어하는 주당도 있다던가!"
"그러면 가야금을 당기리이다."

동경 밝은 달빛에
밤 이슥 노닐다가
돌아와 자리 보니
가랑이가 넷이러라
둘은 내 것이지만

둘은 누구 것인고
본디 내 것이련만
빼앗김을 어찌하리.

-처용가

홍랑의 낭랑한 음성이 가야금에 떠받쳐서 너무도 청아하다. 어찌 된 일인지, 피나게 울던 두견이가 울음을 그친다. 상대가 되지 않는 모양이다.

고죽이 덩달아 무릎을 치며 찬사를 아끼지 않는다.

"여기가 요지인가, 도원인가!"

"나리께서 이승잠을 자고 있나이다."

"그대로 두게나! 내 이대로 돌이 되리로다."

"싫사옵니다. 이 밤이 정지된대도 그것만은 싫사옵니다."

그놈의 그년이라고 말하면 지나친가.

요것들 노는 것이 반박자가 빠르다. 두어라. 둘이서 삼십육계 줄행랑을 치든, 천길 열락으로 곤두박질을 치든 난 모른다.

"어찌 되었건 홍랑의 가는 길이 거칠지 않았으면 좋겠도다."

"나리께서도 금후 고통받는 일 없었으면 좋겠나이다."

"고맙군. 찬란한 내일을 기약해도 되겠는가?"

"말씀을 더 내리소서. 천기에 지나지 않는 것을요."

"무슨 말을 그리 섭하게 하는 건가. 내 그대에게 동행을 묻는 것일세."

"……."

"말이 없군. 이제부터 하루하루를 그대와 함께 쌓아올리고 싶다는 말이로세."

"소녀가 옆에 없으면 무너지겠나이까?"

"그렇다네."

"울고 싶을 땐 어찌해야 하옵니까?"

"이리 가까이 오게나. 울고 싶을 땐 내 곁에 있어야지."

"거절하겠나이다."

"뜻밖이군-."

"지아비를 알지 못함이니이다."

"……."

고죽이 할말을 잊는다. 일대 풍유랑으로서 장안 기계의 명사이던 그가 다음 말을 잇지 못한다. 이 또한 큰일이다. 일이 잘 되어 가는가 싶었는데 삐거덕거린다. 그렇다. 내 아니면 풀어 줄 이 없다.

고죽에게 눈치를 보내야겠다. 나이를 홍랑보다 배인 사람이 그 말을 못 알아듣고 머뭇거린다. 그 나이면 청루의 백전노장이 아니던가. 열일곱 순정을 고이 접어 드리오니 책임지라는 말이다. 고죽의 눈치가 산만 못하다. 이미 지아비라 하였으면 끝난 거다.

제발 홍랑의 가슴속에 천둥소리 나게 해놓고 부질없는 비나 뿌리지 말았으면 좋겠다. 처음부터 비 오게 하지 않을 고죽을 믿기에 안심은 하면서도…….

# 홍원골 객사에서

홍원골 객사에서 임을 처음 만났어라
구름 끝이 무서워서 훗날을 기약했지
바람은 언제 일어 절부암으로 부려는가.


어찌하여 홍랑의 첫노래가 처용가였을까. 대개 노래란 때와 장소와 상대에 따라 선택되어지게 마련이다. 굳이 고죽에게 들려준 홍랑의 저의가 있을 법하다. 소중한 시간 소중한 자리에서 고죽에게 들려준 처용가는 분명 암시가 있었던 게 분명했다.

말을 잊고 있던 고죽이 드디어 입을 열었다.

"홍랑! 내 그대의 심연에 무지개를 띄우나니, 빨리 올라오게나!"

"역시 소녀의 마음을 헤아렸군요. 너무 행복해서 울 것 같사옵니다."

"아서, 눈물의 강에 나까지 빠지게 되면 구원해 줄 이 없지 않겠는가!"

"그럼 참겠나이다."

"참게나. 그러나 난 참지 못할 일이 하나 있구려. 왜 역신의 다리를 노래했는가 하는 점일세. 이유라도 있는 겐가?"

"예, 그렇사옵니다. 오늘 이 밤에 역신의 훼방이 있을까 봐 미리 단속하는 중이옵니다."

"역시 주도면밀하군. 시간이 이대로 정지되어도 아니 싫을레라."

"싫사옵니다. 이대로는 너무 억울하옵니다. 아직도 십칠 년은 더 살아야 공평하지 않겠는지요?"

"그런가! 난 그때까지 어디 가서 기다려야 한담?"

"한 군데 꼭 가 계실 데가 있사옵니다. 가 계시렵니까?"

"구미가 당기는데-."

"이곳에서 북동쪽으로 두어 마장쯤을 가면 옥녀단좌라는 산이 있사옵니다. 옥녀봉 중턱에 옥녀의 속곳바위라는 큰 바위 밑에 여우굴이 있는데…….."

"어디어디!"

"어디어디라니요. 그 여우굴이 아주 깊어서 한참 들어가다 보면…….."

"이 사람아, 어디어디란 소가 길을 잘못 들려 할 때 꾸짖는 소리일세. 길을 잘못 가고 있음이야!"

"알겠나이다. 더 이상 말씀드리지 않겠나이다. 가기 싫으면 그만두시옵소서."

"그래야지. 이곳 관북지방이 산악지대이기로 민담이 많은 모양이군. 그러나 아직도 내 갈 길이 천리인데, 요상한 이야기는 안 듣는 게 좋아!"

"그렇게 하시옵소서."

홍랑이 헛된 소리 한번 하려다가 된통 꾸지람을 듣는다. 허기야 하루라도 세상 경험이 많은 고죽이 그런 말 듣고서 같이 웃어댈 사람이 아니다.

홍랑이 고추 먹고 맴맴이다. 아니다. 틀렸다. 고추는 그보다 4,50년 후의 일이다. 그러면 담배 먹고 맴맴이다. 이것도 아니다. 담배는 아직 구경도 못한 임란 후의 일이다.

홍랑이 멋쩍은 듯 술을 한 잔 따라 올린다. 고죽은 따라주는 술을 바로 마셔 버린다. 그리고는 화제를 돌려 묻는다.

"홍랑도 시를 좋아하던가?"

"미거한 쇤네가 어찌 시를 좋아하겠나이까."

"뭐시라! 이 사람이 계속 간격을 두는군. 꼭이 그래야 되겠는가?"

"죽여 주시옵소서."

"아무튼 시를 좋아할 수도 있다는 말이로군. 그렇지 않은가?"

"다만 어려서부터 시라면 어깨 너머로 보아왔을 뿐입니다."

"그렇던가. 그러면 더욱 나의 한쪽이 되기에 충분함일세. 이제야 술맛이 나는군."

"한 잔 더 따르리이까?"

"그러게나. 그건 그렇고, 지금부터는 시를 논함이 좋으렷다!"

"소녀가 어찌 어른님 앞에서 시를 논할 수 있으리이까."

"사람을 어렵게 만드는군. 겸손은 비례야!"

"죄송하옵니다."

"내가 융복(戎服:군복)은 입었지만, 시문을 조금은 논할 수 있을 것일세.”

“누가 뭐라 했나이까. 소녀가 외람되이 한 말씀 드려도 되겠나이까?”

“그럼, 그렇고말고.”

“신라 고운(최치원) 선생은 중원에서 천고에 뛰어난 무장이면서도 만고에 빛나는 시인이 아니었던가요. 무장이라고 어찌 시를 모르실 리 있겠나이까. 소녀가 모심을 게을리하였다면 용서하여 주시옵소서.”

사실 고죽은 홍랑의 겸손한 태도와 박식에 놀라고 있었다. 가희요 미희며 명원이기도 한 홍랑의 다재다능함에는 고죽도 주눅이 들 정도였다. 여희의 맵시에 노래와 탄금이며, 시문도 뛰어난 수준의 국색을 함경도 산골에서 만난 고죽은 여간 기쁜 게 아니었다.

“하면, 최고운의 시도 읽어보았으렷다?”

“조금…….”

“고운의 어떤 시가 가장 좋던고?”

“천루한 소녀가 무엇을 알겠사옵니까만, 추야우중(秋夜雨中)이라는 시가 가장 마음에 들었사옵니다.”

“그렇다면 한번 듣고 싶구만.”

최경창은 자신도 고운의 〈추야우중〉의 시가 좋아 암송하고 있던 터라, 이를 홍랑에게서 듣고 싶었다. 홍랑도 그 낭랑한 목소리로 다음과 같이 읊어 보였다.

가을 바람 쓸쓸하게 불어오는데
시절을 아는 이 아무도 없네
밤 깊은 창밖에 비도 내려서
촉하에 고인 마음 산란하여라.

-원문 생략

　고죽은 홍랑의 음송도 음송이지만, 그녀의 탁월한 읊조림을 감탄해 마지않았다. 이 정도면 고죽이 생의 반려자로 동행하자고 할 만도 하다. 산 같으면 진작에 보쌈해 버렸을 것이다.
"그래, 고운의 그 시에서 어떤 점이 가장 좋았던가?"
"허리에 장검을 차고서 천군만마를 호령하던 대장군이 깊은 밤 빗소리에 산란한 마음을 진단한 그분의 극한적 마음 씀씀이가 그지없이 좋았사옵니다."
"극한적인 상황에서의 섬세한 마음이 고귀하게 느껴졌던 모양이군."
"송구하옵니다."
"아니야 아니야. 무슨 말을 했다고……."
"주인님, 저도 한잔 주시겠나이까?"
"응, 날더러 주인님이라 하였던가? 의미를 알고 싶군."
"주인님의 여자, 주인님의 종이기 때문이옵니다."
"오오, 오늘 밤 대취하더라도 그것은 내 탓이 아니로다. 그래, 한잔 들게나."
"주인님, 이제는 명령만 하시어요. 그래야 소녀는 숨을 쉴 수 있을 것이옵니다."

고죽이 행복해 한다. 기쁨과 즐거움은 어디로부터 오는가. 한 여자의 숨결이 이처럼 생의 기쁨을 몰아주는 것일까.

미인도 결국은 해골에 살가죽을 입힌 것에 불과하다. 뭐 쉬어빠진 미련이 많기로 밤마다 살결 부비는 고역인가. 더러는 불행해지기를 스스로 자청하면서 나락으로 빠져든다.

고죽에게는 정처가 있다. 서울에 세상 끝을 함께 가야 할 본처가 새파랗게 살아 있다. 그런 그가 홍원에서의 하룻밤을 즐거워하고 있다. 도대체 사내란 것들은 지극히 동물적이어서 수송아지 흉내를 잘도 낸다. 시도 때도 없어 속살을 내밀어 성가시게 하는 속물들이 아닐 수 없다.

"홍랑, 금방 뭐라고 했었던가?"

"소녀를 죽이고 살리는 것은 장군님께 달렸다고 하였나이다."

"장군이라, 홍랑을 위해서라도 장군이 꼭 되어야 하겠구만."

"그리하소서. 그리하여 소녀는 늘 장군님의 그림자가 되었으면 좋겠습니다."

"후회하지 않을는지?"

"한번 선택한 길이기에 후회하지 않으렵니다."

"가까이 오게나."

"이렇게 행복해도 되는지요?"

"되지 않고, 암 되지 않고."

"……"

"얼굴을 들게. 우는 겐가?"

"용서하사이다."

홍랑이 온몸을 떨며 눈물을 보인다. 아버지를 일찍 여읜 그녀가 한 남자의 품에서 부정의 그리움 같은 것을 느낀 것일 게다.

홍랑의 어린 가슴에 갖가지 소회가 메아리치는 모양이다. 혈육 한 점 없는 백사지에 떨어진 지난날의 고독이 한꺼번에 몰아쳐 오는 것일까. 어머니의 그 엄격하시고도 끝없는 사랑이 이제야 그리움으로 다가서는 모양이다.

모를 일이다. 불쌍한 우리 홍랑이 눈물의 강에 빠져 있구나. 오늘 한 남자를 만나서 뒤가 자꾸 돌아보임은 무엇 때문일까. 울어라. 가슴속 눈물이 다 마르도록 울어라. 지난날이 서러워 울고, 지금은 행복해 우는 홍랑이로다.

얼마나 지났을까. 숨막히는 고요가 스민다. 침묵이 와룡촉대에 칭칭 휘어감긴다.

그러다가 어께에까지 달라붙는 침묵이 싫었던지, 고죽이 홍랑을 일으키며 묻는다.

"이젠 지아비를 알겠는가?"

"……."

홍랑이 미소로 대답을 피한다. 그렇다. 꼭 대답을 들어야 맞인가. 어린 홍랑의 미소가 천근 무쇠를 녹이고도 남을 뜨거움이다.

"대답이 없구나!"

"꼭 대답을 해야 하옵니까. 휘하 장졸들을 휘어잡는 방법으로 여자를 다루시려 하나이다."

"유치한가?"

"그것도 대답을 해야 하옵니까?"

"계속 하발이가 되고 싶어 함이네."

이제는 고죽이 감정을 억제하지 못한다. 스스로 하발이(아래 사람)가 되고자 하고 있다. 수음이 절정에 처한 사춘기 소년처럼 헐떡이는 모습이 안타깝다. 물론 고죽의 난잡을 믿지 않기에 하는 말이다.

이때 눈치 빠른 홍랑이 다시금 가얏고를 끌어당겨 무릎에 놓는다. 줄을 고르는 척 기러기발을 이리저리 옮기며 열두 줄을 손가락으로 퉁겨 본다. 아무렇게나 퉁겨 보는 소리조차 범상한 재주가 아님을 다시 한 번 보여준다.

음률에 조예가 깊은 고죽이 이를 모를 리 없다. 그러나 홍랑의 무릎에서 가야금을 밀어낸 고죽이 묻는다.

"가야금의 선율은 잠시 미루고 대답을 해주게나. 내가 누구인지 알겠는가?"

"진정 알아야 되겠나이까. 다음에 알게 되면 아니 되나이까?"

"그래도 만리장성을 쌓으려면 목적이 분명해야 되지 않겠는가?"

"만리장성과 나리님의 정체가 무슨 상관이옵나이까?"

"그런가. 그래도 상대가 누구인지는 정확히 알아야 구만리를 함께 날아갈 게 아니던가?"

"사실은 이 소첩도 그 점이 궁금하였으나 묻지 못했나이다. 도대체 어른님은 누구시옵나이까?"

"엎드려 절받기로구먼."

"어른님이 누구시온지 알아야 첩도 북망산을 함께 오르지 않겠나이까? 어른님을 알고 싶사옵니다."

"최평사로세!"

"북도평사 말이옵나이까? 직령포를 입으심으로 보아 무장이신 줄을 능히 알았사옵니다만, 이제 확연히 알겠나이다."

"감격은 말게나. 이제 겨우 사령에 지나지 않으이……."

"무슨 말씀이옵니까. 육진의 하나를 장악하실 장군이 아니옵나이까!"

"그건 그렇네그려."

"하오면, 어디로 가시나이까?"

"경성(鏡城)이라네."

"그러시면 아직도 천리나 먼 길이 아닌지요. 탈이나 없었으면 좋겠나이다."

"탈은 무슨 탈, 중간 기착지에서 그대를 만났으니 홍복이로세."

"과분한 말씀이옵나이다. 소녀가 어찌 감히 소천(所天:낭군)을 따르리이까!"

"하나도 부족함이 없음일세. 기꺼이 따르게나."

"군영의 군먹까지 따라가리이까?"

"허나 그것은……."

"허나, 아니 될 일을 어찌 호령하나이까?"

"명일 군아(관헌에서 군무의 업무를 보는 곳)에 잘 이야기해 둘 터이니 한동안 몸 보전이나 잘 하게나."

"그리 버려 둘 것을 무슨 일로 따르라 하나이까!"

"노여워 말게나. 저쪽 일을 아직 몰라 그러함일세."

"알겠나이다. 이 몸을 죽이고 가옵소서. 그리고서 반 마장도 아니 가서 잊으사이다."

"큰일났군."

큰일은 큰일이다. 홍랑의 토라짐이 여간 아니다. 그도 그럴 것이, 하룻밤 놀다 가버리면 그 뒤의 허망함이란 여린 홍랑에게 너무 큰 고통이 아닐 수 없다. 사내의 여포(여정)를 그리 달램은 정말이지 폭력에 지나지 않는다.

그렇다. 사랑은 때로 달아나고 싶을 때가 있는 것이다. 그것이 곧 고통으로 이어지기 때문이다. 그러니 내일 당장 세상을 송두리째 흔들 수 없는 실력이라면 여자를 울리지 말아야 한다.

너무도 먼 길을 가는 고죽의 심신에 이상이 있는 것 같다. 여독을 풀려면 당초 언약 같은 건 말아야 한다. 어찌 마음만 빼앗고 몸은 버려 두려 하는가.

아, 그러나 어쩌란 말인가. 세상은 공평해서 얻는 것이 있으면 버려야 할 것이 있게 마련이다. 홍랑이 사랑을 택하려면 이별도 감수해야 한다. 날이 밝아지면 떠나갈 사람을 무작정 붙드는 것도 사람이 할 노릇이 아니다. 누군가를 좋아한다는 것은 서글픈 것, 사랑한다는 것은 더욱 서글픈 일이다. 만남은 헤어짐이 따르듯, 사랑은 고통이 주어진다는 사실이다. 이를 모를 리 없는 홍랑의 투정이 매섭다.

"이대로 시간이 정지되었으면 좋겠나이다."

"말아 말아, 아직 소망을 이루지 못한 많은 사람들은 어찌하리요."

"이 작은 공간만을 말하는 것이옵니다."

"짜증인가, 투정인가. 아니면 미움인가?"

"미움입니다."

"고약함이로세."

"그래야 평사 어른께서 도망가지 못할 것이기 때문입니다."

"그런가. 나의 잘못이 크군."

"실족한 것이옵니다."

"해동(우리 나라)의 최고죽, 부임중 홍원에서 실족하다. 하하하……."

"아니, 그러시면 평사 어른께서 계림(문단)의 대시인 최고죽이시란 말씀이오니까?"

"아니, 그러면 아니 되나?"

"아니, 고죽이시라면 삼당(三唐) 팔문(八文)이 아니오니까! 소녀가 살아서 뵙다니요. 꿈인 듯하옵니다."

"아니, 이 사람이 갑자기 왜 이러시나. 어디가 불편한 겐가?"

"아니옵니다. 아니옵나이다. 정말로 분명하시다면 영광 중에 영광이겠사오나, 소녀를 탐하기 위한 허언이라면 그 죄가 초열지옥에 들고도 남을 것이옵니다."

"허허, 분명한 실족이로다! 허언이든 희언이든, 장차 이 일을 어찌할꼬."

"어찌하긴요. 재야로 돌아가시어야 하겠지요."

"낭패로다! 앵이(돈의 곁말)나 많으면 그댈 사련만, 도망갈 일이 걱정이로다."

"명조 사또 전에 부복할 때에 숨어서 보겠나이다. 혹시 눈길이 마주쳐도 모른 척하소서."

"지독한 악취미로다. 내 가는 길 산매(산귀신)라도 이렇게는 하지 않으리라!"

"오월 서릿발을 당해 보소서."

"그러지 말고 지금 보내주게나. 지금이라도 도망가야 멀리 갈 게 아닌가."

"하룻밤 정분으로 고발은 않겠나이다. 명일 어른께서 자기의 정체를 백일하에 드러내소서."

"그러면 오늘 밤은 안심하고 자겠네그려."

"고드름 장아찌가 되겠나이다."

"그렇네, 이 사람아, 싱겁기 그지없구먼."

한 남자와 한 여자의 만남, 그것은 우주적 충돌이라고 말하면 지나친가. 그렇다면 우주적 장난이라고 말하면 저속한가. 그렇다면 우주적 폭발이라고 말하겠다.

국방이라는 대업을 위해 임지로 가는 고죽의 노독이 대단한 모양이다. 일개 벽촌의 향기에 지나지 않는 홍랑을 앞에 앉혀 두고서 고죽이 잠들지 못한다. 결코 짧지 않은 봄밤에 아직 타오르지 않는 불길이 이상하다. 밤의 채색을 좋아하지 않는 그들이기 때문일까.

아니다. 그건 아니다. 서로가 소중함을 잘 알고 있기 때문이다. 너무도 소중해서 건들기 어려움이다. 그러니 누구의 잘못도 없는 젊은 날의 밤이 달아나고 있는 것이다.

"화주(소주)를 드시고도 전혀 취해 보이지 않나이다. 밖에 나가

더 준비하라 하오리까?"

"아닐세. 그보다는 가야금 한 가락이 훨씬 좋을 것 같으이. 그대의 탄금을 다시 듣고 싶으니 사양 말게나."

"그리하겠나이다. 북평사 우리 임께서는 무슨 노래를 좋아하시나이까?"

"청하는 처지에 고를 수야 있겠는가. 들려주고 싶은 것이 있거든 아무거나 들려주게나."

"하오면 어른께서 변방에 가시어 오랑캐들과 필연코 싸우실 기회가 있으실 것이와 〈초한가〉를 불러 보겠나이다. 허락하시겠사옵나이까?"

"초한가라면 장부들의 노래가 아니던가. 나도 늘 부르거늘, 오늘 그대에게서 들어 보려네. 홍원 고을 장졸들이 이 밤에 전고(戰鼓)를 울릴지도 모를 일이지만……."

이윽고 홍랑이 가야금을 무릎에 놓고 옷깃을 바로잡는다. 고죽도 잘 들으려 귓밥을 만지며 귀를 세운다. 잠시 명상에 잠기는 듯 홍랑이 낮은 줄을 퉁겨 나간다.

　만고영웅 호걸들아
　초한승부 들어보소
　절인지용 부질없고
　순민심이 으뜸이라
　한포공의 백만장병
　구리산하 배복하여
　대군대진 둘러치고

초패왕을 잡으럴제
천하병마 도원수는
포모걸식 한신이라
…… ……

지그시 눈을 내리감고서 듣고 있던 고죽의 얼굴에 기쁨이 넘친다. 너무도 황홀해서 눈가에 경련을 일으킨다. 초저녁에 〈처용가〉를 들을 때는 홍랑의 얼굴만 쳐다보다가 음조를 잊고 말았는데, 이번에야 진가를 맛볼 수 있었다. 그 청아하고도 고담스런 음색이 너무도 좋았던 것이다.

더욱이 몸매를 정숙하게 도사리고 앉아 혼신을 다하여 가야금을 타고 있는 홍랑의 얼굴이 선녀보다 곱다. 어디를 어떻게 훑어보아도 티 하나 없는 아름다움이다.

본시 가야금이나 거문고는 그 소리가 신비롭기 그지없어서 줄을 퉁기는 사람의 기량에 따라 천차만별의 음색이 돋아나온다. 그러기에 음률을 아는 사람은 탄금의 음색을 듣고서 금방 그 사람의 역량을 가늠할 수가 있다.

이렇듯 우리의 사죽(絲竹:현악기와 관악기)은 운치가 있어서 만고의 자랑이 되고 있다. 물론 사(현악기)는 여성의 악기요, 죽(관악기)은 남성의 악기이다. 베짜는 천녀(직녀)를 생각하면 이해가 빠를 것이다. 따라서 초동(견우)의 작대기와 같은 것이 관악기인 것이다. 여기에 가야금은 여성의 악기로써 봄의 악기요 소생의 악기이다.

아무튼 홍랑의 기예와 풍부한 성량이 밤의 고요를 난타하고 있었다. 아니다. 밤과 함께 파도타기를 하고 있었다.

홍랑이 억양을 구성지게 돋우어 굽이굽이 엮어 나가자, 고죽은
그 옛날 영암땅에서의 일이 생각났다. 왜구들의 포진을 목전에
두고서 옥통소를 불어 물러가게 했던 자신의 일이 번개같이 머리
를 스치자 자신도 모르게 눈시울이 붉게 달아올랐다.

노래는 계속됐다. 자기 노래에 취한 홍랑이 이번에는 초병(楚
兵)들이 전의를 상실한 대목을 노래했다.

초진중의 장졸들아
고향소식 들었느냐
연년춘초 몇년이며
고당부모 잘있는가
기문하여 바라보니
독수공방 처자들은
한산낙목 찬바람에
새옷지어 넣어두고
하염없이 기다리네
눈만뜨면 허구한날
이마위에 손을얹어
산에올라 바라보다
망부석이 되었다네.

홍랑이 너무도 영절하게 울음조차 섞어 가며 〈초한가〉를 이어
나갔다. 이 대목을 너무도 구슬프게 엮는 바람에 고죽은 간장이
녹아내리는 자신을 발견하고서 깜짝 놀라 했다.

변방의 수자리를 향해 가는 사람의 마음이 너무 벅차도 좋을 일
은 아니다. 마음이 무거우면 잠도 쉬 들지 않는 법, 어느새 초병
의 입장이 되어 구곡간장이 끊어지는 상념에 젖은 고죽이 손을
들어 홍랑의 노래를 막는다.

"그만 그만……."

"음률이 저조하나이까? 아니면 잘못이라도……."

"그게 아닐세. 그대의 노래가 너무도 영절하여 정신을 차릴 수
가 없음일세. 낭의 노래는 초나라 병사를 굴복시키는 대목이지
만, 그 초병들이 굴복하기 전에 내가 먼저 굴복을 당할 것 같으
이."

"죄송하옵니다. 그러시면 노래를 거두겠나이다."

"그러게나. 그대의 노래를 끝까지 듣다가는 눈물조차 보일까 봐
그러이."

"면건을 준비하리이까?"

"어린 나이에 그 정도의 음률을 익히다니 대단한 재능이로세!
그대를 알게 됨은 나의 다시없는 기쁨이로세!"

"과찬이십니다. 천루하기 짝이 없는 계집을 두고서 지나친 찬사
이옵나이다."

"무스게 말씀, 짜장 명창인지 아닌지는 내가 알리라! 명일 홍원
을 어찌 떠날꼬."

"조선의 대시인께서 보석도 구분 못 하시나이까. 쇤네는 천기라
이름하는 아이옵니다. 명일을 걱정하지 마소서."

바람은 왜 부는가. 밤을 밀어내려 함인가. 저 소쩍새가 목놓아

우는 것도 새벽이 오기 때문일 게다.

 밤은 모든 것을 어두움으로 덮고 불빛만을 살려 둔다. 저 별들이 저토록 영롱하여도 시기하지 않으며, 등촉이 방안을 빼앗아도 용서한다. 보이는가. 불빛이 여인의 앞가슴을 눌러도 말리지 않는 밤이다.

 이 밤 홍랑의 귀밑을 침노하는 불빛이 싫어서 고죽이 홍랑을 가벼이 안는다. 밤비가 오려는가, 칠흑 같은 밤이 처마 밑에 매달린다.

 오, 밤은 누구를 위하여 만남을 허락하는가. 피리 부는 목동(견우)이 베짜는 규수(직녀)의 손놀림에 반하여 맘을 빼앗기는 줄도 모른다. 취흥에 젖은 고죽의 가늘어진 눈길이 즈믄 날의 꿈길인 양 새롭다.

"나도 한번 읊조려 볼까, 싫든 좋든."

"품앗이를 하려 하나이까. 싫든 좋든 들어 보겠나이다."

"핀잔은 말게나. 음정이 고르지 못하더라도 말일세."

"여부가 있겠나이까. 어느 안전이라고……."

"이 사람 말솜씨가 여간 아니란 말씀이야! 밤새 누가 먼저 쓰러지나 내기를 해도 좋으이. 그리할 터인가?"

"아니오니이다. 조족지혈인 것을 어찌 견주려 하시나이까."

"그렇다면 안심이 되누만."

 이윽고 고죽이 자작시를 읊어 나갔다. 홍랑이 가야금으로 가만가만 박자를 따라간다. 그야말로 남녀 합작이란 방정맞은 일만 있는 게 아님이 확실하다.

함경도 가는 길에 말이 자꾸 거꾸러지고
눈 덮인 고개가 하늘에 맞닿아 있네그려
나그네 어디에서 중양절을 맞을지 모르는데
노란 국화가 작은 성 밑에 소복소복 쌓이네
-원문 생략

이는 고죽만이 읊을 수 있는 시가이다. 자못 우렁차게 부르더니 끝을 잔잔히 끝낸다. 이어 홍랑이 꿇어앉아 술잔을 올린다. 그게 바로 조선의 수묵화 한 폭인 듯싶다.

"중양절을 떠올리시면 지금 때가 아니온데, 누구를 생각하심이 었나이까?"

"역시 그대는 내 친구야! 중양절이면 9월 9일을 말함인데, 이를 알아차렸네그랴!"

"……."

"실은 정송강(鄭松江)을 함경도로 떠나 보내면서 증별한 것일세. 그때가 초가을이었거든. 그런데 송강이 후에 화답을 보내오기로 하였다네."

"그러셨군요. 그런데 송강께서 어찌 이곳 함경도에 오셨던지요?"

"그가 칠 년 전 교지를 받고서 이곳 함흥에 왔었다네."

"그렇군요. 이제야 나리님을 어른님으로 모시겠나이다. 책망하지 마소서."

"뭐시라, 이런 일이 아니었으면 사령장이라도 보여주라 할 뻔하였겠네그랴."

"책망하지 마사이다. 소녀의 성격이 맺고 끊음이 분명한지라, 어른님을 인정하기가 쉽지 않았나이다. 이제는 죽이든지 살리든지 마음대로 하소서."

"내가 왜 그 일을 하리요. 다만 믿음이 실하지 않은 그대에게 지금부터 강한 믿음을 주어야 하겠으니 각오하게나."

"아니오니다. 치마끈을 끊어도 어쩔 수 없는 소녀이지만 오늘만은 아껴 주시옵소서. 몸하고를 끝내고 있는 중이옵니다."

"가는 날이 장날이라더니……."

"월수가 아직도……."

"몸엣것이 원수로다!"

"하오면 주병을 더 가져오라 하리까?"

"술은 무슨 술, 자정이 가까우니 침방이나 살피게나!"

"속상하셨나이까? 소녀를 탓하지 마소서. 저 자규가 피울음을 토하여 소녀에게 뿌렸음이오니다."

"기특하구만. 말끝을 휘두를 줄도 알고 말일세. 정녕 그대는 나의 무쌍한 친구로세. 그럼 그럼."

고죽이 기세를 꺾는다. 물론 장부라면 절제할 줄도 알아야 한다. 홍랑에게 있어서만은 태산북두(거인)로 다가선 고죽이기에 웃으면서 물러앉는다.

밤은 줄달음쳐 자정으로 다가선다. 지칠 줄 모르는 밤을 누가 막아서랴.

그렇다. 고죽이 화류계의 백전노장일지는 모르지만, 어린 홍랑보다 못하다. 홍랑의 연막전술에 떨어져 거리를 두고 있기 때문이다. 어느 골빈 여자가 만나자마자 치마끈을 풀며 방앗간으로 가자고 하겠는가.

홍원골 객사에서 임을 만난 홍랑의 지혜가 눈물겹다. 홍조라니, 달보기는커녕 달손님도 없다. 다만 구름 끝이 무서워 머뭇거릴 뿐이다. 창창한 많은 날을 동행하려면 그만한 조심성도 있어야 할 게다.

바람은 언제 일어 홍원 절부암(節婦岩)으로 불려는지 두고 볼 일이다. 절부암에 바람 일면 홍원 고을 부녀자들 잘 간수해야 하기 때문이다.

자, 이제 그대 같으면 이 밤을 놓칠 수 있겠는가. 솜사탕보다 더 부드러운 살결을 옆에 두고서 그대는 시험에 들지 않을 자신이 있겠는가. 있다면, 상을 주리라. 부처님도 눈 딱 내리감고 시지를 감싸면서 하나 되라고 할 것 같다.

어쨌든 도둑도 캄캄한 밤이 좋다지 않던가. 속절없이 앉아 있는 당신을 두고 하는 말이다.

문제는 최고죽에게 있다. 그가 불가분한 경계의 선을 얼마나 지혜롭게 넘나드는지, 두고 볼 일이다.

"오늘 밤은 쉬 잠들지 못할 것 같으이."

"자리를 피하리잇까?"

"아니야, 아니야! 그대 있음에 내가 잠들리라."

"퍽이나 고상하게 말씀을 하시는군요."

"그러면 아니 되는감?"

"아니오니이다. 다만 고상하신 분 옆에 천인이라서……."

"얘끼 이 사람아! 또 간격을 두긴가?"

"아니오니다. 따라잡기가 힘이 들 것 같사와 드리는 말씀이옵니다."

"그렇다면 염려 말고 밤비행을 함께 하세나."

"밤비행을 하다니요? 처음 듣는 말이옵니다."

"그걸 가르쳐 주려고 벼르고 있는 중일세. 가까이 오게나. 가까이 와야 가르쳐 줄 게 아닌가."

"……."

"그럼 먼저 옷고름을 풀고서……."

"소녀가 요지연의 초입에 와 있나이까?"

"아마 그럴 것이네. 아니면 도원일 테고."

"그렇다면 이제부터는 지아비의 비행을 방해하지 않겠나이다."

"암, 그래야지. 방아를 함께 찧으려면-."

"마음대로 하시구려! 보리방아를 찧든, 겉보리 서 말을 찧든."

이때 '이하 말할 수 없음'이라고 표찰을 써서 목에 걸고 싶지만, 그대가 화를 낼 것 같아 맛만 조금 보이련다.

그대의 양해 얻어냄을 전제로, 최서방이 슬슬 낮은 포복으로 엎드린다. 무슨 일을 내고야 말 것 같다.

그렇다. 최서방의 손끝이 홍랑의 어깨에 걸려 방아쇠를 당길 판이다. 아니다. 그는 어느새 아이의 두 버선코를 쓰다듬으며 탄력성을 확인하고 있다. 그런데 그게 무슨 힘든 일이라고 벌써부터 숨소리가 거칠어지는 것인가. 이 몸 같으면 고양이 걸음으로 다가가서 황소처럼 들이받겠다.

보게나. 두 연놈의 주둥이가 고무풍선을 마구 불어대고 있다. 장녹수도 감히 흉내 못 낼 기교이다. 어우동이 앞니를 빼고서 빨아먹던 방아쾨가 아니던가. 그러나 조심조심, 또 조심할 일이다. 방아쾨 잘못 건들었다간 그게 성질이 나면 밤낮을 가리지 않는다. 그 방아쾨가 콧김을 불어내기 시작하면 밤은 송두리째 달아나 버린다. 정말이지, 조심해야 한다. 그걸 모르고 송이버섯 선물하려다가 가시에 찔린 나만 바보다.

고죽의 두툼한 손두덩이 홍랑의 젖가슴 위에서 고기잡이를 한다. 도대체 무엇을 생산하려고 한밤의 발버둥인가. 부모도 잊고, 처자식도 잊고서 저 짓을 한다. 저러다가 어린 것이 까무라치면 난 모른다.

모르겠다. 정말 모르겠다. 저자가 염라대왕 사위라도 저렇게는 아니 할레라. 정말이지, 홍랑을 녹초로 갈아 마시려는 모양이다. 어찌할 거나. 걱정이 산더미로 밀려든다. 산의 홍랑이 아닌 우리들의 홍랑이기 때문이다.

친구에게 전화를 해야겠다. 어떻게 해야 할지 물어보아야겠다. 그가 잠들어 일어나지 못하면 그대가 도와주어야 한다. 야리끼리한 경험이 많을 그대가 열락의 벼랑에서 미끄러지지 않도록 도와야 한다. 저들이 저러다가 그대로 무저갱에 떨어질까 봐 겁이 나서 하는 말이다.

그래, 드디어 그가 일을 낼 것 같다.

홍랑의 불두덩 위에서 화살을 당기고 있다. 그 화살 맞고도 홍랑이 살아날 수 있을지 고민이 중첩된다. 더욱이 고죽의 시퍼런 몽둥이가 홍랑의 배를 가르면 그녀는 죽고 말리라. 음핵을 향하여 정확히 나는 화살이라니, 꽃잎을 몇 겹 뚫고도 의기양양하다.

저 무쇠코를 녹여낼 방법이 없을까. 앞을 막자니 바리케이드는 이미 망가져 쓸모가 없다. 그러나 방법은 있다. 함께 지축을 흔드는 것이다. 한탄강에 홍류수가 넘치든 말든, 산이 알 바 아니다. 늪에 빠진 방망이는 아무 쓸모가 없을 것 같지만, 그게 도깨비 방망이라서 경을 읽은들 소용이 없다.

여기까지이다. 더 이상은 필력 부족이다. 그러나 꼭 한마디를 남긴다면 이렇게 쓰고 싶다. '깨지지 않는 돌, 돌 아니고 벗겨지지 않는 여자, 여자 아니다'라고 말이다.

어찌 되었거나 인간 침실의 정황이 너무 적나라함은 유치하다. 이 정도로 이 단락의 막을 내려야 하겠다. 홍랑의 속살까지 까발렸다간 파주 사람들이 우리 할머니 욕보였다고 몽둥이 들고 쳐들어올지 모른다. 부질없는 일, 요절나기 전에 다음 장으로 넘어가련다.

밖에는 열이렛날 달빛이 휘영청 밝다. 저 달을 따라가는 별은 무슨 별일까. 금성인가. 화성인가. 그분에 그녀가 나의 밤을 빼앗아 간다.

# 그날 밤 객관에서

그날 밤 객관에서 만나지나 말 것을
대쪽 같은 사람도 사람이라서 그리우니
청강에 배 붙잡고서 기다려나 볼거나.


다음날 그들이 늦잠에서 일어나 보니 금방 비라도 내릴 듯 하늘
이 울상이었다. 그러잖아도 스무 날쯤 길을 걸어 지친 몸에 사또
의 신세를 더 질까도 싶었는데, 비까지 내리니 고죽의 핑계가 한
결 쉬우리라.

아침을 물리고 나니 빗방울이 듣기 시작했다. 물론 핑계를 대지
않아도 주저앉을 수밖에 없는 날씨이다. 잘됐다 싶어 고죽이 동
헌으로 옮겨 가니 마치 사또도 대청으로 들어서고 있었다.

"잘 주무셨소이까?"

"덕분에, 사또께서도 잘 주무셨는지요?"

"예. 그보단 벽촌이라서 소반이 맘에 드셨는지 모르겠소이다."

"마음에 들다마다요. 더욱이나 어젯밤엔 가희가 여정을 달래주
더군요."

“아니, 그럼 갈 데까지 갔더란 말씀이오니까?”

“어허, 아침부터 사또의 인사가 거칠구려!”

“그나저나 우리 홍랑의 재주가 여간 아님을 고을이 짜하게 아는
터인데, 고죽의 밤이 무료하지는 않았는지 모르겠구료.”

“예, 아이가 너무 영민하여 많은 위로가 되었소이다. 재주가 다
양하더군요.”

“그렇소이까. 그렇다고 업어 가지는 마시기 바랍니다. 나이는
어리지만 우리 고을 자랑입니다. 예쁜 것이 탄금이며 노래며 시
상도 대단한 줄 압니다. 고죽의 벗이 되기에 충분할 것 같아서 점
고해 주었더이다.”

“아이고, 고맙습니다. 빚을 갚을 기회도 있었으면 좋겠습니다.”

“아이고, 그런 말씀 마십시오. 중책을 지고 가시는 고죽에게 불
충이나 되지 않았는지 모르겠습니다.”

비가 점점 세차게 내리고 있었다. 날씨까지 어둑어둑하여 무슨
변고라도 일으킬 것만 같은 아침이었다. 저 멀리 동해 바다도 캄
캄해서 해가 어디쯤에 걸쳐 있는지 알 수가 없었다.

“비가 오면 계속 신세를 져야 할 것 같소이다.”

“물론이지요. 부임 날짜가 여유 있으시면 아주 며칠 묵으셨다가
가시구려.”

“해량해 주시니 염치는 접겠나이다.”

“아니, 그보다 우리 홍랑이를 어디에 숨기셨소이까. 이방이 아
침부터 홍랑이가 증발되었다고 알리더이다. 어찌 된 게요?”

“증발되다니요. 생사람 잡으려 하십니다.”

"허허, 큰일이구려. 홍랑이가 없어지면 우리 고을 사람들이 섭
섭해 할 것이외다!"
"허허, 낭패로소이다. 홍랑이 없어지면 이 사람도 섭섭할 것이
외다."
"그렇던가요. 그러시담 그 아이하고 밀약이라도 있었던가요?"
"오늘 아침 홍원에서 도망치자고 하였는데, 비가 이처럼 오니
어디서 울고 있을 겝니다. 홍랑의 옛집에 가서 찾아보시구려. 객
은 객사로 물러가나이다."
 이상하게도 비가 좀체 그칠 것 같지가 않다. 어젯밤 홍랑을 물
총으로 살려서 보낸 고죽의 언사가 당당하다.
 어찌 조선의 호걸이 잠을 홀로 이룰 수가 있었을까. 결국 모두
는 혼자일 수밖에 없는 인간의 고뇌가 합숙을 청할 수밖에 없었
으리라.
 그러기에 남자는 기다리는 데 익숙하지 못하다. 눈치 있는 홍랑
이 어디선가 나타나면 좋으련만, 궂은 비만 산촌을 덮는다.
 얼마나 지났을까. 점심 후 무료한 마음에 지필묵을 꺼내는 고죽
앞에 홍랑이 미소로 다가섰다. 반갑다 못해 고죽이 일어서서 홍
랑의 손을 잡아 끌었다. 이내 장지문을 닫더니 갑자기 홍랑을 안
고서 한참 동안을 그렇게 서 있었다. 어린 것이 바스라지지나 않
았으면 다행이다. 좀체 놓아 줄 것 같지가 않던 홍랑을 가벼이 풀
어 준 그가 홍랑을 보료 위에 앉혔다.
 사람이 한번 호정에 취하게 되면 제정신을 못 차리게 마련이다.
어느 안전이라고 보료에 함께 앉아 희희낙락할 수 있겠는가. 위

세가 넘치면 하늘도 찌르던 사대부가 아니던가. 이럴 때쯤 홍랑이 눈치 있게 자리를 물러앉아야 한다.

"태양도 얼굴을 내밀지 않는구나. 우리를 시기하다가 물러남일 것이야!"

"진정 그러할까요? 태양의 질투가 너무 심하여 구 년 비 뿌리면 큰일이옵나이다."

"그러게나 말일세. 구름마차 타고 가던 천녀(선녀)가 서호진을 다시 찾을지도 모를 일이 아닌가."

"그렇다고 구년지수야 하겠나이까. 서호진을 못 잊은 선녀의 눈물일 것이옵니다."

"그렇다면 다행이고……."

봄비가 어찌하여 고죽의 발길을 막는 것일까. 홍랑에게서 봄의 천둥소리를 더 듣고 가라는 천공(하느님)의 도움일까. 홍랑의 탄금이 얼어붙었던 동토를 녹여 준다면 고죽의 발길이 한결 가벼울 수 있을 것이다. 여인이 봄을 불러 꽃을 피우면 춘간에 우는 새는 달빛에 놀란다 했다. 홍랑의 물 오른 입술을 훔쳐가려는 사내가 숨죽여 다가선다. 그러나 다시금 빗장을 거는 홍랑을 보라.

"어른님께서 어젯밤 소녀를 아껴 주셨기에 얼마나 감사했는지 모릅니다. 그 고마운 생각에 잠이 쉬 들지 않더이다. 간밤은 편안히 주무셨사옵니까?"

"낮엔 무슨 심술로 나타났는가?"

"심술이라니요! 가까이서 옥체의 수족이라도 되어 드리려고 왔나이다. 어젯밤 달손님이 왔다고 했더니, 심히 섭섭하셨던 모양입니다."

"금야엔 무슨 핑계를 대려는지, 그것부터가 궁금하이."

"어른님이시여, 작은 일에 열중하고 만족하는 것이 행복인 줄 아옵니다. 여인에게 큰 기쁨은 금방 도망가는 것이라서 경계하고 또 경계하는 것이랍니다. 해량하여 주시옵소서."

"그 어른스러움에 녹아나는 바보가 아니던가!"

"세상에는 아름다운 거절도 있더이다. 어찌 이를 모른 체하시나이까."

"아름다운 거절이라……."

"일찍이 일개 천기의 몸으로 속박이 싫어 군왕의 요청을 거부한 여인이 있었답니다. 기특하지 않나이까?"

"맹랑한 이야기군."

"백년이 채 아니 된 일로, 그녀가 이곳 함경도 쌍성의 경선기(京選妓) 소춘풍(小春風)이었답니다. 그러니까 성종(成宗) 임금께서 총애한 기녀였나이다."

"이름을 들어 본 것 같으이."

"그녀가 글쎄, 천기의 몸으로 군왕의 명을 정면으로 거부했다지 않더이까. 물론 은밀한 자리이었겠으나, 용기가 대단했던 것 같사옵니다."

"오기였겠지……."

"아무튼 한번의 금침으로 평생을 많은 구속에 묶이기가 싫었던 그녀의 용기가 가상하지 않나이까?"

"……."

"그래 성종께서 성군이었던지라, 흔쾌히 청을 받아 윤허하더랍니다. 잘못했다간 죽음을 면치 못할 자리가 아니오니까."

"……."

"훗날 성종 임금께서 미복(남루한 복장)으로 소춘풍의 집을 방문하여 군왕이 아닌 한 지아비로 만나자고 했더랍니다."

"음, 음…."

"그때서야 그녀가 문을 열더랍니다. 아무튼 얼마나 아름다운 거절이었나이까. 그 임금의 그 기녀라고나 할까, 그런 아름다운 이야기가 이곳에 전해지고 있나이다."

"같은 관북 출신이라고 응원이 대단하군."

"물론입니다. 이곳 기방의 자랑이기도 하옵니다. 게다가 그녀의 해학과 기지가 얼마나 뛰어났던지, 지금도 장안에서 그녀의 시가 인구에 회자되고 있다 들었사옵니다."

"그야 그렇지. 두 편의 시가 너무도 해학적이어서 그녀의 명성이 지금도 자자하다네."

"그러니 지난날 조잡한 야로가 있었다면 어찌 그녀가 명성을 날리었겠나이까."

이야기는 계속된다.

이렇듯 곡연(궁중의 소연)에 늘 불리어 다니던 소춘풍이 경선으로 서울에 올라온 지도 사 년이 지났다. 물론 성종과의 일은 누구도 몰랐고, 누구도 발설하지 않았다.

그런데 성종의 병세가 일진 일퇴하더니 끝내 일어나지 못하고 동왕 25년 섣달 스므나흗날 승하하고 말았다. 무심한 인심이라니, 성종이 승하한 후 소춘풍은 사람들에게서 잊혀져 갔다. 연산 군(燕山君)의 등극에 따라 신왕에게로 향하는 신하들의 인심은 작일 임금의 총애를 받던 시녀를 오래 기억할 리가 없었다.

그리하여 소춘풍은 영흥 고향집에 들렀으나 주모인 수양모가 별세하고 없어 정 붙일 곳이 못 되었다. 그녀는 정처없이 길을 가다가 안변의 설봉산에 있는 석왕사에 들러 옛날 임종 전의 어머니가 들려주신 아비 모습의 운야대사를 만났다. 불상 앞에 절하고 물러나와 산을 내려오던 소춘풍은 무언가 할말이 있을 것 같아 다시 석왕사에 들렀으나 이미 운야대사는 찾을 길이 없었다.

며칠을 머물며 대사를 찾고 있을 때 금강산 유점사에서 대사가 입적했다는 전갈이 왔다. 주지 스님에게 애원하여 머리를 깎고 불사(법회)에 참석하기 위해 길을 떠났다. 필경 대사가 자기 아버지일 것이라고 생각하니 부질없는 세상이 너무도 허망하여 발길이 가볍지만은 않았다.

소춘풍, 그녀의 나이 이십팔 세 때의 일이다. 후 법명을 운심(雲心)이라고 하였다던가. 한 여인의 일생은 그렇게 저물어 갔다.

"소춘풍의 용기에 감복했던 모양이구먼."

"소녀도 서울에서 뽑혀 갔으면 좋겠나이다. 가서 그쪽 풍물도 눈여겨보았으면 좋겠사옵나이다."

"가서 장안을 한번 휘저어 보고 싶은 모양이지."

"가서 비마로 날렵하게 뛰고 싶사옵니다."

"이보게, 그러지 말고 내 이야기도 하나 들어 보게나."

"그것도 아름다운 거절이옵나이까?"

"그렇다네. 그보다 앞서 단종 임금 때의 일이지."

"그것도 기녀의 이야기옵니까?"

"이 사람이 쫄랑대기는, 점잖게 들어!"

"아이고, 송구하옵니다. 입에 자갈을 물리어도 소리지르지 않겠나이다."

"그 짧은 단종조에 《역대병요》의 편찬에 공이 컸던 하위지(河緯地)에게 수양대군이 품작과 벼슬로 상을 내리자, 그가 거절을 하였다네."

"……."

"수양대군의 세도에 도전은 죽임을 면키 어려운데도 그가 이를 거절함은 대단한 용기였을 것이야. 이유인즉은, 임금이 어리고 국가가 불안한데 종실인 대군이 벼슬과 상을 가지고 조정의 신하를 농락하는 것이 부당하다는 것이었어요. 잘 듣고 있는 겐가?"

"예, 쇤네 잘 듣고 있사옵니다. 그 다음에 어찌 되었는지요?"

"단종이 어전에 불러 상 받기를 종용하였지만 끝내 거절하고서 낙향을 하였네. 수양대군의 야심에 뒤통수를 친 아름다운 거절이지 않는가!"

"그렇사옵니다. 진실로 거룩한 거절이군요. 장부의 기개란 바로 그런 것이 아닐는지요."

"그까짓 침상 거절에 비할 바 아니지 않는가 말일세!"

"어찌 여인의 이야기를 장부의 이야기와 견주려 하시나이까."

여기서 당시 선조(宣祖)의 외할아버지이신 안탄대(安坦大)의 청렴을 잠시 기록으로 남긴다.

선조 임금의 외할아버지인 안탄대는 왕가의 외척이 된 연후에 얼마나 몸가짐을 조심하였는지 모른다. 너무도 조심하는 바람에 빈한해져서 깁지 않은 옷을 입은 적이 없고, 잡곡이 섞이지 않은 밥을 먹은 적이 없었다.

만년에는 눈이 어두워져 불편하였는데, 선조께서 그분을 영화롭게 하려고 가죽옷을 보냈다. 그러자 그는 백성이 가죽옷을 입는 것도 죽을 죄요, 왕명을 어기는 것도 죽을 죄니, 차라리 이대로 지내다 죽고자 한다고 했다. 이에 평민이 입는 개가죽 옷이라고 속이니 만져 보며 하는 말이, 요즈음의 개는 별종(狗有別種)이 있는 모양이라며 물렸다.

이 말은 뒤에 임금 친인척의 영화를 경계하는 고사성어로 쓰이게 되었다. '구유별종'이라는 말이 그 말이다. 최고 권력자의 주변에 친인척의 피해가 끊이지 않는 작금에 되살리고 싶어 난외로 적어 본 것이다.

"자, 그럼 시담이나 나누어 볼까. 지필묵을 꺼냈으니 무얼 쓰든 써야 하겠구만."

"아까부터 시상이 떠오르신 것 같사이다."

"그게 아니고, 비가 오니 역원 용천관(龍川館)에서의 일이 생각나 그때의 작품을 옮기려 함일세."

"용천이 어디오이까?"

"저 평안도 서북단에 있는 고을인데, 거기도 이족의 침노가 많았던 곳이야. 옛날에 안흥군이라고도 했지. 내 그 용천의 옹암포 역원에서 한 수 읊었었는데, 기억이 잘 나려는지 모르겠구먼."

"먹물을 준비하겠나이다. 천천히 기억을 떠올리소서."

평안도 용천군은 서울에서 천리가 넘는다. 용암포 근처 역원(驛院) 용천관에서의 일을 떠올리며 고죽이 붓을 들었다.

積雨斷行旅　　沙川水急流
無人問前路　　愁倚驛南樓

계속 내리는 빗줄기에
나그네 길이 끊어졌네
모래톱 시냇물 줄기도
한사코 급하게 흐르네
가야 할 나그네 길을
물어볼 사람이 없구려
용천역관 남쪽 다락에
시름겨워 기대어 섰네.

〈용천관〉이라는 고죽의 오언 사행시이다.

비가 오면 누구라도 우울해지는 것은 어쩔 수 없는 인지상정이라 하겠다.

그러나 고죽도 군자의 반열에 있는지라, 희로애락의 감정을 좀체 얼굴에 나타내지 않는다. 따라서 겉을 지극히 부정직하게 꾸미는 데서 군자의 도는 시작되는 것이기에, 홍랑이 이를 빨리 알아차려야 한다.

아무튼 지금 고죽이 작품을 빗대어 말하는 것은 길을 아는 이를 찾고 있음이다. 길라잡이라도 좋다. 누구라도 따뜻한 동행인을 찾고 있으니 가까이 있어 달라는 암시이다.

고죽이 추가령 긴 고개를 넘을 때에도 삼월의 봄비가 무진 내렸다. 홍원에서 홍랑을 만나 궂은비가 종일 내림은 고죽에게 무슨 의미가 있는 것일까. 좀체 개일 줄 모르는 봄비가 그렇게 내리고 있었다. 허나 우중의 감정이란 더욱 다정해질 수도 있는 것이어서 자못 정감 어린 시간이 지나가고 있었다.

"여창의 고독이라더니, 장부도 남루에 기대어 시름겨워 하나이다. 더욱이 무장께서 말이옵니다."

"그러게나 말일세."

"기실 서울 집이 그리웠던 것 아닌지요?"

"나라의 변방은 오랑캐와 왜구가 자꾸만 침노하고, 안으로는 당파에 휩싸여 걱정이 많았던 거지. 더러 뜻있는 분들이 나라일을 걱정하기도 하였지만, 장차 조선의 모습을 떠올리니 궂은비까지 내리더라구."

"역시 쉰네의 생각과는 근본적인 차이가 있나이다. 그래서 지난날의 현인들이 치마 입은 족속들을 가까이 말라 했지 않았겠나이까."

"이곳 함관령을 넘어오면서도 들은 이야기이지만, 옛 전적지로 유명했던 모양일세. 그러니 경성까지 가려면 수많은 전승지를 지나갈 것이야. 그러기에 남아에겐 무운장구를 축원하는 여인이라도 있어야 되는 것이라네."

"이 홍랑을 그 기도에 동원하시려 하나이까? 군명이라면 이 홍원골에서 평생을 엎드려 있겠나이다."

"반룡이로세!"

"반진이옵니다."

"반진이라, 조금은 섭섭하군."

"울까요?"

이때 홍랑은 고죽의 손을 잡아 주었다. 치자 물들인 저고리에 감물 들인 홍랑의 치마가 고죽의 군장에 조화되어 한 폭의 수채화로 창호에 어린다.

고죽은 다시금 홍랑의 얼굴을 바라보았다. 보면 볼수록 방정한 몸매가 마음에 들었다. 아름다운 얼굴에 기품까지 서려 보이는 홍랑을 도저히 그냥 둘 수가 없다는 눈치였다.

무릇 여자란 제아무리 미인이라 해도 어딘가에 한두 가지 결점이 있게 마련이다. 이목구비가 수려해도 균형이 잡히지 않는 몸매라든가, 기예가 출중하더라도 기품이 없어 보일 수도 있다. 이처럼 옥에도 티가 있는 법이라고, 누구든 어딘가에 결함이 있는 것이 오히려 자연스러울지도 모른다. 그런데도 어린 홍랑에게서 아무 것도 발견을 못한 고죽의 눈은 근시가 아닌 것 같다.

고죽은 지금까지 곳곳의 많은 기녀들과 수창(酬唱:시가로 주고받음)을 해 왔지만, 비너스 언덕으로 함께 가지는 않았다. 아니면, 비너스 계곡으로 함께 가지 않았다고 하면 눈치 빠른 그대만 알아듣겠지.

아무튼 고죽의 풍체가 도골선풍인지라, 여인들 편에서 꼬리를 치는 경우가 허다했다. 아직까지 그러한 유혹들을 적당한 거리에 두었기에 고죽의 평판은 도도하기만 했다. 더러 뜻을 이루지 못한 기녀들의 심술이 도져서 '최고죽은 허우대는 좋아도 실속이 없는 최고자'라고 하기도 했던 것이다. 또는 '그는 나온 구멍은 알아도 들어가는 구멍은 모르는 최얼간이'라고 비소하기까지 하였다.

 그처럼 목석 같은 위인 취급을 받아 오던 고죽이었지만, 홍원골 홍랑에게만은 꼼짝을 못 하고서 주저앉아 있다. 얼얼해진 고죽이 술을 찾는다.

"비가 이처럼 많이 오는데도 이 고을에는 샘물이 말랐는가?"

"샘물이 마르다니요. 물 한 그릇 잡수시려고 샘물까지 거론하시나이까?"

"목이 컬컬해짐일세."

"아직 어두워지기 전이온데, 아랑주(질이 나쁜 독한 술)라도 가져오리이까?"

"이 사람아, 내가 아무리 주호(술 잘 먹는 사람)이기로서니 낮부터 아랑주 타령을 하겠는가. 좋은 미주가 없을꼬!"

"매우 외람된 말씀이오나 소녀와 함께 정원으로 나가사이다. 비도 이제 개었으니 나가 천기나 살핌이 어떠하오니이까?"

"그럴까 그럼."

"소녀가 안동하겠나이다."

 홍랑이 고죽의 코를 꿰어 밖으로 나온다.

 먼 산에 희끗희끗 안개구름이 걸리어 있다. 담 안의 정향나무가 가지가지 잎을 피우려고 새순을 밀어내고 있다. 산수국은 이미 잎이 반이나 피어 있어 얼마지 않아 봄 향기가 강산에 진동할 것 같다.

 여기저기 집집에서 피어나는 저녁 연기가 중천을 평화로 덮는
다. 어디선가 저녁 마록(고다니)의 구슬피 우는 소리가 계곡을 스
친다. 저만치서 고양이 한 마리가 골목 안의 정적을 힐끔 훔친다.
산비둘기는 이미 날개짓을 끝내고 육송 위에 깃든다. 맑고도 서
늘한 저녁 공기를 가르는 남녀는 동편 누대에 올라 자기들만의
세상인 듯 하계를 응시한다.

 "어른님, 만물의 영장인 인간의 평화는 요원한 것이옵니까?"

 "그렇게 보면 만물의 영장도 허세에 불과한 게 아니겠는가. 온
갖 죄악을 찾아내느라 안달이지 않은가 말일세."

 "그러하옵니다. 서로 미워하지 않고나 살았으면 좋겠나이다."

 "고해를 헤엄치는 인간 군상들이라니, 하찮은 인간이 미물까지
괴롭히고 말일세!"

 "그러게 말이옵니다. 그런데 저 미물도 희로애락을 느끼는 것이
온지요?"

 "그럼. 정도의 차이는 있겠으나, 분명 느낌이야 있지 않겠는가."

 "잘 알겠나이다. 그럼 안으로 드사이다. 아직은 저녁으로 바람
끝이 차갑나이다."

 "그럴까."

 고죽이 홍랑에게 계속 끌려다닌다. 장수도 계집에 빠지면 촌부
에 지나지 않아서 말씨까지 잦아진다. 그러나 홍랑이 어른님 불
편케 하지 않으려고 여기저기 눈치를 봐가며 모심을 게을리하지
않는다.

다시 어두움이 온누리에 가득 내려선다. 누가 빛이 가지 않는 곳에 어두움이 고이라고 점지했는지는 알 수가 없다. 그러나 분명한 것은 어두움은 너무도 가벼워서 조그만 불빛에도 날아가 버린다는 사실이다. 죽음이란 그 어두움이 날아가 쌓인 곳에 모인다고 하니, 문자도 언젠가는 그곳으로 가야겠다. 가서 관심 있는 혼령들을 만나 볼 수만 있다면 결코 죽음을 두려워하지 않으리라.

저녁상을 관노에게 물린 뒤 고죽은 다시금 피곤함이 엄습했다. 따뜻한 아랫목에 한참을 앉아 있노라니 전일의 피곤까지 겹쳐 내렸다. 작설차 한 잔을 먹는 둥 마는 둥 장침에 기대어 눈을 감는다. 금방이라도 보료에 누워 버릴 것 같다. 그러다 잠이라도 들면 고죽의 밤은 허탕이다. 홍랑이 장지문을 열고서 들어오다 뒷걸음질 치면 장부의 하룻밤은 맹탕이 된다.

그러나 두고 볼 일이다. 홍랑의 거동을 두고 볼 일이 아닌가. 어느 시간쯤에 손님을 흔들어 깨울지 두고 보아야겠다. 홍랑의 기지를 문틈으로 기어이 보고 말리라.

산도 방중술에 관심이 많아서 야릇한 일은 놓치니 않으려 하는 성미이다. 배워서 남 줄 것도 아니지만, 밀애도 배워 두면 써먹을 데가 있을 게 아닌가. 옆사람 눈치를 봐가며 적는다. 나의 반쪽이 쓰잘데없는 말 그만하라고 성화를 부리면 잠자리가 불편할지도 모를 일이니 조심조심 적는다.

아무튼 저들의 긴긴 밤이 될지도 모를 오늘 밤을 숨죽여 지켜보리라.

홍랑이 교방에서 보통이 하나를 들고 객사로 조심조심 발길을 옮긴다. 지금 홍랑에게서 두려운 것은 무엇일까. 고죽의 잠적일까. 아니다. 고죽의 땀 냄새이다. 고죽의 체취에 호감을 가질 수만 있다면 잠을 깨워 유인해 볼 필요가 있다.

이경이 가까운 시간에 홍랑이 객사에 당도한다. 사실은 두 번째의 도착이다. 곤함을 달래고 있는 손님을 차마 깨울 수 없어 물러갔다가 다시 온 것이다.

그래도 조심스럽게 뒷문으로 들어온 홍랑이 장지문을 사르르 열고서 가까이 다가가 꿇어앉는다. 이제는 매향이든 난향이든 냄새를 풍겨야 한다. 몸을 함부로 흔들어 일으킴은 여인이 할 노릇이 아니다.

홍랑이 헛기침을 두어 번 해본다. 이내 사내는 일어나 자리를 고친다. 무장이 소리에 민감해야 하는 것은 당연하다 하겠다.

"소녀가 자리를 지켜드리려 왔사옵니다. 내치지 마옵소서."

"으응, 내 자고 있는 모습을 보았겠구먼."

"아니옵니다. 금방 왔사옵나이다. 무례를 용납하여 주시옵소서."

"무례까지야, 기다리다 잠이 들었느니-."

"그러하옵나이까. 진작에 올 것을 늦었나이다."

"그건 그렇고, 보자기에 싼 것은 무엇이던고?"

"소녀가 옷 한 벌을 가져왔나이다. 나무라지 말고 받으시옵소서."

"그래! 그렇다면 이리 주게나. 내 당장에 입어 보리라!"

"맞을지 모르겠나이다."

"명주로다! 자다가 떡이라고 자다가 옷을 얻음이로다."

"허여하시오니 소녀 무진 기쁘옵나이다. 거년에 무작정 한 벌 마련해 두었던 것이 오늘 소녀의 기쁨이 되었습니다."

고죽이 명주옷 한 벌을 갈아입고서 방안을 거닐어 본다. 홍랑도 상기된 얼굴로 고죽을 바라본다. 주는 기쁨과 받는 기쁨이 이처럼 클 줄이야 누가 알았겠는가.

"오늘이 첫날밤이로다. 이 비싼 옷을 입고서 이제는 그대와 춤을 추리라!"

"밖에 술상을 봐 두었나이다. 오늘은 자하주를 준비하였나이다. 가져오리이까?"

"여부가 있겠나. 어서 가져오게나!"

이 밤 홍촉에 붉은 빛 술이다. 백옥잔이 한결 품위를 더한다. 산호병을 두 손으로 공손히 잡고 술을 따르는 홍랑이 그림처럼 곱다.

그리고 나서 다소곳이 고개 숙여 앉아 있는 홍랑의 검은 머리 위에 불빛이 뛰논다. 콧등을 스치는 불빛은 너무 미끄러워 그대로 벽에 부딪친다. 한쪽 무릎을 세워 가지런히 손을 모아 포갠 홍랑의 손가락이 부처님 손가락보다 유연하다.

저 여인을 고죽이 탐하여 불빛을 몰아낸다. 제발 후일 홍랑의 눈에서 눈물이 흐르지나 않게 했으면 좋겠다. 날마다 울보가 되어 떨어지는 눈물을 누가 받아 모으랴.

"나리님, 아닙니다. 어른님이시여, 춤은 추시되 소녀를 울리지는 마소서."

"아무렴, 이소(진흙탕 수렁)에 발 들였기로서니 아녀자를 울릴 내 아니로다! 그대 믿음이 그대를 살릴 것이로세."

"어른님 너무 행복하옵니다. 이렇게 행복해도 되는 것이옵니까. 소녀를 안아 주소서."

어린 홍랑이 무엇을 알까. 안아 주기를 바라는 여인은 나이도 초월하는 것인가. 한번 한 남자의 땀에 젖은 여자는 날개를 접을 줄도 알아야 한다. 홍랑이 그런 각오가 되어 있는 모양이다.

이럴 때 불민한 산은 어떻게 적어야 할지 고민이 된다. 미사여구를 찾지 못해 줄행랑을 치고 싶지만, 딴에 그대와 고집한 약속이 있으니 저버릴 수도 없다.

아무튼 찬사를 받기는 이미 틀렸으나, 이 말만은 할 수 있다. '사랑은 주고주고 또 주고 영원히 잊어버려라. 이것이 사랑의 대원칙이다'라고 말이다.

이 말은 연륜이 있는 분이라면 이해가 빠르다. 그러니 누구는 새겨들어야 한다. 더러 울면서 춤을 추고 울면서 노래하는 것은 이 원칙을 벗어났기 때문이다. 결코 무서운 밤의 서곡이 아니다.

"아니 그런데, 왜 눈물을 보이는 겐가?"

"소녀는 울기를 잘 하나이다."

"허허, 이게 큰일이 아니던가! 많은 날을 함께 하려면 웃는 것도 배워 두어야 할 것이로세."

"황공하오이다. 소녀의 불찰을 용납하여 주시옵소서."

"홍랑, 그대는 내게 누구인가. 만나서 이렇게 좋고, 좋아하다 보면 가슴을 아프게도 하는 일도 있을 게 아니던가. 그러니 사랑도 때로는 고통을 동반할 각오가 되어 있어야 하는 것이라네."

"울면서도 바보같이 눈물의 의미를 몰랐나이다."

"자, 이 몸을 그대에게 기대나니 가만히 있었으면 좋겠네그려."

"어른님, 오늘 밤은 술을 별로 드시지 않으시나이다. 무슨 고민이라도 있사옵나이까?"

"고민은 무슨 고민, 이렇게 좋은 밤에. 다만 내일 출발을 위해서 조심하는 게지."

"내일은 기어이 가시렵나이까? 아주 하루 더……."

"아닐세. 내일은 아주 일찍 출발하려고 맘먹고 있는 참일세. 행여 못 볼지도 모르겠구먼."

"어른님, 천솔이 무엇을 잘못하였기에 그처럼 발길을 빨리 챙겨 가시려 하시나이까?"

"이왕 갈 길이 아니던가. 하루를 쉬었으니 불평하지 말게나."

"예, 어른님. 이 이상의 행복은 교만인 줄 아나이다."

"그러니 이제 짜증을 부리지 말고 술이나 한 잔 더 주게나."

"임을 미워하지 않나이다. 처음부터 그리하였나이다."

"듣기가 좋군. 술맛은 이제부터일세. 그대도 한 잔 받게나."

고죽은 웃으면서 홍랑에게 술잔을 내밀었다. 합환주를 나누려는 고죽의 속셈이다.

홍랑이 오늘을 위해 열일곱 나이를 그렇게 곱게 가꾸었던 것 같다. 무너지는 것은 비단 여자뿐일까. 꽃이 어찌 시들지 않고서 열매를 기대할 수 있겠는가. 그러기에 한 순간을 위해 곱게 핀 아름다운 꽃이 아니던가. 그런데도 이를 송두리째 바치려는 홍랑의 가슴에 두려움이 콩당콩당 절구질을 한다.

 바람에 쏠린 풀은 다시 일어난다. 한없이 약한 홍랑이 아니었으면 좋겠다.

"밖엔 언뜻언뜻 달빛이 비치나이다. 내일은 날씨가 좋을 것 같사옵니다."

"그런가. 그렇다면 더욱 다행이군. 그대에게 신표로 이 지필묵을 남기리라. 따로 준비된 것이 없음일세. 받아 주려는가?"

"여부가 있겠나이까. 소중히 간직하겠나이다."

"그럼 술 한 잔씩 더 들고 잠자리에 드세나. 오늘 다시 헛된 소리 하면 다시 보기 어려울 터, 서로가 후회되는 일 없었으면 좋겠네그려."

"주인님, 저를 요구하시나이까? 뒷일을 분명히 언약해 주사이다."

"내 신물(신표)까지 남기고 가는 마당에 더 이상의 요구는 지나침인 게야."

"그렇게 말씀하시니 거절하겠나이다. 소녀를 놓아 주시옵소서."

"지금에 와서 당당한 겐가. 아니면 당돌한 겐가?"

"악몽을 꾸고 있는 중이옵니다."

"어허, 못하는 말이 없구만! 반드시 후회하리라."

"소녀는 그리 못 하나이다. 그렇게 쉽게 말씀하시다니요!"

"좋으이! 내 그대를 위해 허비할 시간이 있으면 변방을 위해 피 흘리는 장정들에게 빨리 돌아가리라!"

"이제 막말까지 하시나이다. 하오나 주인님, 무엇을 망설이나이까. 싸우지 않고 이기는 것은 더욱 값지다 하나이다. 어찌 소녀에게 싸워 이기시려 하나이까."

고죽이 홍랑에게 언사를 높이다가 호되게 한방 먹는다. 우리 홍랑을 함부로 보다니, 산이 문 열고 들어가 거들까 싶다.

저리 대쪽 같은 사람도 임이라고 그리워서 청강에 배 붙잡고서 기다릴 홍랑을 생각하니 괜히 울화가 치민다. 객관에서의 만남을 몸서리치게 후회할지도 모를 홍랑이기에 어엿븐(가엾은) 홍랑의 앞을 가로막아 밖으로 내치고 싶을 지경이다.

고죽이 지혜로운 분이라면 오월의 서릿발을 조심해야 한다. 날마다 청강에서 배 붙들고 있을 여인이 있다고 생각되면 우리 홍랑을 곱게 다루어야 한다. 암, 그렇고말고……

# 계여울 물총새야

계여울 물총새야 어디메로 가려느냐
들길을 따라서 백로 하나 날아간다
산중에 우는 쑥국은 임을 찾아 알려라.


한바탕 회오리가 지나갔다. 세상을 완력으로만 산다면 무인천
국일 수밖에 없다. 따라서 한없이 약한 여인이 있는가 하면, 한없
이 강한 여인도 있다. 이를 잘 조정해야 하는 것이 남자이다.

사랑은 어려운 일이다. 어렵기 때문에 그 일을 해내려고 모두가
아우성이다. 증오란 놈이 항시 옆에서 일을 어렵게 만들기 때문
에 여간 조심하지 않으면 아니 된다.

"자기가 무슨 금녀(서왕모)라도 되는 줄 아는 모양이지. 해웃값
(꽃값, 화대)이 아까워서라무니 일어서야 하겠구먼."

"이제 놀음차(화채, 화대)까지 말씀하시나이까! 화천(술)을 벗하
시더니 무치(無恥:임금은 부끄러움이 없다)까지 얼굴에 바르십니
다. 그러고도 등글개(첩)를 두시려 하셨나이까?"

"왜, 그러면 안 되나! 앵혈(처녀 확인)도 흘러내린 그대가 아니

던가."

"청지기(잡역비, 경비직)를 부르겠나이다. 만곡(아주 많은 눈물)
을 보이기 전에 일어서야 하겠나이다."

"왜, 비변사(국군을 관장하는 곳)에라도 알리지 않고 참으려는
가?"

"애초부터 풍인(문인)을 앙모함이 잘못이었나이다. 다시는 정분
을 운운하지 않겠나이다. 많은 것을 깨닫게 하시어 황공무지로소
이다."

"연막을 계속 치게나. 얼통(첩의 소생)까지 보자 하였더라면 큰
일날 뻔했으이."

"왜, 현원(어질고 고운 여자)이 아니라서 일찍 포기하셨나이까.
소녀 역시 여휘(저녁놀)를 함께 보자 하였더라면 큰일날 뻔하였
나이다."

"이보게, 그렇게 멋진 말을 띄우면서 뭣땜시 핏대를 올리는 것
인가. 내일이면 담 밑의 금난초가 어여쁘게 필 것일세. 우리 후일
을 이야기함이 좋을 터, 이제 풋바심(덜 익은 곡식의 수확)은 그만
거두세나."

"무시개 말씀이세요. 소녀의 업원(전생에 지은 죄)이 무겁기로
이승의 멍에를 끌며 가는데, 어른님께서 면천(속량)이라도 해주
실는지요?"

"면천뿐이겠는가. 악모(장모)를 모시고 축백두(오래 살기를 기
원)하려네. 이제 맘에 드는가?"

"이제는 깜순(순라꾼의 우두머리)을 부르지 않으럽니다. 이 밤중

에 대놀음(기녀의 큰 풍악놀이)이라도 하오리까?"

"그렇게 해야 하리로되 밤이 깊었나 보이. 그대의 여령(맑고 고운 소리)이나 들어 보세나."

"이러다가 여부연(첩의 존칭) 되어 불원천리 따라간다 하면 어찌하려 하나이까."

"여막(초막)에 들어 넓살문(거친 문)을 열고 닫더라도 따라오겠는가. 그렇다면 환영하리라."

"방자고기(소금 구이)라도 가져오리까, 논저냐(똥그랑땡)를 가져오리이까. 태산북두(거인)보다 더 크신 소천(남편의 존칭)을 두고 숙수지공(菽水之供:형편없는 거친 음식으로 공대)하였나이다."

한결 방안 공기가 맑아졌다. 사랑도 싸우면서 크는 모양이다. 반쪽이 반쪽을 채워 주기가 그리 쉬운 것이라면 누군들 쉽게 사랑하지 못하랴. 더욱이 부족한 반쪽을 채우기가 그리 쉬운 것이라면 저토록 역사는 밤에 이루어질 수가 없다.

이제 서로가 서로를 피할 수 없는 것이라면 받아들이는 것이 현명하다. 정말이지 이제부터 서로를 위해 살 각오가 되어 있다면 인간 고해를 함께 헤엄쳐 빠져나올 수 있도록 노력해야 한다.

"이제 화해주를 나누사이다. 소사(召史:과부의 겸칭)가 될 때 되더라도 말없이 따르겠나이다. 끝까지 거두심을 놓지 말아 주시옵소서."

"이제야 합환주를 나누자는 애기이군. 오승포(거친 피륙)를 걸치고 살더라도 후회하지 않으렷다?"

"날마다 만화석(꽃무늬 방석)에 앉아 건주가를 부르오리다. 오토

168

(예토, 더러운 흙, 곧 역겨운 세상)를 기억하지 마소서."

"내 명도(죽어 가는 곳)에 갈 때까지 숙생(전생)의 업을 다스리리라."

"그럼 소희(웃으며 장난질)는 그만두고 노래하리이다."

홍랑도 취흥에 젖어 노래하겠단다. 누가, 누가 있어 이 여인을 탐하는가. 세상은 홍랑의 세상도 있는 것이어서, 이 밤이 한결 정겨움으로 녹아내린다.

제발 고죽에게 말하노니, 홍랑을 거칠게 다루지 말았으면 좋겠다. 삶에 정답이 없듯이, 사랑에 정답도 없다. 다만 최선을 다하는 것, 그 이상의 답은 없을 것 같다. 세상에 공평한 것은 시간뿐, 누구든 노력하는 자의 것이다. 대장부 최경창이 홍랑의 얼굴에 눈물 흐르지 않도록 늘 살펴주었으면 좋겠다.

홍랑이 건주가를 하려고 가야금을 당겨 무릎에 놓는다. 감물치마가 바스락거린다. 친의(속옷) 한 자락이 삐져나와 함께 노래 듣겠단다.

> 한잔술을 먹사이다 또한잔을 먹사이다
> 다정하게 마주앉아 무진무진 먹사이다
> 우리몸이 죽어지면 거적덮어 메어가나
> 꽃상여에 들려가나 아무소용 없소이다.
>
> 잡수시오 잡수시오 이한잔을 잡수시오
> 다시한잔 잡수시면 천년만년 사오리다
> 우리한번 떠나가면 누가한잔 먹자하리

명년삼월 돌아와도 다시권키 어려워라.

적막강산 두견새야 너도한잔 하려무나
오동추야 밝은달아 너와함께 건배하면
명사십리 혜당화야 너도시샘 하려느냐
녹수부용 호접들아 함께취해 놀자꾸나.

－건주가

"우조(웅장한 곡조)일세. 우조일세!"

"소리를 배운 지가 일천하여 듣기에 불편하지 않으셨는지요. 더욱 노력하겠나이다."

"오오, 내가 운객(선인, 처사)이로다. 구름 가운데 노니는 적선이로세! 오늘 이 밤이 누구를 위해 있느냐고 묻지 말게나!"

"반야(여자 귀신)의 덫인지 누가 알겠나이까."

"그럴 리가. 오늘 그대의 낭군이 환각 상태에 있나니, 누구도 날 건드리지 못할 것이로다."

금방 희희낙락이다. 대접 초맛살이라도 한 점 먹었나 보다. 본디 초맛살이라는 것이 암소 사타구니의 살이라서 맛이 있는 것인지는 내 알 바 아니다.

본시 싸운 다음의 친화력은 배가 되는 것이라서 감흥이 더할 수도 있다. 다만 그 길로 함께 넘어져 일어나지 못할까 봐 걱정이 된다. 누가 다리를 걸어 쓰러뜨렸는지는 보지 않아도 알 수가 있다. 이는 그대와 내기를 해도 좋다. 홍랑이 먼저 넘어진 것이다. 상대를 넘어뜨리는 것은 항시 남자가 아니던가.

이때 힘없이 넘어지는 것이 좋을까, 아니면 버티는 척 넘어져야 하는 것인가. 견해가 각기 다를 수도 있겠지만, 넘어질 때에는 몸을 부드럽게 해 넘어져야 한다. 눈치없이 버티기만 하면 민망해서 눈길이 불편하게 된다. 온몸의 힘을 쭉 빼고서 드시든가, 말든가 하게 해야 한다.

엉뚱한 생각이 계속된다. 방정맞은 생각이라도 지나치지만 않으면 소화제가 될 수도 있다. 누구든 떡방아를 피하여 태어날 수는 없기 때문이다.

어찌 되었거나 홍랑의 불두덩에 종창이나 나지 말았으면 좋겠다. 또한 고죽의 음낭(불알)에도 낭옹이나 생기지 말았으면 좋겠다. 도끼자국 건들려다 잘못됨을 말함이다. 맷돌의 윗짝 밑짝이 곱게 제몫을 다해야 함이 그것이다.

저 못된 섬놈(일본인)들이 방아질만 발달하여 공이를 세 번 내려칠 때까지 언어(낱말)가 있다기에 산도 연구에 연구를 거듭하여 여기 발표한다. 공이를 한 번 내려칠 때는 살이살살, 두 번 내려칠 때에는 시끈시끈, 세 번째는 뽁짝뽁짝, 네 번째는 찌릿찌릿, 다섯 번째 마지막은 어럴럴럴이다. 그대여 그럴싸하지 않은가. 어차피 배꼽 밑에는 인격이 없다지 않던가. 이쯤 해두자.

그들의 방에 불빛 감춘 지 오래이다. 달빛마저 서산에 가려 천지간에 정적만이 가득할 뿐이다.

홍랑의 젖무덤이 아직도 감추어 있을까. 그대로 잠들어 버리면 어찌할거나. 석류보다 싱그럽게 익어 있을 앞가슴이 아니던가. 필경 주황색일 유륜(젖꽃판)이 어두움에 드러나면 젖몸살 나게 마련이다. 말이 되든 말든 내 갈 길 간다. 젖부리(젖꼭지)를 드러 내 고양이가 떼어 가면 그도 큰일이 아닌가.

아무튼 고죽에게 '옥문(음문)은 열어 보되 절부들기(젖통의 살) 는 살살 만지라' 일러두지 못해 걱정이 된다. 어린것의 입맞춤은 어떠했을까. 삼베 팬티에 바람 들듯 시원했을까.

다 그만두자. 뜬세상에 던져져 어찌 백년을 푸르랴. 만악천봉이 둘러싸인 홍원의 밤에 둘이서 꽃그림을 그렸으면 그게 그만 아닌 가. 그래도 수구초심(향수)인지라, 밤의 계곡으로 접어들어 어디 이든 따라가고 싶다.

고죽은 드디어 도원의 초입에 도착했다. 손가락 오형제를 동원 하여 밤의 계곡에 겨우 들어선 것이다. 군데군데 늪이 많으니 조 심할 일이다. 그래도 고죽의 노련미를 믿기에 안심이 된다.

여기서 산이 고전소설을 쓴답시고 꼬부랑 말은 죽어도 쓰기가 싫지만, 몇 마디만 차용해야겠다.

그가 탐스런 불두덩 아래로 내려서자 저만치서 비너스 언덕이 전개되고 있었다. 바로 그 언덕에는 팔등신 미녀가 다리를 한쪽 으로 뻗고 앉아 노래하는 게 아닌가. 얄얄한 옷, 영롱한 눈빛, 낭 랑한 목소리, 홍조 띤 얼굴 등 어느 것 하나 나무랄 데가 없다. 그 옆에는 물방울 소리를 토하는 오보에(서양 악기)를 불고 있는 여인이 있어 저녁놀에 비낀 정경이 너무도 아름답다.

고죽은 넋을 잃기도 전에 오색 쌍무지개가 펼쳐진 아취 안으로 인도되는 자신을 발견했다. 천상의 노래며 천국의 향기 진동한 습곡을 따라 늪지에 도착하노라니 길은 외길, 미끄러지듯 빨려드는 아찔한 순간 천국문이 열리었다. 찬란한 빛 어디엔가로 인도된 고죽은 눈앞에 다가선 보름달을 역력히 볼 수 있었다. 별빛도 찬란한 습곡의 가장자리에 둥근 달은 그렇게 떠 있었다. 물론 가까이서 본 달의 표면에는 토끼들이 방아 찧던 절구가 그대로 보이는 것이었다. 그 깊이를 헤아려 볼 수는 없었지만, 암흑의 터널 같은 것이 길게 뻗어 있었다.

고죽은 그때서야 무서웠다. 그곳으로 빨려들었다가는 숨도 쉬지 못하고 객사할 것만 같았다. 되돌아가야 함을 직감으로 감지한 그는 두 손으로 그 복숭아 형태의 달덩이를 힘차게 밀었다. 어깨의 추진력에 의해 밖으로서의 탈출을 시도한 것이다.

물론 어림도 없는 일이었다. 그는 잠시 생각에 잠겼다. '황홀한 죽음이란 바로 이런 것인가'고 말이다. 다시 두 발을 모아 힘껏 밀었다. 그때서야 비로소 밖을 향해 나갈 것만 같았다. 그런데 이게 어찌된 일인가. 금방이라도 번개가 내려칠 듯 억수 같은 비가 내리기 시작했다.

그래도 죽으란 법은 없었다. 그 장대비 사이로 작은 배 하나가 번갯불에 노출되었다. 재빨리 올라탄 고죽은 정신없이 노를 저어 물길을 따라 하류로 내려갔다. 그 무서움이라니, 급한 김에 가솔린만 기름통에 가득 채웠다.

그런데 또 어찌된 일인가. 저 하류에서 난데없는 폭풍우가 밀어닥쳤다. 어이없게도 배는 오던 길로 밀려 들어갔다. 참으로 두려운 일이었다. 천국의 노래며 향기는 더욱 진동해서 정신을 차릴 수가 없었다. 물망초의 선율이 들리는가 싶더니, 월광 소나타가

꽃잎 위에서 물결치고 있었다.

도대체 여기가 어디란 말인가. 정말이지, 고죽은 고뇌에 고뇌를 거듭했다. 파도야 어쩌란 말이냐. 몸은 취하여 비틀거리는데, 출구를 어찌 찾으란 말이냐. 고죽은 어서 빨리 저 밀림의 늪지를 빠져나가야 하는데, 한사코 가위눌린 몸은 핸드링이 아니 되었다.

그렇게 밀고 당기기를 몇 번이던가. 현기증을 일으키던 고죽은 입에서 캐미칼(화학적 혼합물)을 토해냈다. 비로소 시원함을 느낀 그는 트렌스퍼(교차되는 길)를 따라 쉽게 빠져나올 수가 있었다.

그는 생각했다. 다음에 이런 일이 있을 땐 크라샤(분쇄기)를 한 대 가지고 들어가 닥치는 대로 파우다(가루)를 만들어 버리겠다고 말이다. 이해가 가면서도 수긍이 아니 되는 것은 왜일까. 좋았다는 것인지, 아니면 좋다 말았다는 것인지, 종잡을 수가 없다.

피스톤은 밀려나오면서 에너지를 얻게 된다. 일단 밀려나왔으면 재충전을 해야 하나니, 군소리 말고 구들장을 져야 한다. 뜬계집 두고 하는 말이 아니다. 비싼 밥 먹고 하는 소리이다.

꽃 터널 속의 꽃잎 하나하나가 노래요 향기이다. 신께서 동물에겐 주기적으로 암내를 주었지만, 인간에게서는 암내를 거두어 버렸다. 대신 윤활유만 가득 채워 주었던 것이다.

축복이사, 인간은 밤낮으로 시도때도 없이 담굼질을 해댄다. 꽃잎의 행진이다. 그 행진의 대열에 끼어들려고 모두가 바장인다. 환경을 발전시키고 생활을 향상시키는 것 모두가 섹스의 경제학이다. 인간의 문화와 경제력은 인간 충돌의 전희요 후회를 위해 있음이 그것이다. 말이 되는지 안 되는지, 나도 모른다.

웃긴다. 정말 웃긴다. 이런 글도 글이라고 읽고 있는 한심스런 그대가 나를 웃긴다. 산이 지금 제정신이 아닌데, 무슨 말인들 못 하랴. 그대에게 말하나니, 비싼 밥 먹고 소화불량 되기 전에 빨리 다음 페이지로 넘어가라는 것이다.

열여드렛날, 달보다 앞서가는 저 별은 금성인가, 화성인가. 산 새는 구름에 가리어 볼 수 없노라고 목놓아 울어댄다.

아침이 추녀 끝을 들추며 문전에 다가선다. 아직도 두 연놈이 일어나지 않았으면 누군가 깨워 주어야 한다. 좀체 깊은 잠 들지 않던 홍랑이 정신없이 늦잠에 취해 있다. 종자는 감히 접근도 않는다. 흩어진 옷가지를 어찌하라고 홍랑이 저러는지 모르겠다. 여자의 뒤처리를 저리 하여도 되는지 모를 일이다.

도저히 그만둘 수가 없다. 산이 회오리바람 되어 창호를 때리련다. 잠을 재우는 것도, 잠을 깨우는 것도 산의 할 일이 아니던가. 늑장부리다가 뒷산에 오운(수상한 구름)이라도 걸치면 더더욱 큰 일이다.

이때 고죽 최경창이 어린 홍랑을 가슴에서 밀어내며 등을 두들긴다. 철없는 아가씨가 감각이 더디다. 까무라칠 듯 일어날 줄 알았더니, 저 능청 좀 보게나.

"주인님, 소녀에게는 더 이상 잃을 것이 없나이다. 무수한 날을 어찌하리까."

"뭐라고 대답을 할까……."

"고통은 남겨진 천첩의 몫이라고 말씀하시렵니까?"

"떠나는 내 몫의 고통도 있지 않겠는가."

“남들 다 하는 짓을 나라고 하고 나니 공허해지나이다. 비바람이 가슴을 비집고 들어오면 어찌하리까?”

“생자 필멸이요 회자 정리라지만, 우리에겐 잠시 나눔이 있을 뿐일세. 마음을 무겁게 하지 말게나.”

“이별은 왜 있는 것이옵니까. 기다림은 왜 있는 것이온지요. 이 숙제를 날마다 풀어 보렵니다. 영원히 풀리지 않을 숙제를 말이옵니다.”

“내 경성에 가서 정리가 되어지는 대로 연락할 것일세. 그때까지 기다리게나.”

“무섭고 떨리는 날에 잠조차 도망가면 소녀는 어찌하리이까?”

“밤새가 위로하겠지. 우린 합일을 위한 작별이니 얼마나 다행인가!”

“몸은 여기 있겠으나 맘은 자꾸 따라갈 것이옵니다.”

“내 맘을 여기 두고 갈 테니 안심하게나.”

“그러면 아침을 먹고 이쪽으로 오겠나이다. 말군(말을 탈 때에 여자가 입는 옷)은 준비할 필요가 없으니 쉬 오겠나이다.”

이때 밖에서는 아까부터 전립(병졸의 벙거지)을 쓴 사관 한 사람이 서성거렸다. 홍랑은 방을 살며시 빠져나와 교방 쪽으로 줄행랑을 쳤다. 코머리(행수 기생)가 길목을 지키는 줄도 모르고 말이다. 이럴 때 대개 질투에 찬 코머리는 짜증을 부리게 마련이다. 그러나 그녀에게는 치도곤이가 없었다.

고죽은 밖으로 나와 세안을 한 다음 하늘을 쳐다보니 날씨가 어제와 달리 산뜻했다. 길을 떠나기에는 아주 좋은 날씨이기도 했다. 아침상도 한결 좋았다. 사또의 호의가 서려 보였다. 그러나 고죽은 식사를  끝내고서 발길이 쉽게 떨어져 나가게 될지 알 수 없었다.

밖에서는 벌써부터 사령과 사관들이 떠날 차비를 서두르는 모양이다. 고죽의 사족발이도 덕분에 잘 쉬고 떠나려는 듯 발길을 구른다. 그러나 황소 울음으로 떠나갈 고죽의 마음은 무겁기만 했다.

고죽은 우선 동헌으로 사또를 만나러 갔다. 그도 미소를 지으며 기다리고 있었다.

"잘 쉬었다가 갑니다. 폐가 많았소이다."

"벽지라서 불편하지는 않았는지요. 그런데 우리 홍랑이가 고죽 옆에 늘 있었다구요?"

"그렇습니다. 아주 좋은 말벗이었지요. 모든 게 다 사또께서 배려해 주신 것으로 아나이다."

"무슨 겸양의 말씀을…. 그런데 꽤나 재미가 있었던 모양이지요?"

"재미가 있었다면, 홍랑을 내게 주시렵니까? 그렇게만 해주신다면 백배하겠소이다."

"대문호께서 우리 홍랑에게 홀딱 빠져 버렸구려! 정신 못 차릴 정도라면 구제해야 되지 않겠소이까."

"고맙소이다. 은혜 잊지 않으리이다."

"허허, 그렇다면 우리 그 아이를 불러다가 백화주나 한 잔씩 따르도록 하십시다."

"그럽시다. 백화주가 됐든 백화춘이 됐든 싫어할 내가 아니지 않소이까."

동헌의 대청 건넌방에 이미 소담한 주안상이 마련되어 있었다. 자리를 옮기니 홍랑도 기다린 듯 이내 들어와 앉았다. 아침 햇살이 방문을 반쯤 타고 올라 금을 긋는다. 종달이도 벌써부터 기지개를 켜는 모양이다. 담을 넘어가는 햇살이 빨라 보인다.

눈치 빠른 홍랑이 사또에게 먼저 잔을 따라 올렸다.

"이 사람아, 손님에게 먼저 잔을 올려야지."

"아닙니다. 차례가 있지 않겠소이까."

"그래도 그렇지, 아침부터 한 잔도 그렇게 나쁘진 않을 것 같소이다."

"이 호주가가 아침 저녁 가리겠소이까. 오늘은 날씨도 좋아 발길이 가벼울 것 같소이다."

"발길이 가볍다니요. 우리 홍랑이 들으면 섭섭할 것이외다. 홍랑은 그렇지 않는고?"

"……."

"말이 없구나. 헤어짐이 못내 섭섭한 모양이지. 평사께 하루 더 묵고 가라 할까 보다."

"……."

"도대체가 말이 없구나. 고죽, 이 아이가 갑자기 벙어리가 되었소이다. 연유를 아시겠소이까?"

"글쎄요, 왜 그럴까요. 떼어놓고 감이 그토록 서운한 모양입니다. 그렇지 않은가, 홍랑?"

"소녀는 죽기보다 싫은 일이옵니다."

"그렇담 사또 앞에서 약조를 하게나. 죽어 구천에서까지 지아비에게 해바라기를 하겠노라고 말일세. 그래야 이 몸이 안심하고 발길을 옮기지 않겠는가?"

"글자 한 자의 수정도 없이 어른님을 따르겠나이다. 거두어 주시옵소서."

"이제야 마음이 놓이는구먼."

"어제보다 오늘이 중요하고, 오늘보다 내일이 더 중요하다고 배웠나이다. 내일을 위해 소중한 시간을 갖도록 노력하겠나이다."

"역시 고죽은 복인이로세. 우리 홍랑 말하는 것 보게!"

"사또, 말끝마다 우리 홍랑이십니다. 이제는 놓아 주셔야지요."

"그런가요. 하하하!"

그들은 함께 일어서서 밖으로 나왔다. 날씨는 너무도 화창했다. 어쩌다 남은 구름도 도망가기에 바빴다.

이별은 왜 있는지를 연구하며 살겠다던 홍랑이 고개 숙여 성문까지 따라나섰다. 장옷을 내려 어깨에 걸친 홍랑의 모습에서 천년의 우수를 느끼지 못하는 사내라면 최경창 아니다.

작별의 시간이 가까웠다. 봄날의 따사한 햇볕이 홍랑의 뺨을 만지려고 안달이었다. 홍랑의 앞 이마에 아롱진 빛타래가 미끄러움에 곤두박질친다. 이 가냘픈 여인의 눈가에 이슬 맺히게 하는 자 누구인가. 세상에 하나도 부족함이 없을 것만 같은 여인도 눈물을 보인다.

"작별을 할 수 있어서 다행이네. 홍랑, 눈물은 가슴속에 감추게나."

"어른님의 고운 모습만 기억하게 하소서. 그것이 날마다 유혹을 몰아내는 즐거움일 것이오니이다."

"오오, 우리 홍랑보다 아름다운 여인은 이 세상에 없을 것이로다! 우리의 결속도 쌍무지개보다 고울 것일세."

"놓고 싶지 않은 손을 놓습니다. 놓으면 아니 될 손을 말이옵니다."

"그래 그래, 모두가 우리를 시기하기 전에 떠나가려네. 꼭 이런 말까지 해야 되는지……."

"좋을 때 만났으니 좋을 때 헤어지사이다. 좋을지는 모르나, 이 것을 정표로 받아 주시옵소서."

"이게 뭔가?"

"오매이옵니다."

"그래, 잘 가지고 다니다가 잘 쓰려네."

"그럼……."

고죽의 일행은 자꾸만 멀어져 갔다. 홍랑은 고개 숙여 천근의 무게를 달아 올리고 있다. 이럴 때 산이 홍랑에게 들려주고 싶은 말이 있다.

'섬기어라. 그러면 그도 섬기리라.'

작은 것만 보고 큰 것을 보지 못하면 연인에게 빚지게 된다. 떠나보낼 때에는 고이 보내주라는 이야기이다.

사랑은 누구라도 노력하는 자의 것이다. 육신을 치고 마음을 달래어 넘는 고개이기도 하다. 고주대문(솟을대문)에 하루를 기대어 설지라도 기꺼이 보내지 아니하면 자신이 지쳐 쓰러지게 된다. 오매까지 알뜰히 챙겨 준 여인이 아니던가.

오매(烏梅)란 검은 매실이다. 껍질을 벗기고 짚불 연기에 그슬려서 말린 매실을 말한다. 잘게 빻아서 설사·기침·소갈에 쓰며, 회충 구제약으로도 쓴다. 와룡매로써 국산토종이면 더욱 좋다. 그 옛날 박의원에게서 듣고 배운 홍랑의 알뜰함을 알 것도 같다. 여인의 행복은 결코 밤에 오지 않는다. 주고 또 주고 잊어버리는 희생을 터로 하여 곱게 퍼지는 향기로움이다. 누가 대한의 여인을 울리려 하는가!

이보 문선생, 흥분은 금물인 줄 왜 모르나. 아무리 시간 여행에 취했기로서니 때도 없이 대한이 튀어나와 어쩌자는 것인가. 건방이 지나치면 독자가 치리라.

조심해야겠다. 한방 맞고도 정신차리지 못하면 고죽을 따잡기가 곤란하다. 그가 소후(이정표:10리마다 세움)도 없는 험한 길을 얼마나 갔는지, 고개 고개마다 화적대가 달라들 게 뻔하다. 고죽의 일행을 따라 산의 날개도 속도를 조금 조종할 필요가 있다.

하루가 지났으니 북청까지는 갔겠다. 고죽은 서울을 출발, 경기도를 거쳐 강원도의 추가령을 넘어 안변, 원산, 영흥, 함흥, 홍원에서 일을 끝내고 떠나갔다. 다음은 북청을 거쳐 이원, 단천, 성진, 길주, 명천, 경성이다. 육진의 하나인 경성을 더 지나면 청진, 나진이다. 그러니 그 길을 가려면 말을 타는 것도, 걷는 것도 지겨울 뿐이다.

그러니 각오하고 떠나는 길이지만, 낙천적인 이에게는 그것이

생의 또 다른 경험이 된다. 대개 말을 타는 것이 상식이다. 걷는 것은 자의이거나 하급인들의 경우이다.

여기서 잠깐 말타령을 하고 가기로 하겠다.

나라마다 마정(馬政)이라는 행정기관이 있어서 말의 사육이나 품종 개량, 번식, 납품 등의 행정을 관장한다. 그러니 마정이란 과거에는 국가적 차원의 방위산업이었다. 조선은 개국 이후 3만 여 마리 정도의 말을 보유하고 있었다. 그러던 것이 임진왜란 직전인 고죽의 북도평사 시절에는 1만5천여 마리로 급격히 줄었다. 명나라에서 자국의 안보를 위해 조선의 말들을 헐값에 강제로 가져갔기 때문이다. 개국 초에서 임란 직전까지 약 7만 필의 우수한 말들을 가져갔기 때문에 조랑말만 남은 조선을 왜구가 쉽게 침노할 수 있었던 것이다.

오호 통재라! 명나라에 의한 방위력 저하로 외침을 불렀으니 애재가 아닐 수 없다.

사실은 고려 말에서 조선 초기 원나라의 국정은 극도로 문란하고 쇠약하였다. 이에 명나라는 1368년 주원장(朱元章)의 선봉으로 한족이 봉기하여 원의 서북벌에 총동원되고 있어 요동반도 일대는 공백 상태였었다. 이성계(태조) 일파의 반란 회군 없이 명을 도왔더라면 요동평원은 무혈입성이 얼마든지 가능했을 것이다. 뿐만 아니라, 우리의 옛 고토인 간도 일대를 회복할 절호의 기회이기도 했다.

그렇게만 되었더라면, 그때 그 시절 최고죽이 그토록 고생하지는 않았으리라. 아무튼 만주의 오랑캐며 여진족, 또는 야인들이 두만강을 건너와 해마다 크고 작은 전쟁을 치러냈다.

그러니 그때 그대로만 되었더라면, 산에게 이 밤의 수고가 없을 것이다. 고죽과 홍랑의 만남도 없었을 터이니, 산의 신나는 시간 여행은 시작도 아니 했을 게 아닌가.

산이 6백 년 전에만 태어났어도 두만강·백두산·압록강에 벽 사문(귀신 쫓는 글)을 붙여 두고, 요로요로에 역신(천연두신)을 매복시켜 놓았을 것이다.

농담 아니다. 산이 최씨와 함께 태어만 났더라도 무슨 수를 내고 말았을 것이다. 홍랑을 두고서는 결투가 벌어졌겠지만, 우리의 강토가 저들에게 그토록 유린당하게 하지는 않았을 게 아닌가.

삼국시대 이후 신라를 비롯한 고구려와 백제의 유민들은 상당한 이유가 있어 합동으로 대당 항쟁을 했다. 이에 당군은 패강(현 대동강)을 경계로 이남을 신라에게 주고, 고구려의 고토인 동북아시아의 대평원은 당에 귀속시키고 말았다. 결과적으로 당나라는 신라의 도움으로 숙적이었던 고구려를 없애 천년 한을 풀게 되었다. 그러니 신라는 이족인 당을 끌어들여 동족을 쳐 동북아의 우리 영토를 당에게 넘겨주는 결과를 초래하게 되었다.

슬프도다! 신라의 무모한 통일은 외족을 살찌우고 민족의 분열과 강토를 잃게 하여 약소 민족으로 전락케 하였다. 김춘추와 김유신의 공과는 천삼백 년이 흘러간 오늘에사 생각할 때 원통하고 분통한 일이 아닐 수 없다.

고구려의 19대 광개토대왕은 우리 역사상 가장 뛰어난 정복 군주이시다. 북으로 만주 일대와 요하 일대의 광활한 영토를 경영해 고구려를 동아시아 제일의 국가로 발전시켰던 것이다. 이처럼 고구려의 강성함은 고조선의 고토를 찾는 데 있었다. 실지의 회복은 우리 민족의 숙원이기 때문이다.

근래 학계에서도 고구려 강역에 대해 논의가 많은 줄 안다. 물론 신라의 삼국 통일의 성업까지도 말이다.

그런데 산은 옛사람의 한시 한 수를 여기에 옮겨 요하(遼河) 일대의 고토를 상기하고자 한다. 이 사람의 유년시 동네 서당에서 배운 추구(推句)의 한 대목이다.

打起黃鶯兒하야　　莫敎枝上啼하라
啼時警妾夢이면　　不得到遼西니라

이를 의역보다 직역으로 옮겨 본다.

노란 꾀꼬리를 때려 일으켜
나뭇가지에 울게 하지 마오
울게 될 때 첩의 꿈이 놀라
요서에 이름을 얻지 못하나니.

이를 풀어 쓰면 이렇다. '꾀꼬리를 건들어 울게 하지 마라. 첩이 놀라 꿈을 깨면 요서에 가지 못하나니'이다.

여기서의 요서는 요하강의 서쪽을 말한다. 따라서 요동이라 함은 요하의 동쪽 일대이다. 그 옛날 젊은 남편이 요서로 수자리를 떠났음이다.

더 주석을 달자면 재미나는 것이 많다. 옛사람의 기교는 참으로 대단하다. 앵아(鶯兒)라고 하여 꾀꼬리 아이를 때려 일으킴이 가능케 했던 것이다. 제비를 연자(燕子)라고 했음도 그런 운치이다. 또한 막교(莫敎)의 가르칠교(敎) 자는 하여금교 자이기도 하다. 더욱이 자신을 첩(妾)으로 표기한 여인의 겸손이 여실히 드러난다.

옛 여인들은 자신이 본처(本妻)이면서도 부군 앞에서는 첩(妾)으로 말하고 표기도 그렇게 했다. 놀라운 겸칭이다. 첩(妾) 자의 새김을 보면 작은집첩, 처첩, 계집아이첩, 기녀 비칭으로서의 나첩 자로 되어 있다. 그러니 남편 앞에서 자기를 낮추어 첩이라고 했던 것이다.

아무튼 그 옛날 고구려의 강역이 요하의 서쪽 요서에 있었음을 미루어 알 수 있다. 후손이 이를 지키지 못했음은 정말이지 유감이다. 다시 그 기상을 되살려 일어설 대형이 기다려진다. 어찌 되었거나 고려조에는 거란과의 담판으로 고구려의 옛 땅을 지킨 서희, 귀주 대첩의 공신 강감찬, 여진족을 몰아내고 9성을 쌓은 윤관 장군이 있었다. 이렇듯 압록강과 두만강 유역에는 야인들이 부단히 우리 영토를 교란하였으나 이를 굳건히 지켜 낸 고려 왕조이다.

조선시대에서도 마찬가지였다. 세종조에 간도 등의 정벌을 계기로 6진 4군을 설치하기도 했다. 선조 뒤의 효종의 북벌정책은 우리 강역에 대한 집착을 그대로 보여준 사례이다. 그러나 숙종

이후 청(青)의 억지로 백두산에 정계비를 세운 이래 간도를 잃게 되었던 것을 기억한다.

아무튼 국경 문제는 이 정도로 요약한다. 고죽 최경창이 선조 6년에 그 일을 함북에서 담당하고자 길을 가고 있으니 지원을 아끼지 않으려 한다. 고죽의 공과를 보아가며 홍랑을 만나게 해주어야지. 랄리랄리 량랑성 랄라리 랄라.

최평사가 여색에 빠져 있으면 산이라도 말릴 일이 아니던가. 지금까지 산이 소설의 전통적 형식을 파괴하면서까지 역사 의식을 고쳐시키고 있는 고통을 이해해 주었으면 한다. 불문한 사람이 훈민정책을 이야기하는 것은 더더욱 아니다. 순수한 민족적 자긍심을 말하고 싶은 것이다.

본인의 이런 작업을 인정해 주든 아니하든, 그대의 동의를 얻을 수 없음이 아쉽다 아니 할 수 없다. 제약된 시간, 제약된 지면에 이렇듯 주를 달아 목이 마르도록 외치는 것은 현실의 도피도 아니요, 상상력의 부족도 아니다. 창작문도 아니요, 논설문도 아닌 소설의 해체주의를 표방하는 산만의 설득력을 얻기 위해서이다.

다만 조용히, 아주 조용히 말하련다. 그래야 설득력을 얻을 수 있겠기에 되도록 조용히 말하려 한다. 꼬부랑 말은 죽어도 하기 싫지만, 카타르시스(정화작용)적 산출을 시도하고 싶다. 소음도 공해도 없는 시대로 가서 마음껏 노래하고 싶은 것이다. 그대가 물고를 내겠다고 달려들면 효장(사납고 날랜 장수) 최경창보다 날쌔게 비켜서서 그대의 허리를 치리라.

자, 돼먹지 않은 소리는 그만 시부렁거리고 홍랑에게로 가보아야겠다. 우울하게 어딘가에 앉아 있을 홍랑의 모습이 궁금하다.

사랑이 무엇인지 이제 실감하고 있을까. 수많은 만남 중에 최고 죽에게만 심열성복(기쁘게 복종)하게 된 자신을 발견하고서 문득 놀란 홍랑은 몸을 떨었다. 미천한 몸을 거두어 주신 어른님이 벌써부터 그리워 울고 싶은 겐가.

고죽에게서 한 남자의 정과 부모의 정을 함께 아우른 홍랑은 그가 그렇게 고맙기도 했다. 고죽에게 모든 것을 바친 홍랑은 무엇을 결심했는지 동헌으로 사또를 찾아갔다. 당돌하기 그지없는 행동이지만, 들어와 대좌를 허락하는 사또 또한 대인이었다.

"쉰네 소청이 있기로 감히 찾아뵙사옵나이다."

"무슨 소회라도 있는 것이야?"

"무슨 소회가 있겠나이까. 다만 경성으로 가신 어른님과 언약이 있었나이다."

"그래 동심결이라도 맺었단 말인고?"

"그러하옵나이다. 두 분께서 어떤 묵계가 있으신 줄은 모르오나, 소녀를 좀더 편하게 하여 주실 것을 요망하나이다."

"좀더 편하게 해달라, 지금까지는 모든 게 불편하였더냐?"

"단도직입적으로 말씀드리겠나이다. 쉰네를 방면하여 주시옵소서."

"나도 단도직입으로 말하여, 속량은 할 수 없겠노라!"

"그러시면 사또 어르신은 사람을 하나 죽이는 것이옵니다. 이 미천한 것이 어찌 생명의 고귀함을 알겠나이까."

"이보라, 내 그런 원망은 싫도다. 기실 고죽과의 약조가 있었던 바, 너의 결심을 탐지해 보고자 한 말이다. 그런 엄청난 말을 아녀자가 함부로 하는 게 아니니라!"

"황공하옵나이다. 죽이신다 해도 엎드려 있겠나이다."

"네가 고죽의 부실이 되기로 엄청난 각오를 했는 모양이구나."

"험난한 각오를 했나이다."

"내 오래 전부터 고죽을 잘 알고 있는 터, 그대들의 여천동락할 결심을 확인한 이상 허락하지 아니할 수 없도다."

"은혜 백골난망이옵나이다."

이리하여 사또는 즉석에서 홍랑의 속신을 허락하였다. 그들 사대부들은 여간해서는 천인을 속량해 주지 않았다. 누구든 국가적 성업이 있을 때라야 그것이 가능했다. 그러나 홍랑은 사또의 지우인 고죽의 부탁이 있었기에 가능했던 것이다.

그 후 홍랑은 오로지 경성에서 기쁜 소식이 오기만을 기다리게 되었다. 서너 달만 기다리면 될 것이라던 고죽의 언조가 있었기에 홍랑은 그렇게 초조하고 지루하지는 않았다. 그러나 그리운 이의 소식을 기다리는 경우에는 다급함이 앞선다. 홍랑은 그럴수록 마음을 달래려 독서나 음률로 시간을 보냈다.

홍랑이 사또와의 대화중에 엄청난 각오가 아닌 험난한 각오를 했다고 했다. 그 말은 정말 옳은 말이다. 말이 첩이지, 세상의 온갖 비소와 눈총이 따가울 수밖에 없다.

대개 팔자가 사나운 기녀를 여러 가지로 부르듯, 첩도 여러 가지로 불리운다. 소실, 소가, 소성, 별실, 부실, 별방, 잉첩, 중첩, 후실, 추실, 측실, 천솔, 천첩, 작은집, 등글개, 여부인 등으로

어지러이 명칭한다. 홍원의 홍랑이 그 많은 이름들을 목에 걸고
서 한 세상 살아 보겠단다. 제발 계명워리에 오사리잡년이 되어
한부(사나운 여자)의 태를 내지나 말았으면 좋으련만…….

지금쯤 고죽은 경성에 닿아 군영을 점검하고 있겠지. 다시금 천
리길을 무사히 갔는지도 궁금하다.

어언 봄이 가고, 여름도 가고, 가을이 돌아왔다.

여름이 지나면서부터 홍랑의 마음은 들뜨기 시작했다. 날마다
희소식을 애처로이 기다리며 초조한 시간을 보내고 있었던 홍랑
이었다. 넉 달이 지나도록 고죽으로부터 감감무소식이었다. 잘
도착하여 잘 지내고 있는지, 바빠서 경황이 없으신지, 행여 배신
을 하지는 않았는지, 온갖 잡생각이 떠나지 않는 나날을 보내고
있었다.

물론 홍원에서 경성까지는 험한 태산준령을 넘어가야 하는 산길
이라서 일반 사람들은 거의 내왕을 하지 않는 길이기도 하다. 가
끔은 역마제에 의한 병력 이동이나 통신수단인 파발마, 운송을
위한 역마 등이 있기는 하나 극히 한정된 이동이었다. 그러니 사
람을 사서 일부러 보내기 전에는 인편을 구해 소식을 전하기가
용이하지 않았다.

홍랑은 그러한 사정을 알고 있었기에 그리움을 참아낼 수 있었
다. 그러나 넉 달, 다섯 달이 지나면서부터는 그리움에 몸부림치
지 않을 수 없었다. 불길한 생각이 미칠 때면 노루잠으로 밤을 지
키기 몇 번이었던지 모른다.

가을은 애상의 계절이다. 뒤란의 오동잎이 하나씩 떨어지기 시

작하면 왠지 모를 우수가 정수리에 쌓이게 마련이다. 게다가 밤 하늘을 가르는 기러기의 구슬픈 울음이 스며들면 가슴까지 떨리는 그리움에 몸부림치기도 한다. 달빛 교교한 섬돌 밑에서 귀뚜라미가 울어대면 허전함이 뼛속까지 스며든다. 지아비 옷을 짓는 다듬이 소리가 멀리서 들려오면 여자의 고독은 천근의 무게를 더한다.

  낭군을 수자리로 내보낸 아낙의 애끊는 심정이라니, 홍랑이 그제야 한 여자의 길이 쉽지 않음을 알게 된다. 반 년이 넘도록 기별조차 없으니 홍랑의 가슴은 날마다 애간장으로 타들어 갔다. 저 계여울 물총새는 어디메로 가려는지, 들판을 가로질러 백로는 어디로 날아가는 것인지, 산속에서 저토록 피울음을 자아내는 쑥국은 임을 찾아 알려 주어야 하련만, 무심한 날만 무정하게 지나가고 있었던 것이다.

# 임이여 오시려면

임이여 오시려면 느릿느릿 오시소서
새털같이 많은 날에 천천히 오시소서
만나자 헤어질 일 생각하니 두렵소이다.


이별은 서럽다. 차라리 죽어 날이 새면 떠나갈 임을 보지 않겠다던 진주기 난향의 심정이 너무도 또렷하다. 복사꽃 져서 자취를 감추어도 달 밝을 제 그리운 이를 어찌 잊느냐던 기녀 도화의 심사가 너무도 애처롭다.

모춘에 전별도 아니런만, 낙엽 지는 가을에도 그리운 사람은 천리 밖에서 소식조차 묘연하다. 홍랑의 하루가 죽기보다 서럽다. 어차피 미백년의 인생인데 이별은 무엇 때문에 있고, 왜 그리움에 우는 것인가. 붙잡지도 못하고서 보내고 후회하는 유약한 여심이다.

한편 고죽 최경창은 경성에 도착한 다음날부터 피나는 고투를 하고 있었으니, 하루도 평온한 날이 없는 변방의 교전이 전개되고 있었다. 이를 모르는 홍랑은 한사코 섭섭해 하지만, 고죽은 더

더욱 고통스런 날들을 보내고 있었다.

함경도 국경지대는 고려시대에 오랫동안 여진족에게 점령되어 있었다. 그러던 것이 고려 예종 2년(1107)에 윤관 장군이 여진족인 만주족 오랑캐들을 몰아내고 국토를 수복한 뒤에 성을 쌓기도 했다. 그 후 고려의 국력이 쇠약해지자 원나라가 우리의 영역을 보호해 준다는 명목으로 국경 일대를 상당 기간 점유하고 있다가 공민왕 때 와서야 국토를 온전히 찾을 수 있었다.

그 후에도 여진족의 침략은 끊일 날이 없어서 조선 태종 4년(1404년)에는 군병을 병마사 아래 두고 일대의 병력을 더욱 강화시켰다. 다시 세종 18년에는 더욱 강화하여 도호부로 승격시켜 병마절도사로 하여금 담당케 했다. 그러기에 세종대왕께서 김종서(金宗瑞)를 시켜 함경도 북변에 설치한 육진(六鎭) 중의 하나가 경성이다. 이렇듯 어진 세종 임금은 백성을 오랑캐의 침략으로부터 보호하는 것이 국가의 중대한 책무라고 생각했던 것 같다.

세종대왕이 그처럼 국경 수비를 튼튼하게 하자 오랑캐들은 감히 침범해 오지 못했다. 그러나 그것도 잠시, 백여 년이 흐르는 동안 국경 수비가 점점 소홀해지자 오랑캐들은 다시금 준동하기 시작했다. 선조조에 이르러 그들의 침범이 더욱 심해져 나라에서는 공론 끝에 젊은 장수 최경창을 북도평사로 임명하여 만주 여진 오랑캐들을 막아내게 했던 것이다.

경성(함경북도 경성군)은 한때 원의 영토가 되었으나 고려 공민왕 때 수복한 곳이다.

조선조 태조 때에 경성이라 이름하여 2대 정종 때 군(郡)으로 두게 되었다. 경성만(청진만)에 임하여 수륙 교통이 발달하였으며, 한때는 도청 소재지이기도 했다. 고을의 원사대(元師臺)에 군영 지휘소를 두고 병사를 관장했다.

1573년 4월, 최경창이 경성에 부임했던 당시의 병마절도사는 김선삼(金善三)이었다. 그런데 절도사 김선삼은 신병으로 군무를 감당하지 못하고 자리에 늘 누워 있었다.

문제는 그보다 다른 곳에 있었다. 두 사람은 서로 당파가 달라서 절도사는 최경창이 북평사로 온 것을 달갑게 생각하고 있지 않았다. 그러므로 최경창은 자기의 임무를 제대로 수행해 나가기가 껄끄럽게 되었다. 그러나 그는 부임 후 군대를 검열해 보니 장병들의 훈련 상태가 말이 아니었다.

그리하여 최경창은 결심하기에 이른다. 군기가 이처럼 문란하고 사기가 이렇듯 저하돼 가지고서야 어찌 북방 오랑캐들을 막아낼 수 있겠는가 하는 것이다. 그러기에 누가 뭐라든 맹훈련을 거듭하여 군대의 정체성을 일신해 놓겠다는 것이었다.

최평사는 군사들에게 맹훈련을 실시하기에 앞서 우선 전 장졸들을 한자리에 모아놓고 다음과 같은 결의를 다졌다.

"본관은 이번에 어명을 받고 제군들과 국경을 수비하기 위해 어제 부임해 온 북도평사 최경창이다. 그러니 나는 오늘부터 여러분과 생사고락을 같이해 신성한 조국 방위에 전력을 다하고자 한다. 지휘 계통에 있어서는 상하의 직급이 엄격해야겠지만, 국가를 수호하는 거룩한 임무에 있어서는 비록 병졸일지라도 장수와 추호도 다를 바 없는 것이다. 하나밖에 없는 목숨을 소중히 여기는 점에 있어서는 병졸인들 어찌 장수와 다를 바 있겠는가! 그러므로 나는 언제든지 그대들과 생사를 같이할 각오가 되어 있다."
최평사의 지조가 이처럼 분명한 결의에 차자, 장병들은 크게 감동하였다. 계급의 상하를 초월하여 생사고락을 병사들과 함께하겠다는 최평사의 심성에 머리가 절로 숙여졌던 것이다.
　최평사는 훈시를 계속했다.
"그래 목숨을 소중히 할 것이로되, 나라를 지키기 위해 목숨을 아끼지 말아야 하는 것은 우리 군인에게 부여된 지상명령이다. 그러니 오늘부터 우리는 실전에 대항할 훈련을 철저하게 쌓아서 저 오랑캐들이 다시는 이 땅을 넘보지 않게 해야 한다. 그러기 위해서는 훈련에 훈련을 거듭하여 실력을 강화해 두어야 한다. 무릇 군인이란 죽음을 각오하면 살 길이 열릴 것이요, 살기만을 도모하면 반드시 죽게 되는 법이다. 제군들은 그 점을 명심해 오늘부터 나와 더불어 군사훈련에 전력을 다해 주기 바란다."
　최평사의 훈시가 끝난 뒤 장병들은 너무도 감격해 고개를 끄덕이며 이구동성으로 명장다운 명장을 얻었다고 찬탄했다. 그야말로 지위관과 장졸들과의 격의 없는 일체감을 처음으로 느꼈기 때문이다.
　그날로부터 군장을 점검하고서 맹훈련이 감행되었다. 최경창 자신이 항상 진두에서 솔선수범하였기에 누구도 불평하지 않았다. 다행히 사령 중에 양명곤(楊明坤)이라는 용장이 있어서 군대를 근본적으로 혁신해 나가는 데 크게 도움이 되었다.
　그렇다고 고죽은 홍원에 두고 온 홍랑을 잊어버린 것은 결코 아

니었다. 진종일 군무에 분망하면서도 늦은 밤 잠자리에 들게 되
면 다시금 그리워지는 홍랑이었다.

홍랑과 눈물로 작별한 지도 다섯 달, 가을의 문턱에 접어들었
다. 홍랑을 데려오고 싶은 생각은 간절하였지만, 군대를 혁신시
켜 놓기 전에는 마음이 내키지 않았다. 그러한 고죽의 마음이 좋
아서 산은 홍랑에게 가보기로 한다.

홍랑은 교방을 나와 옛집을 가꾸어 다시 쓰고 있었다. 그리하여
어쩌다 관아를 찾아오는 유객(儒客)들이 있으면 사또는 홍랑의
집으로 보내 쉬어 가게 했다. 그러기에 혼자서 그 허한 밤을 이겨
내기에 많은 도움이 되었다.

물론 아직까지 홍랑은 건강했다. 집안을 정갈하게 가꾸어 놓았
고, 자신의 몸가짐도 청결하게 보전하고 있었다. 그 적막하고도
쓰린 시간들을 어떻게 뭉개 버린 것일까. 돌이 되어 천년을 굴러
도 깨지지 않을 야무진 홍랑이 아닐 수 없다.

이 넓은 세상에서 오직 한 남자만을 마음에 담기로 다짐하였기
에 뼈를 깎는 고독이 정수리에 흘러내려도 지그시 눈을 감을 수
밖에 없는 홍랑이다.

누가 있어 이 여인을 구제할 것인가. 누가 이 여자를 고죽에게
고스란히 데려다 줄 것인가. 도대체 고통과 설움과 행복과 기쁨
을 싣고서 함께 끌고 갈 목마는 없는 것인가.

인간처럼 약한 것도 없다. 누군가가 옆에서 심정의 끈을 조금만
잡아당겨도 못 참아 한다. 그러니 아무나도 홍랑에게 접근하는
것을 막아야 한다. 물론 이사또가 친히 고죽의 부실을 위하여 관

의 병졸들로 하여금 경계하게 했다.

　어찌 되었거나 홍랑에게는 하루하루가 감옥일 수밖에 없는 고통
과 고뇌와 고독이 칭칭 휘어감고 있을 그때였다. 홍원을 지나던
사람이 물어물어 최고죽의 서찰을 하나 전해 주었다. 이 얼마나
기다리고 고대했던 소식인가. 밀봉한 서찰을 조심스럽게 뜯는 홍
랑의 손길은 마냥 떨렸다.


　홍랑에게
　그간 소식 전하지 못하여 미안하이……

　그만한 사정이 있었던 것이니 그리 알고 기다려 주게나. 사람을
보내어 추워지기 전에 그대를 경성으로 오도록 만반의 조치를 취
할 것이네. 다만 이렇게 내 마음 한 자락을 적으려네.


　　　덜커덩덜커덩 수레의 바퀴는
　　　하루에도 수없이 굴러가겠지
　　　이 몸은 그 수레 타지를 못해
　　　날마다 마음만 더욱 아프다오
　　　다시 또 수레바퀴 바라보지만
　　　그리워도 볼 수가 없는 그대여.

-원문 생략


　부디 몸 상하는 일 없기를 바라오. 그럼 반가운 만남을 기다리
며……

을유년 현월(음 9월) 고죽

고죽의 알뜰한 서신이다. 홍랑과 자기를 수레의 바퀴에 견주어 안타까운 감정을 드러낸 작품이다.

홍랑이 떨리는 가슴을 진정하며 두고두고 다시 또 읽는다. 얼마나 기쁨에 충만하였으면 밤을 잊은 그녀가 호롱불에 연상 콩기름을 부으며 읽고 또 읽었을까. 머잖아 만날 일 생각하니 가슴 벅찬 밤이 아닐 수 없었다.

그러나 어찌 된 일인가. 열흘, 보름, 스무 날, 한 달이 지나가도 또 무소식이었다. 다시 기별조차 없는 날을 보내려니 홍랑은 백만사 걱정이 한꺼번에 엄습해 왔다. 이제는 갈기 돋친 겨울이 문전에 엎드려 무서운 날들이 지나가고 있었던 것이다.

도대체 공방의 한 여자를 이토록 철저히 망가지게 해도 되는 것인가. 그 곱던 얼굴이며 몸매가 수척해서 비틀거리기까지 한다.

사랑이 죄다. 이 밤, 임은 어디서 무거운 발길을 옮기고 있는 것일까. 홍랑이 밤에 눌리어 누구도 미워할 수 없는 가슴을 으깨고 있다. 이 죽음보다 못한 삶을 어찌해야 하는가. 홍랑은 입술을 깨물며 다시는 태어나지 않기를 발원해 본다. 지친 가슴에도 눈물은 고여서 다시 또 흘러내렸다. 정말이지 천지간 어디에도 마음 둘 데 없는 홍랑의 밤이다.

고죽에게로 가봐야겠다. 빨리 가서 도대체 무슨 사연이 있는가를 따져 보아야겠다. 고죽의 인품을 믿기에 참기는 하겠지만, 만나서 따져야겠다. 산의 그대는 이 일을 어찌했으면 좋겠는가.

그가 오지 않으면 홍랑을 보내야 되지 않겠는가. 그대가 동의한다면 보내리라. 허나 문제가 아주 없는 것은 아니니, 그대와 타

협을 해야겠다.

홍랑을 보내긴 보내되 어떤 차림으로 보내느냐가 문제이다. 홍랑에게 앵이(돈)란 없으니 그녀 혼자서 보내야 한다. 다만 은장도 하나 겨우 지니게 하여 보낼까. 남장을 하게 하여 보낼까. 아니다. 이놈에게 좋은 수가 있다. 철저하게 거렁뱅이(거지)를 만드는 것이다. 홍랑의 온몸에 삼년 묵은 때보다 더한 흑칠을 해야 한다. 고약스런 구린 냄새도 나게 하여 누구도 접근을 못 하게 해야 한다.

자, 준비가 이쯤 이루어지면 거적때기도 하나 걸치게 하여 출발시키는 게다. 왜 이런 엄청스런 변장을 해야 하는가는 그대가 잘 알리라. 그래야 사람의 접근을 막아낼 수 있지 않겠는가. 먹는 것은 미숫가루 두어 박이면 충분하다. 사십 일 금식을 해내는 사람도 있는데, 먹는 것 주관 못 해서야 되겠는가.

그렇다고 문제가 전혀 없는 것은 아니다. 그놈의 산짐승이 문제다. 함경도 산악길을 넘고 또 넘어가자면 심심치 않게 맹수가 나타날 것이다. 곰이나 호랑이가 나타나 점심을 먹겠다면 이 또한 큰일이다. 어차피 물총 가진 사내가 몇 놈 있어야 하겠구나. 홍랑이 산적들 나타나면 미친 짓 해버리면 그만이겠지만, 산짐승이 문제이다.

어찌할거나. 포기하게 할거나.

그렇다. 포기해야 한다. 북풍한설 몰아치는 엄동에 홍랑이 얼어죽으면 낭패다. 밤마다 여우굴을 찾지 못하면 얼어 죽을 수밖에 없다. 나무아미타불이다. 더 기다리게 해야 한다. 죽지 않고 명년 봄까지 살아 있게 해야겠다. 반백년 기다린 이산가족도 있는데, 그까짓 못 기다릴 홍랑 아니다. 사랑이란 그리움과 기다림과 애달픔의 삼박자가 아니던가.

이제는 홍랑의 애처로운 눈빛을 남겨 두고 다시 경성으로 가련다. 정말이지 무심함은 고약스런 일이다. 그를 만나 따져야겠다. 홍랑의 피를 말려 죽이려는 고죽을 만나 고자를 만들어 버릴 테다. 불친 남자, 알아들을 수 있는 사람은 함구하도록…….

경성에 내달아 병영을 바라보니 고죽은 병사들과 아직도 군사훈련에 몰두하고 있었다. 또한 군장비를 점검하며 군대를 재편성하는 것으로 보아 심상치 않음을 알 수 있었다.

군대란 지휘관 한 사람의 지휘 능력에 따라 막강한 군대도 될 수 있고, 나약한 군대가 될 수도 있다. 용감한 장수 밑에 약졸이 있을 수 없고, 열등한 장수 밑에 강병이 있을 수가 없는 것이다. 최평사의 휘하 장병들은 그토록 맹훈련을 거듭하여 사기가 충만해 있었다. 이젠 완전 정예병이 되어서 오랑캐쯤이야 떼거리로 몰려와도 겁날 것이 없었다.

알고 보니, 한동안 잠잠하던 오랑캐들이 회령 쪽으로 들어와 이웃 고을인 부령을 점령하였다고 한다. 그뿐만이 아니었다. 부령에서 승리한 오랑캐들이 그 여세를 몰아 이쪽 경성으로 진격해 올 것이라는 정보였다. 그러한 위기 사태가 수일 전부터 감지되고 있었으니, 홍랑에게 가보리란 고죽은 생각을 접을 수밖에 없었다.

최평사는 병사들을 요로요로에 배치하는 한편, 첩자를 부령에

급파하여 적의 동태를 세밀하게 탐지하고 있었다. 그들 첩자들의 보고에 의하면, 오랑캐들은 이천여 명이 부령을 처참하게 쳐부수고 경성을 향하여 계속 남하할 기세를 보이고 있다는 것이었다. 용장 최고죽은 이제야 목숨을 나라에 바칠 때가 왔다고 생각하였다. 물론 각오는 진작부터 되어 있었기에 죽음에 대한 두려움은 없었다. 다만 홍랑에게 못할 짓을 했나 싶어 가슴이 울컥 매이기도 했다.

날마다 연달아 날아드는 보고에 의하면, 오랑캐들의 이천여 명 중 천여 명은 부령에 주둔시키고, 나머지 천여 명이 산악지대를 거쳐 경성으로 남하를 서두르고 있다는 것이다. 두만강변의 회령에서 경성까지의 중간 기착 지점인 부령에서 경성까지는 이백여 리의 험준한 산악길이다. 오랑캐가 행진을 하는 데는 적어도 3,4일은 걸려야 한다. 그러나 원숭이처럼 산을 잘 타는 오랑캐들이기 때문에 그들의 습격이 언제 이루어질지 알 수 없는 일이었다.

사태가 매우 위급하게 돌아가고 있었다.

병마절도사 김선삼은 아직도 몸이 불편하여 성 밖의 모든 일을 최평사에게 맡길 수밖에 없었다. 물론 최평사는 절도사를 대신하여 철통 같은 항전태세를 갖추고 있었다. 그러니 이번 결전장에는 최경창 자신이 현장의 총사령관이 될 수밖에 없었다.

한편 이러한 사정을 까마득히 모르는 홍랑의 노여움은 이만저만이 아니었다. 바짝바짝 입이 타들어가는 모습까지 보였다.

'오 임이시여, 너무도 무정하나이다. 이 밤에도 살아 있어야 하는 것이옵니까. 만남은 고통이었습니다. 하오나 언약을 저버릴 수 없는 서러운 여자의 길을 가고 있나이다.

오 임이시여, 조용히 아주 조용히 쉬고 싶나이다. 영혼이 떠나가면 몸만 남아지리이다. 그러나 마지막 육신까지 태워서 가져가겠나이다. 이 애처로운 소망마저 꺾지 마사이다.

오 임이여, 달빛이 조각조각 떨어지고 있나이다. 올빼미가 애처로이 울어대는 밤, 어두움을 안간힘으로 밀고 있나니, 이를 고통스럽게 알려 하지 마소서. 인간에게 진정 자기를 파괴할 권리가 있는지도 묻지 마소서.

임이시여, 어떤 충만도 공허를 채우지 못하고, 어떤 희열도 분노를 삭히지 못하며, 어떤 기쁨도 슬픔을 이기지 못하나이다. 그러기에 육신을 파는 것과 영혼을 파는 것 중 어느 것이 좋은지를 아직 모르나이다. 임의 손에 죽지 못하는 이 슬픔 또한 어찌하리이까.'

홍랑의 의미 있는 넋두리이다.

과장된 감정의 상승작용에 스스로 취하여 어지러운 모양이다. 이 가련한 여인에게 안식을 줄 이는 진정 없는 것인가!

임이여 오시려면 천천히나 오시라는 홍랑의 속마음이 사정없이 뭉개져 있다. 새털같이 많은 날에 천천히 오시라던 홍랑의 영혼이 떨고 있다. 만나면 곧 헤어질 것을 생각하면 차라리 천천히나 오시라는 홍랑의 애절한 울음이 망각의 늪으로 빠져들고 있다.

자, 누구를 붙잡아도 산의 마음대로 되어질 것 같지가 않다. 그러나 그대는 산과 함께 나라의 방위에 여념이 없는 고죽을 먼저 도와야겠다.

고죽은 여러 날을 적과 대치 상태에 있었기에 꺼칠한 몰골이다. 그런데 이상한 것은 오랑캐가 더 이상 남하하지 않고 있다는 사실이다. 알고 보니, 그들에게도 첩자가 있어서 최평사의 용맹한 부대와 부딪치면 손해라는 것을 알고 있었다. 경성의 병마절도사 부대는 최평사라는 용장 밑에서 여름부터 가을까지 내내 전투 준비를 하여 일당백이라는 소문이었다. 더러는 최평사의 용병들이 밀고 올라올 것이라는 거짓 정보에 오랑캐들은 한사코 부령에서만 진지를 구축하고 있었던 것이다.

최평사는 심각한 기로에 서 있었다. 밀고 올라가 부령을 회복하여 회령까지 가느냐, 아니면 겨울이 지나기를 기다려 북진하느냐 하는 문제에 봉착해 있었다.

대사를 앞두고 결정을 내리지 못한 최평사는 막료회의를 개최하였다. 그만큼 심중을 기해야 할 일이기 때문이기도 했다. 그러나 여러 사령들의 견해가 제각기 달라 최종 결정은 최평사가 내려야 했다. 물론 여러 의견을 총합한 것이었다. 그것은 다름 아닌 향후 동향에 대한 조치였다. 그곳 경성에서 제일 가까운 녹두관(鹿頭關:30리 쯤 떨어진 협곡)에 얼마간의 병력을 지속적으로 매복시켜 적의 동태를 파악하자는 것이었다. 그렇게 하여 겨울이 지난 봄에 한바탕 혈전을 벌이자는 다짐을 한 뒤 각자의 처소로 돌아갔다.

이토록 최평사의 초조한 겨울이 지나가고 있었다. 군사가 조금만 많아도 당장에 쳐들어가고픈 심정이었다. 한편 당파가 다른 절도사가 지금의 상황을 뭐라고 장계(狀啓:감사나 어사 또는 왕명으로 지방에 내려간 관원이 올리는 글)를 올릴지도 불안하기는 마찬가지였다.

아무튼 최평사는 오랑캐에 대한 급습의 한날만을 노리고 있었다. 이를 위한 준비도 여간 아니어서, 몹시도 추운 겨울이 빨리 지나가기를 고대하던 그는 결전의 날을 차질없이 진행시켜 나갔다. 그런 그는 홍랑과의 연정을 당분간은 잊을 수밖에 없었고, 그렇게 되도록 노력할 수밖에 없었다.

그런데 그들 오랑캐는 겨울이 채 가기도 전에 남하를 감행했다. 이틀 만에 갈내(녹두관 북쪽 하천)까지 도착한 천여 명의 적군은 주간을 피하여 야간에 좁은 녹두간을 지나려다가 매복된 사백 명의 기습작전에 천지박살이 나고 말았다. 긴밀하게 연락을 취하고 있던 최평사의 부장 양명곤의 정예부대가 갑자기 횃불을 흔들고서 소리를 지르며 칼을 휘둘렀다. 준비가 되지 않았던 적군은 처참하게 쓰러지거나, 사자밥을 지고서 혼비백산 흩어져 갔다. 결국 오랑캐들은 반이나 되는 오백여 명의 병력을 잃고서 퇴각했던 것이다.

그날 밤 녹두관에서 여지없이 패배한 오랑캐들은 패잔병을 이끌고 돌아가 점령했던 부령조차 포기하고서 두만강을 건너 완전 철수하고 말았다. 녹두관의 매복작전에 여진족의 야인(오랑캐)들은 치명적인 타격을 입고서 멀리 도망가 버린 것이다. 장할사, 조선의 건아들에게 축복이 있을지어다.

절도사 김선삼에게 승리의 보고를 드린 최평사는 자리를 물러나와 군영에서 축배를 들지 않을 수 없었다. 그간 고생고생해서 쌓은 전투력으로 승리한 것이라서 더욱 값진 것이었다.

다음날 병사들과 자축을 했다. 참으로 값진 전투였으며, 최평사 자신에게도 중요한 전과임에 틀림이 없었다. 그러나 절도사의 심중을 헤아릴 수가 없어 답답함이 없지 않았다.

오랫동안 비어 있던 숙소로 돌아온 최평사는 천근이나 무거운 몸을 뉘었다. 역시나 쓸쓸하기 짝이 없는 공방의 외로움까지 겹쳐 눌렀다.

어느새 따뜻한 봄날이었다. 평온한 날들을 무료하게 보내고 있던 고죽은 홍랑을 데려와야겠다는 생각을 해냈다. 전쟁을 승리한 장군에게 능히 주어질 수 있는 보상일 수도 있었다.

최평사는 부대원 중에 의협심이 강한 두 사람으로 하여금 홍원의 홍랑을 데려오도록 했다. 지금까지 온전히 살아 있을지도 모를 홍랑을 찾는 고죽의 마음은 무거웠다. 사랑이라는 이름으로 저지른 자신의 죄를 감지할 수 있었기 때문이다.

열흘 만에 홍원 고을에 도착한 그들은 우선 관아로 가서 홍랑을 찾았다. 그러나 홍랑은 그곳 교방에 없었다. 홍랑은 모친의 영혼이 자신을 지켜 줄 것을 믿었기에 옛집에서 구차한 생활을 하고 있었다. 그런 그녀에게 두 사람의 장정이 찾아왔다. 놀란 홍랑이 두려운 눈빛으로 경계하자, 그들이 먼저 인사했다.

"홍랑 아씨이십니까?"

"아씨는 무슨 아씨를 찾으신지요?"

"다름이 아니오라, 저희는 경성에서 왔는데, 홍랑 아씨가 분명하다면 저희와 함께 경성으로 가십시다. 평안히 모시겠소이다."

“아니 그럼, 최평사 어르신이 보내신 분들이온지요?”

“그렇습니다. 이제 경성으로 가십시다.”

“오늘은 이미 늦었으니 내일 아침에 출발했으면 좋겠습니다. 준비할 것도 있고…….”

“그럽시다. 아씨, 그러면 우린 일단 관으로 가서 아침에 오겠소이다.”

“하오나 쉰네를 위해 먼 길을 오신 분들께 아무것도 드리지 못하와 송구한 마음 금치 못하겠나이다.”

“별말씀을…. 바로 모시지 못한 불찰을 헤아려 주시기 바랍니다. 그럼…….”

손님을 관아로 돌려보낸 홍랑은 방으로 돌아와 울었다. 소리없는 눈물을 얼마나 흘렸을까. 온몸이 녹아내리는 눈물의 강에 젖어 있었다.

홍랑은 정신을 가다듬었다. 마냥 울고만 있을 때가 아니었다. 지난 일년을 생각하면 만감이 교차되기도 했으나, 이제는 떠날 준비를 해야 했다. 몸도 다시금 깨끗이 씻고, 챙겨 가야 할 물건도 다스려야 했다.

그래도 임을 기다리던 그 수많은 밤을 어찌 다 지우고 가랴. 기나긴 밤을 서리서리 접어 두었다가 정든 임 오신 날 밤이어든 굽이굽이 펴 보이고 싶다던 여심이 아니던가. 이래저래 잠 못 이루는 홍랑의 밤이 지나가고 있었다.

다음날 홍랑은 그들과 함께 경성으로 길을 떠났다. 물론 사또를 알현하고 출발했다. 그런데 골목을 막 벗어나려 하자 몸이 불편한 노파가 길을 가고 있었다. 가까이서 보니 소경에다 발을 저는 초로의 할머니였다. 홍랑은 먼 길을 가야 함에도 한참이나 서서 지켜보았다. 왜일까. 무엇 때문일까. 돌아서는 홍랑이 눈물을 보였다. 입술을 사려문 홍랑은 말없이 발길을 옮겼다.

불구의 몸으로 한세상을 불평 없이 살아가는 노인을 보고서 홍랑은 잠시 생각에 젖었다. 지금까지 분에 넘치는 생활, 사치한 생각에 젖어 살아온 자신을 발견했기 때문이다. 노인에 비하면 천배 만배나 행복할 수밖에 없는 홍랑은 지금까지의 불평 불만을 생각하니 못난 자신이 역겨웠다.

그렇다. 함부로 불평하지 말아야 한다. 한세상 사노라면 불행도 낙으로 삼아 살아가는 사람이 있다. 한 하늘 아래 함께 살아가는 사람 중에는 고통과 불행만을 짓이기며 사는 사람이 있다. 성한 몸에 자기를 사랑하는 사람이 이 세상 어딘가에 있다고 하는 것은 분명 행복함이다.

이처럼 홍랑은 행복한 자기 자신을 발견했던 것이다. 그런데 왜 그토록 세상을 불평하고 자신의 몫만이 늘 부족하다고 불만이었던지 부끄럽기까지 했다. 오래 살고 볼 일이다. 이렇듯 늘 깨어 있어야 확실한 내일을 당길 수 있는 것이다.

얼마를 지나왔을까. 춥지도 않은 봄나들이인지라 발걸음도 가벼웠다. 내일이면 명천까지 닿는다. 그 다음은 경성이다. 홍원 이사또가 부담마 한 필을 기꺼이 내주었기에 그간 몇 군데 파발에서 말을 갈아타고서 천리길을 가고 있었다.

"북평사 나리께서 그곳에 부임하신 후 신망은 어떠하신지요?"

“나으리께서는 워낙 덕망이 높으신 분이라서 고을에서 칭송이 자자하답니다. 더욱이나 얼마 전엔 천여 명의 북방 오랑캐들을 하룻밤에 해치웠기 때문에 지금 경성 일대에서는 나으리를 모르는 사람이 없지요.”

“그럼, 그 동안에 전쟁이 있었나이까?”

“말도 마십시오. 지난 가을 오랑캐들이 부령을 점령하고서 경성까지 쳐들어오려고 겨울 내내 호시탐탐 노리고 있었지요. 그러나 북평사 나으리께서 병사들의 훈련을 철저히 해두었기에 천만 다행이었습니다. 결국 녹두관에 매복하고 있던 우리 군이 대전과를 올린 것이지요.”

“그런 일이 있었군요. 전 그런 줄도 모르고…….”

“아 글쎄, 천여 명의 오랑캐들을 반이나 죽이고서 물리쳤지요. 나리께서는 전공을 세우신 후로 고을 사람들에게 더욱 존경받고 있소이다.”

그러면 그렇지, 다 이유가 있었기 때문이다. 이렇듯 내용도 모르고서 원망하고 미워하는 것은 후회가 되어 발등에 떨어진다. 그러기에 만나서 어느 쪽이 더 미안해 할지는 지켜볼 일이다.

일행은 최평사의 숙소 앞에 다다랐다. 날은 이미 어두워 여기저기 불빛만이 비쳐 나올 뿐이었다. 벌써부터 밤새가 애처로이 울어대는 경성의 밤이었다.

병사 한 사람이 최평사를 밖으로 모시고 나왔다. 홍랑은 장옷을 머리에 반쯤 걸치고서 고개 숙이고 있었다.

“누군가?”

“홍원댁이옵니다.”

“뭐시라! 이제야 반가운 사람을 만나게 됐군. 그간 얼마나 고생이 많았는가. 어서 방으로 들게나.”

“……”

“아니, 뭐하고 있는 게야! 빨리 올라서지 않고.”

“손을 잡아주시지 않으시옵니다.”

“이 사람이 먼 길을 오더니만 속상했나 보이. 그러지 말고 어서 들게나.”

어시호(그제야) 고죽은 섬돌에 내려와 홍랑의 손을 붙잡고 또 한 손으로는 팔을 당기는 것이었다. 홍랑이 못 이긴 듯 따라 방안으로 들었다.

등불에 드러난 홍랑, 그녀는 몹시 지쳐 있었다. 쓰러질 듯 긴장을 푼 홍랑은 고죽의 품에서 빠져나오려 하지 않았다. 한세상을 같이 살 수 없었던 서러운 날들을 홍랑은 울먹임으로 토해내고 있었던 것이다.

“자자, 나를 좀 보게나.”

“……”

“얼굴을 보아야 이야기를 할 게 아닌가. 자, 얼굴을 들어요.”

“일그러진 얼굴을 보아 무엇하시려나이까? 나리님의 형안을 보기가 두렵나이다.”

“허허, 오다가 두억시니(모질고 고약한 귀신)가 할퀴어 버렸나! 왜 이리 얼굴 보기가 어렵단 말인가.”

“태어났음이 한스럽사옵니다.”

"왜, 무엇이 잘못되었던가?"

"만나지 말았어야 할 사람을 만났기 때문이옵니다."

"이런 이런, 모든 게 나의 잘못이군."

"죽음보다 못한 삶도 삶이라 하리이까?"

홍랑이 오랜만에 만나 계속 앙탈이다. 일년의 공백을 채워 내려고 계속 몸부림이다. 군영에서 한 여자의 밤은 이렇게 시작되고 있었다.

고죽은 설움에 겨워하는 홍랑을 부축해 자리에 앉혔다. 정말이지 초췌한 홍랑의 꼴이 말이 아니었다. 얼굴이 여윌 대로 여위어서 핏기조차 없어 보였고, 그 곱던 손등도 거칠어 보였다.

"얼굴이 말이 아니구먼."

"이런 모습을 보여드려 송구하옵나이다. 이제 몸을 좀 닦고 옷을 갈아입어야 하겠나이다."

"그럼 그렇게 하게나. 나의 죄가 큼이로다!"

"소녀는 나리를 한번도 원망하지 않았나이다. 다만…….."

"다만…….."

"다만 죽도록 미웠나이다."

"허허, 오늘 단단히 조심해야겠구만. 하하하."

홍랑은 이내 밖으로 나와 군막 주위를 살펴보고 부엌으로 들어가 물을 끓이려 했으나 이미 한 솥의 물이 끓고 있었다. 누군가가 당번이 그렇게 해두었으리라.

고죽은 홍랑의 노여움을 한눈에 읽을 수 있었다. 그도 그럴 것이, 여자가 혼자일 때는 뼈를 가는 아픔에 젖게 마련이다. 더욱이나 낙오된 자신을 발견하게 될 때는 생의 공허함에 지쳐 쓰러지게 된다. 홍랑이 그 처절한 고독을 맛보았기에 가슴속 앙금을 토해냈던 것이다.

어느 새 홍랑은 몸을 다스리고 방안으로 들어섰다. 홍랑은 공경하는 태도로 옷깃을 여미더니 절부터 올렸다. 열녀 불경이부(不敬二夫)가 추상같이 각인되는 홍랑의 밤이 아닐 수 없다.

"말아 말아, 새삼스럽게스리 무슨 절을 하는 겐가."

"예전에 부서진 하늘을 여와가 기웠다 하더이다. 어른님을 늘 가까이서 모시지 못한 소녀의 죄를 이 밤 다스리소서."

"이보게나 홍랑, 나를 좀 편하게 해줄 수는 없겠는가?"

"무슨 당치 않는 말씀이오니까. 어른님을 생각만 해도 한사코 읍주(泣珠:눈물이 곧 구슬이 됨)가 흘러내리나이다."

"어허, 역린(건들면 화를 입게 되는 용의 비늘)이로세."

"또 당치 않는 말씀을 하시나이다. 해로동혈(함께 오래 살아 같은 곳에 묻힘)하자고 했던 사이가 아니던지요."

"이보게, 그만하게나. 만나자마자 그토록 두들기면 어찌하겠는가. 그토록 분함이 풀리지 않으면 이쪽에서 고두삼배하려네."

"……"

"동상전(東床廛)엘 갔었나. 싱겁게 웃기만 하는군."

"군령(軍令)이 여산(如山)인데, 나리께서 무엇을 잘못하셨나이까. 듣자니, 대단한 무공을 세우셨다 들었나이다. 이제사 어른님을 가까이 모시게 되어 기쁨이 넘치나이다."

"이 사람이 둘러붙이긴 일등이로세."

"무식한 도깨비가 부적을 무서워할 리 있겠나이까. 죽여 주시옵소서."

"금방 축백두(오래 삶)하자고 하지 않았던가. 내 형자대(가시 허리띠, 곧 검소한 차림)를 차고서라도 그대와 백년 해로하려고 하였더니만."

"너무 감동되어 소녀의 가슴이 뭉클하옵니다. 육합(六合:하늘과 땅 사이)에 방소(方所:갈 곳)를 몰라 하였더니, 이제사 정처를 찾았나이다."

홍랑의 투정이 사뭇 길다. 만나서 기쁘고 행복해 하는 어린양인가.

고죽도 일 년여에 홍랑을 만나고 보니 오랫동안 쌓이고 쌓였던 온갖 시름들이 한꺼번에 가신 듯하여 기쁜 마음을 감출 수 없었다. 다시 보니 금방 피어난 청초한 모란꽃처럼 예쁘다. 어느새 약간의 지분까지 바른 홍랑이 선녀인 듯싶어서 조심스럽게 홍랑을 다루고 있다. 목소리까지 떨리는 것 같다.

"자, 그럼 이제 가례주(家禮酒)부터 한 잔씩 나눠 보세나."

"지금까지는 기쁨의 희언이었사옵니다. 소녀의 불찰을 해량해 주옵시고, 가주를 한 잔 드시옵소서."

"오오, 이 밤을 위해 그 동안 얼마나 많은 충정을 쌓았던고! 그대를 위한 피나는 고투였으이."

"듣자 하니, 오랑캐의 발호가 대단했던 것을 알고 있나이다. 나리님의 충정을 모두가 칭송하더이다."

"그대와 헤어진 이후 난 이곳에서 파란곡절의 세월이었다네. 지난 가을 연락을 띄우고도 진작에 만나지 못했던 것을 생각하니 미안하이. 구차한 이야긴 하지 않으려네. 그대의 총명함을 믿는 것이기에……."

"지난 일들을 말하자면 피차간에 한이 없을 것이옵니다. 왕사는 이내 잊으시옵고, 소녀에게도 한 잔을 주사이다."

"으응, 그럼 그럼…."

"불수산(佛手散:산아 제한에 쓰는 약) 찾기이나이다."

"불수산 찾기라니?"

"불수산 지으려고 가서 금강산 구경만 했다지 않더이까."

"결국 눈치가 없다는 얘기이군."

"달리 말하면, 엎드려 절받기가 되옵나이다. 호호."

"모처럼 이 집에서 웃음 소리가 나누만. 사나이 이 한 밤이 전사에 기록될까, 그것이 문제로다!"

"그러면 아니 되나이까. 국방의 중책을 맡으신 나리를 편히 모셨다면 이 천첩에게도 상을 내릴 일이 아니오니까?"

"그렇던가. 이 몸이 낙양지가(갑자기 귀하게 됨)가 되었음일레. 오늘도 삼절(三絶:시·서·화)로 노닐고 싶지만, 그대가 피곤할 터이니 먼저 쉬게나."

"그러함이 좋을 것 같사옵니다. 역시 우리 나리님을 좋아하지 않을 수가 없나이다."

홍랑은 뒷방으로 물러갔다. 사실 고죽의 거실은 집무실이기도 했다. 돌발 상황시 병사들이 뛰어들 수 있는 곳이기에 뒷방에 침실이 따로 있는 것이었다.

이때 고죽은 한가로이 시 한 수를 써내려 갔다.

홍원이나 경성이 바닷가이긴 마찬가지여서 밤 수평선 위에 반짝이는 별들이 금방이라도 떨어져 내릴 듯 반짝인다. 뒤로는 산간의 밤새가 별들이 너무 밝다고 울어대는 것이리라.

북도 평사 고죽은 미희를 만난 밤을 노래하고 싶은 것이다. 사미인곡은 아니로되, 그간의 심정을 그리고 싶은 것이었다. 가희를 만나 수창(酬唱：시가를 불러 서로 주고받음)도 못한 심사가 조금은 서글펐던지도 모를 일이다.

草草河邊酒　悠悠別後期
聊因北歸客　始寄去年詩

물가 풀밭에서 술을 먹고 놀았었지
헤어진 뒤 세월도 많이 흘러갔어라
이 몸은 변방을 지키는 북쪽의 사람
지난해 그대 노래 다시 듣고 싶구려.

지난날을 잠잠히 그려내고 있는 고죽의 붓끝이 무겁다. 다시금 술 한 잔을 더 하며 취하기를 자청한다. 때도 아닌 비단 부채는 왜 꺼내 들고서 만지작거리는 것인가.

정작 물가 풀밭에서 술잔을 주고받은 일 없으련만, 초구를 풀밭 주회로 시작했다. 만남을 객사가 아닌 여염으로 하고 싶은 소박함이다. 헤어져 일 년도 긴 세월이었던 모양이다. 변방의 나그네인 그가 홍랑과의 정취를 다시 떠올리고 있었다.

다음날이었다. 간밤 원초적 본능은 어떻게 하였는지는 산이 알 바 아니다. 단산도 두 사람의 뒤를 쫓기에 힘이 들어 저들보다 일찍 잠들었기 때문이다. 후회가 아니 되는 것은 아니나, 산도 우선은 살고 볼 일이다.

홍랑이 아직도 늦잠에 취해 있다. 일찍 일어난 고죽은 병영을 한 바퀴 돌았다. 병사들의 유별난 아침 인사를 받으면서 말이다. 아침 바다 안개 자욱한 경성의 아침이 그렇게 다가서고 있었다.

"이보게나 일어나야지!"

"……."

"이 사람이 소대성(蘇大成)인가 잠만 자게."

"……."

"응? 이 사람이 어떻게 된 게 아닌가!"

홍랑은 몸을 이기지 못했다. 여북이나 고됐으면 일어나지 못할까. 홍랑은 신열에 몸살을 하며 작은 신음까지 토하고 있었다. 물론 여독이 지나치면 생사를 달리할 수도 있다. 옛사람이 먼 길을 와서 일어나지 못함이 그것이다.

깜짝 놀란 고죽이 어찌할 줄 몰라 한다. 홍랑의 머리에 손을 얹고서 진맥을 하더니 밖의 사람을 불러, 고을에 용하다는 마고할멈을 빨리 데려오도록 했다. 홍랑을 안은 고죽의 눈가에 이슬이 맺히더니 이내 고개를 숙인다. 상한 마음을 안고서 천리길을 달려와 긴장을 놓은 그녀가 쓰러진 것은 이해가 되는 일이다.

그렇다. 여자의 우귀(시집감)가 쉬운 것이라면 열 번인들 못 가랴. 신열이 이열(열락)이 될 때 되더라도 침실의 홍랑이 몹시 아파한다. 다정다한의 밤이 어젯날인데, 오늘은 이승잠에서 깨어나지 못하는 홍랑이다. 그러나 단속곳(고쟁이의 일종)이나 보이지 말았으면 좋겠다.

 얼마를 지나서 마고할멈인지 매구할멈인지가 나타나 강애(江艾: 강화도 쑥) 한 주먹을 따뜻하게 하여 홍랑의 배꼽 위에 올려놓고 문질렀다. 다진 마늘을 입에 물게 하여 제사독기를 하기도 했다. 이후 할멈은 정양(몸조리)을 하게 한 뒤 물러갔다.

 창졸간에 당한 고죽은 상방으로 가서 시축(시를 적은 두루마리)이며 필랑 등을 정리했다. 기처불식(처를 버리고 먹지 아니함)이라도 되어질까 봐 아침도 먹지 않는다. 그리고선 다시금 봉두난발이 된 홍랑을 바라본다. 비불이라(아닌게 아니라) 돌탄(혀를 차며 탄식)을 그치지 아니한다.

 이후 홍랑은 사흘 만에 가까스로 일어날 수 있었다. 한사코 파루초(아욱) 국물을 들이키더니 그게 좋았던 모양이다. 완자창(만자창)을 열고서 밖을 내다보는 홍랑은 어시호 살아났음을 실감하는 것이었다.

"그럴 줄 알았더라면 금덩(썩 좋은 가마)이라도 보낼 것을 후회가 크도다!"

"계속 칭병(병이라 속임)이라도 할 걸, 너무 일찍 일어났나 보옵니다."

"지난 밤 피새(화를 잘 냄)가 되어 그렇게 앙탈을 부리고서도 부족함인가?"

"한마(성질이 사나운 말) 같았나이까?"

"한부(사나운 여자)로세. 이제는 그러지 말게나. 만나서 기쁜 것을 도리어 동가슴(앙가슴)이던가!"

"불민한 계집의 일을 어찌 상기하시나이까. 다시는 앵도라지지 않겠나이다. 그간의 누를 생각하면 몸둘 바를 모르겠나이다. 기실 이대로 내쳐도 아무 소리 않겠사옵니다."

"또 또……."

그들이 구시대 사람들인지라 어려운 말을 많이 쓰고 있다. 옛말이나 고사성어, 조립어 등 어려운 언어를 조립하려니 산의 수고가 더하다.

고죽도 그 동안의 전전반측으로 꺼칠한 모습을 보였다. 허기야 그 동안 밤이면 황롱을 들고서 몇 번이나 왔다갔다했는지 모른다. 낮이면 저립(우두커니 서 있음)으로 아무 생각 없이 먼산 보기를 수없이 반복했다. 가랑(점잖은 신랑)이었기에 망정이지, 장시의 고죽에게는 지루한 밤이었을 게다. 항차 홍규(미인의 침실)를 옆에 두고서 몸이 빌빌 꼬이는 밤이었을 게 틀림없다.

"지난번의 옥운(옥문:좋은 글)을 보여주시겠나이까? 소녀는 그 동안 괴로운 중에서도 제일 관심이 가는 것이었나이다. 이제 살아났으니 나리님의 심상을 보고 싶나이다."

"다음에 기회가 있을 것일세. 아직은 몸조리를 좀더 해야 할 것이야!"

"알겠나이다. 유구무언하리이다."

"정말이지 한부일세. 한마디도 지지 않으려 꼬박꼬박 대답을 하는구려."

"알겠나이다. 설경(舌耕:여기서는 배움)을 계속 지도하여 주시옵소서."

"그것이사 싫어할 내가 아니로다. 모야(깊은 밤)에도 설경은 계속하렷다?"

"벙어리가 아닌 이상 설경을 싫어하겠나이까."

"이 사람 열녀통문 받기는 틀렸네그려. 가탈이 이미 났음이로세!"

"정경부인을 포기한 지 오래인데, 숙부인인들 무슨 소용 있겠나이까."

"이 사람의 소양진(가려움 병)이 다시 도졌음이야. 그러지 않고서야 어찌……."

"포복절도하겠나이다. 신첩을 그처럼 무시하시다니요."

"신첩이라 하였던가? 신기하군."

"신기할 게 없나이다. 새로신 자 신첩이옵나이다."

"그렇다면 할말 없군."

방금 일어난 홍랑이 꼬박꼬박 대답을 빠뜨리지 않는다. 고죽의 익애(매우 귀여워함)를 모를 리 없는 홍랑이 그러다가 정말 가탈이라도 나면 어찌하려고 그러는지 불안하다. 저녁 까마귀 울어대는 것을 보니 더욱 마음이 쓰인다.

밤이 되어 등촉을 밝힌 홍랑이 두리반에 다과를 가지고 들어왔다. 가체(성장한 얹은머리)까지 드리운 홍랑이 다소곳이 앉아서 좋은 밤을 예약한다. 허기야 하룻밤을 위해 장성을 쌓은 사람도 있는데, 홍랑이 고죽의 정중한 밤을 위해 무엇인들 못하랴.

"그 동안 일 년여 배움을 게을리하지는 않았겠구먼. 그래 무엇
을 읽었던가?"
"달기전(妲己傳)을 읽었나이다."
"그래 독부가 되었던 게로군."
"예, 사람이 얼마만큼 포악해질 수 있는가를 말해 주는 것이었
나이다."
"바로 보았어."
"주나라 무왕이 그녀를 죽일 때 무엇으로 죽였던지 아시오니
까?"
"그럼 장부가 그것도 모를까. 유소(有蘇)의 딸 달기는 매구(천년
묵은 여우, 불여우)였었지. 박달나무 몽둥이로 세 번만 내려치면
죽게 돼 있어요."
"그런데 왜 박달나무라야만 하는 것이온지요?"
"그야 박달나무는 신목(神木)이기 때문이 아니던가."
"그 불가마는 읽기에도 무서웠나이다."
"그런데도 이 나라에 황음(음탕한 짓)을 행한 세 여인이 있었으
니, 앞으로는 또 얼마나 많을꼬."
"세 여인이라니요, 그들이 누구이옵니까?"
"연산 때의 장녹수와 세종 때의 유감동, 성종 때의 어우동(어을
우동)이 아니겠는가. 찢어 죽일 것들이라니……."
　둘이서 패고 찢고 까불며 성토하고 있다. 물론 시대의 윤리가
추상 같은 때이기에 여인의 방종은 용납되지 않았다. 그러면서도
종년 건들기는 누운 소 타기라고 으스대는 놈들이 있었으니, 그

들이 주범이 아닐 수 없다. 열녀전 끼고 서방질하는 에미나이도 있었으니, 그게 그것 아닌가.

지금 이 세대엔 강간을 원하는 여자가 있다는 데야 벌린 입이 다물어지지 않는다. 뭐 사랑은 노고 홀레는 오케이라나. 두고 볼 일이다. 그들과 산이 21세기 문턱을 넘어서다 함께 넘어질는지 두고 볼 일이다.

산이 더 비벼대고 싶지만 구름 잡는 이야기가 될까 봐 참는다. 금수와 동일시되는 더러운 천국은 싫기 때문이다. 열락이 그토록 좋은 것이라면 향정신성 의약품만 다량 생산하여 보급할 일이다. 왜 그런 일을 막는 것인가. 어차피 먹고 그 일 하자는 것이라면 말릴 일이 아니지 않는가.

죽음에 이르는 길은 여러 가지이다. 각기 그 한 길을 찾아 잘 죽는 것도 소중한 일이다. 인간 말종들이 판을 치는 개 같은 세상에는 멍청한 바보가 현명하다는 것쯤 알아야 한다. 좋은 밥 먹고 좋은 말 해야지, 좀더 품위 있는 말을 하도록 노력해야겠다.

"아무튼 다시는 가슴 떨리는 일 없었으면 좋겠으이. 지난 며칠간 십년은 감소했을 것일세."

"눈물을 참으면 병이 될 것 같아서 실컷 울었나이다. 소녀에게는 빼앗긴 일년이옵기 때문이나이다."

"시거든 떫지나 말지, 난 이쪽에서 생사를 두고 씨름했는데 말일세."

"그건 여인의 일이 아니지 않나이까. 사람의 일을 가르지 마옵소서. 양반도 종놈이 농사한 것 먹나이다. 편가르지 마시옵고 함께 누려 가사이다."

"좋지 않은 시대에 태어났음을 한탄이라도 하는 겐가. 너무 언짢아하지 말게나."

"행동하지 않는 지성은 비겁함이라 하지 않더이까. 나리님께서 세상의 불공평함을  혁파해 주시옵소서."

"오호, 열여덟 여인의 입에서 그런 말이 나오다니, 놀라운 일이로다!"

"다만 열년(일년이 넘도록)에 홀로 터득한 것은, 모든 것은 노력하는 자의 것이라는 것이옵니다. 그러기에 용서는 그 어떤 사랑이나 분노보다 더 뜨겁다는 것을 알았나이다. 모든 것을 참을 수 있었던 것도 그래서 가능했나이다."

"놀라운 발견이로세."

홍랑의 실력이 이 정도이다. 당대의 삼당파 고죽과의 대화에서 조금도 밀리지 않는다.

이제는 원상회복이다. 홍랑이 저토록 야지랑스럽게 구는데, 고죽이 가만둘 리가 없다. 틀림없이 오늘 밤 다시 폭풍이 몰아칠 것 같다. 누구의 입김이 새든 내 알 바 아니다. 다만 저들의 몸부림을 보고 싶을 뿐이다. 밤이 주는 열락의 나래를 달고서 구만 리를 날아오를 때 비명에 쓰러질 홍랑을 보고 싶은 것이다.

홍랑이 벌써부터 떨고 있다. 그렇다. 명기는 울지 않고 떨어야 한다. 그러기에 홍랑의 몸짓 하나하나는 고죽의 자존심으로 연결된다. 남녀의 만남이란 그런 천리를 깨달았을 때 비로소 완성되는 것이 아니던가.

고죽의 야간 비행이 다시 시작될 모양이다. 본시 동물은 야행성이라서 밤이면 더 활개를 친다 했다. 그것들이 덫에 걸리는 날이면 고통으로 이어지지만, 그 덫을 잘도 피하게 되면 스릴 있어 하기도 한다. 오, 밤의 야릇함이여……

저 무성한 숲속에 야릇한 비밀의 문이 있어 이 밤 고죽의 탐사는 다시 시작되고 있다. 벼랑은 어디쯤에 있는 것일까. 늪은 어디쯤에 도사리고 있는 것일까. 용수는 어디쯤에서 솟아나는 것일까. 수코양이 한 마리가 밤길을 살핀다. 야릇한 냄새를 쫓는 모양이다.

무더운 바람이 얼굴을 스친다. 소리없이 다가선 그가 홍랑의 도움을 청한다.

그래도 열려지지 않는 비밀의 문은 수고의 양만큼이나 열렸다가 닫아 버린다.

천국 문의 열쇠를 두고 시험에 불합격한 것일까. 물론 거기서 불합격한 자는 여지없이 밖으로 내동댕이쳐 버린다.

자, 그러니 누구든지 밤길 자신 없거든 뒷사람에게 양보해야 한다. 공연히 자기도 가지 못하고서 남도 못 가게 막아서는 아니 된다. 그렇다고 전우의 시체를 넘어서는 더욱 곤란하다. 정결한 몸가짐으로 무릎 꿇고서 기회를 노려야 한다. 그러다가 공알(음핵)을 훔쳐내는 자 영웅 되어 개선하게 되면 그의 머리에 올리브유를 발라 줄 게다.

가만있자, 그가 몽둥이 하나 들고서 그 일 해내겠다고 벼르고 있는 것 같다. 조심성 없는 그가 서둘지 않고 침착하게 일을 잘

해낼지 의문이다. 잘못하다간 봇물이 터진다고 밤새가 울어댄다.

홍랑의 단속곳은 어디에 버렸을까. 명주 속속곳만이 드러나 보인다. 지금 고죽의 방망이가 그 속으로 돌진하고 싶어 무던히도 뜸을 들인 것 같다. 빨갱이가 보초를 서지 않는 이상 거시기는 생각보다 쉬울 수도 있다. 얄리얄리 얄랑셩 얄라리 얄라.

이제 난 모른다. 거웃(부꽃)을 비벼서 파우다가 되든, 불바다가 되든 말든 나는 모른다. 그들이 문지방을 걸어차 대들보가 무너지든, 배알치기를 하다가 구들장이 꺼지든 말든 내가 알 바 아니다. 다만 온몸을 서로 주고받다가 까무라치기 전에 일으켜야 함이 산의 할 일이다.

어찌할거나. 모두가 제정신이 아니다. 그대에게 최면을 걸어 이 일에 그대가 득도하게 되면 산에게 감사하리라.

그러나 지금은 아니다. 다음 장으로 넘어갈 터이니 가서 생리적 볼일도 보고, 냉수도 한 컵 들이키고서 우리들의 홍랑을 잠들게 하자.

지난 가을 오겠다는 고죽의 소식을 듣고서 오시려면 천천히나 오시라던 홍랑이 아니던가. 만났다가 홀연히 떠나갈 임을 생각하면, 차라리 천천히나 오시라는 홍랑의 희구를 고죽이 잘 알아서 처신해 주었으면 좋겠다. 홍랑의 멍울졌던 가슴을 고죽에게 맡기나니……

# 봄이 오면 오신다던

봄이 오면 온다던 몹쓸 사람 보았는가
여름이 다 가도록 소식조차 주지 않네
가을에 찾아오면 이 몸 없다 하리로다.


하초의 쌍울이 한 자나 늘어지는 여름이 왔다. 오후가 되면 청랑자(잠자리)가 떼지어 나타나 병영을 날아다녔다.

홍랑의 몸은 이제 몰라보게 좋아졌다. 송도의 그것처럼 막 먹어대더니만 포동포동한 살집이 여간 아니다. 유녀의 면천에서 공방 일년, 천리행군으로 고통이 많았던 홍랑에게 제법 평온한 나날이 스쳐가고 있었다. 정말이지 물 오른 살결이 한결 곱다.

실솔(귀뚜라미)이 스잔히 울어대는 여름 밤에 그들은 여느 때처럼 다정히 앉아 환담을 나누고 있었다.

"그간 그대 노래만 들었으니 오늘 밤엔 그대 자작시를 들려주구려."

"미거한 몸이 어찌 작시를 하겠는지요. 다만 좋은 시를 몇 수 알고 있나이다."

"그렇다면 누구의 시라도 좋으니 한 수 읊어 보게나."

"나리께서 그렇게 말씀하시니, 소녀가 평소 좋아했던 고려 시인 정지상(鄭知常)의 〈대동강〉이라는 시를 한번 읊어 보겠나이다."

"허어, 이백이나 두자미의 시가 아니고 해동의 시를 읊겠다니 그 심성이 가상하구려."

"이곳엔 사죽이 없으니 어찌 좀……."

"이곳에 악기가 없는 건 당연한 것이로세. 변방에는 어울리지 않아요."

"그러하나이까."

"자 그럼, 난 귀를 세움세."

대개 선비들은 이태백이나 두자미, 또는 백낙천의 시가 아니면 시가 아닌 것처럼 여기기가 십상이었다. 고루한 선비들의 작태란 그런 것이어서 모화사상에 늘 젖어 있었던 것이다.

그런데 홍랑이 해동의 동원을 거닐어 보겠단다. 더구나 고려 정지상의 〈대동강〉이라는 시는 어디에 내놓아도 손색이 없는 수작이다. 그러기에 고죽도 그 시를 좋아하여 몇 년 전 차운(次韻)하여 〈차대동강운〉이란 시를 지은 일이 있어 흥미가 돋았다.

홍랑은 옷깃을 바로잡고서 시를 읊을 자세를 취했다. 농담을 지껄일 때에는 아해처럼 떠들다가도 가락이나 시를 읊을 때에는 언제든 몸가짐을 단정하게 했다. 고죽은 홍랑의 그러한 총명함이 좋아서 늘 칭찬을 아끼지 않았다.


비 개인 강둑에는 풀빛이 푸르른데

고운 임 보내자니 노래도 슬프구나
대동강 강물도 마를 때가 있을런가
이별의 강가에 물결만 더 철석이네.

-원문 생략

홍랑은 단정하게 앉아서 정지상의 〈대동강〉을 낭랑한 목소리로 읊어내렸다. 고죽은 홍랑의 영시(詠詩)를 듣고 나서 경탄해 마지않았다.

사실 홍랑은 당신이 삼당파 시인임을 알고 있기에 늘 조심을 하는 편이었다. 그러나 홍랑과의 시담에는 고죽이 더 매료되고 있다는 사실이다. 물론 주일배를 나누며 수창하는 데에는 의기가 상통하는 그들이다.

"정지상의 시는 언제 들어도 명시라서 나도 좋아하는데, 그대도 좋아하는 모양이구려. 혹시 동시대의 인물로 김부식(金富軾)이라는 분을 알고 있는 겐가?"

"그분은 삼국사기를 쓰신 분이 아니던가요?"

"놀라운 일이로다. 그대가 그분을 알다니, 이야기는 쉽겠구만. 그 두 분의 시에 대한 비화가 있나니 잘 들어 보게나."

"두 분이 친했는지요?"

"아닐세. 그렇지 않았기 때문에 지금까지 재미나는 일화가 전해지고 있다네."

"저도 귀를 세우고 듣겠나이다."

"그들이 고려 중엽의 양대 문호였음은 틀림없으나, 시에 있어서만은 김부식이 정지상에게 미치지 못했었지. 그런데 그들은 정파

가 달라 서로 배척하고 미워하다가 정지상이 마침내 김부식 일파
에 의해 죽임을 당하고 말았다네."

"아이고, 그런 일을 당하다니요."

"정쟁에 승리한 김부식은 의기 양양하였겠지. 그런데 문제는 김
부식이 어느 봄날 연회에서 시 한 수를 읊었다네. 그 시가 뭔고
하니,

　　柳色千絲綠
　　挑花萬點紅
　　버들은 천 가지로 푸르고
　　복사꽃은 만 점으로 붉다.

　이러한 구절이 있었다네. 그런데 문제가 되려고 김부식이 갑자
기 소마(오줌)가 마려워 측간(변소)에 가 서 있는데 원귀가 된 정
지상의 혼백이 갑자기 달려들어 목덜미를 잡고서 나무라는 게 아
닌가. '이놈아, 시를 지으려면 제대로나 지어라. 버들가지를 누가
세어 보았다고 천사(千絲)이며, 복사꽃을 누가 세어 보았다고 만
점(滿點)이더란 말이냐. 시를 지으려면,

　　柳色絲絲綠
　　桃花點點紅
　　버들은 실실이 푸르고
　　복사꽃은 점점이 붉다.

이렇게 제대로 지어야 할 게 아니냐, 이놈아!' 하더라네."

"그렇군요. 소녀의 좁은 소견으로 보아도 천사록이나 만점홍보
다는 사사록과 점점홍이 시어로써 더 나은 것 같사이다."

"맞아, 나도 그리 생각하이. 또한 유색(柳色)보다는 유지(柳枝)

226

가 더 대조적이지 않았을까?”

“예 나리님, 그러하나이다.”

밤은 다시 깊어만 갔다. 쉽게 잠들지 못하는 그들은 늘 그렇게 대화의 끈을 이어 나갔다.

사람의 세상이란 다정다한의 실타래를 그렇게 감고 풀면서 살아가는 게 아니던가. 태양을 삼킨 바다가 다시 토해 낼 때까지 끝없는 대화가 이어지기도 했다. 일식경(一食耕:한 끼 먹을 정도의 시간)이면 소도 키워서 잡아먹는다는 우리네 급함과는 전혀 다르다.

이번에는 주기에 승한 고죽이 다소 엉뚱한 이야기를 끄집어냈다. 군생활에 염증이 난 것도 아닐 텐데, 세상 불평을 늘어놓았다. 아니다. 그가 당시는 무인의 길을 걷고 있는 것이기에 다소 엉뚱한 소회를 피력할 수도 있는 것이다.

“이보게, 양주(楊洲) 백정 임꺽정의 이야기를 들었겠지?”

“예, 그가 도적들의 우이(牛耳:우두머리)란 것쯤은 들어 알고 있나이다.”

“그렇다면 이 밤 그의 용맹을 확실히 알아 두게나.”

“나리님, 밖에는 동달이(옛 군복, 여기서는 병사들의 별칭)들이 왔다갔다할 터인데, 그런 이야기를 하여도 괜찮겠나이까?”

“아무렴 어때! 옛이야길 하는 것인데, 걱정일랑 말고 듣게나.”

“그렇다면 경청하겠나이다.”

“아 글쎄, 그가 부패하고 나태한 지방 관료들을 얼마나 혼내 주었는지 알기나 하겠는가?”

"조용조용히나 이야기하소서."

"임꺽정이 얼마나 날쌔고 용맹하였으면, 경기·해서(황해도)를 종횡으로 누벼도 잡질 못했겠는가. 사실은 관료들의 썩은 정치에 신물이 난 민심이 의적들 편에 있었기 때문이라네."

"그렇겠지요."

"이 사람이 내 이야기를 믿지 못하는 모양인데, 그렇다면 계속 듣게나. 그가 일당들과 그렇게 설쳐댔으나 유독 박응천(朴應川)이 원님으로 있던 황해 봉산군만은 침탈하지 않았다네. 왜냐하면, 그 고을 원님은 부정 부패 없이 잘 다스려 군민의 신망을 얻고 있었기 때문이었지."

"네, 네."

"그런데 그보다 더 재미나는 이야기가 있어요. 그것을 이야기하고 싶어 입이 간질간질하네그랴."

"네. 계속 경청하겠나이다."

"태종의 5세 손으로 이주경(李周卿)이라는 분이 피리를 잘 불기로 유명하였는데, 그분이 송도 청석골을 지나다가 도당들에게 잡혀 두목에게 끌려갔다네. 그런데 마침 달 밝은 밤인지라, 임꺽정이 휘하 부하들을 위하여 한 곡조 불러 줄 것을 요청하였다는구만. 그래 그분이 처음에는 우조(빠른 곡)로 시작해 흥을 돋운 다음 완만한 계면조로 바꾸어 가슴속을 파고드니 훌쩍훌쩍 울지 않은 사람이 없었다네. 그리 실컷 울려 주었더니 고맙다고 돌려보내 주더라는 거 아닌가."

"그런 일이 있었군요, 흥미가 진진하나이다."

"내 다음에 기회가 있으면 양주군 감악산(紺岳山)엘 꼭 한번 가보고 싶으이. 그의 활동무대를 돌아보며 의적의 출현을 연구해 보려네."

그런데 그런 말을 정말 거리낌없이 해도 되는 것인지 불안하다. 취중불언은 진군자(眞君子)라고 했으니, 고죽은 진군자가 아닌지도 모른다. 그러나 의협심이 강한 그가 몸을 사리지 않는 것도 장부의 기개이리라.

아까부터 소리없이 고양이 걸음으로 다가와 몸을 숨기더니 한참 후 유령처럼 조용히 긴 낭하 저편으로 사라지는 그림자가 있었다. 그가 누구일까. 그는 다름 아닌 병마절도사 이선삼의 하수인이었다. 무엇인가 비행을 탐지하기 위하여 밤낮으로 언행 감시를 폈던 것이다.

이를 까마득히 모르고 있던 그들은 이렇듯 태평한 시간을 보내고 있었다. 답답하기 그지없다. 총명한 그들이 왜 주위를 경계하지 아니하는지, 미처 경고하지 못한 산도 후회가 된다.

아니나 다를까, 순여(열흘 남짓) 후 고죽은 절도사의 호출을 받고 가 대면하니 언젠가 소실과 함께 임꺽정을 의적으로 말한 적이 있느냐고 확인했다. 이에 최평사는 그가 보기 드문 의적이었다고 맞불을 놓았다. 절도사의 안색이 곱지 않음을 직감으로 느낄 수 있었다.

"그게 말이라고 하오! 일반 백성들이 들으면 어찌 되겠소. 이는 분명 최평사가 책임을 져야 할 게요."

"알겠습니다. 책임을 지겠나이다. 언로가 막힌 사회, 경직된 정치가 화적대(불한당)를 만들어냄을 왜 모르시옵니까?"

"난 그대를 당장에 구름할 수도 있소. 지난번 공적으로 그냥 지나치려고 했었는데, 오늘 보니 불손하기 그지없구려."

"송구하옵나이다. 하오나 본인의 용두봉명(과거에 합격하여 의정에 나아감)은 이 나라의 당파를 보기 위한 것이 아니었나이다. 보다 좋은 세상을 좀 논의했기로서니, 그것을 어찌 책망하시나이까."

"당신을 추호도 폄훼하는 것은 아니지만, 어느 상관이 그리 너그럽겠소!"

"알겠나이다. 그럼 물러가겠나이다."

보아하니 절도사도 대인은 못 되는 분이고, 최평사도 군자는 못 되는 편이다. 그들이 시대의 달인이 될지는 몰라도 대인이나 군자가 못 됨은 사실이다. 최평사의 성격이 야당적 기질이 농후하기에 임꺽정을 의적이라고 추기기에 주저하지 않았던 것이다.

어찌 되었거나 고죽으로서는 기분 좋은 날이 아니었다. 때로는 산 속을 거닐며 우울한 마음을 혼자 달래기도 하였다. 지난번 자기의 전공을 가로챈 절도사가 이번에는 무슨 일을 벌일지도 모르기 때문이었다.

이렇듯 고죽은 금후 자신의 운명이 어떻게 될지 모른다는 점에서 우울한 그림자가 드리워져 있었다. 더욱이 절도사가 자기 당파의 거두인 병조판서에게 참소(고자질)라도 하는 날에는 후일이 평탄치 않을 것이기에 두렵기도 했다. 얼마나 신경을 썼으면 고죽은 순창(입술이 터지는 병)이 나는 괴로움을 겪기도 했다. 홍랑인들 편했겠는가. 홍랑은 자신이 분란의 근원이라고 생각하니 몸 둘 바를 몰랐다.

"나리님, 그러기에 조심을 했어야 했나이다. 결국 밤말을 쥐가 듣지 안했나이까?"

"왜 겁이 나는 겐가?"

"겁이 나서 드리는 말씀은 아니오나, 상사의 눈에 벗어나면 나으리만 피해를 보지 않겠나이까?"

"그만해 두게나. 내 일찍이 최선달(先達:과거에 급제하고서도 아직 벼슬길로 나가지 않은 사람)이 되어서 그놈(임꺽정)처럼 못했던 게 한이로세."

"아이구야, 모진 고생을 사서 하려 하시다니요."

"아니야, 할 수만 있음, 내 손으로 역사를 새로 쓰고 싶으이."

"더 이야기해 보아야 소득이 없겠나이다. 정 하나로 만나서 살기가 이렇게 힘들 줄을 미처 몰랐나이다."

"사랑이라는 이름으로 살자면 고통도 아픔도 감내해야 하는 것이 아니던가!"

"그러게 말이옵니다. 소녀는 예전에 그것을 미처 몰랐나이다."

"삶이 평온하다면 누가 역겹다고 투덜대겠나. 살면서 실수하지 않으려고 노력하는 게 아니던가."

"이제야 바른 말씀을 하시옵니다."

"나만 좋고, 나만 행복하면 그대도 행복할 줄 알았느니."

"매우 외람된 말씀이오나, 한 분 지아비를 모시기가 이렇게 어려운 것을 왜 귀띔해 주시지 않으셨나이까?"

"하하하, 오래 살고 볼 일이로세. 결국 나만의 척애(짝사랑)였느
니……."

"누가 들으면 소녀를 앙큼하다 하겠나이다. 척애라는 말은 빼소
서. 척애가 아닌 익애(너무 사랑함)였나이다."

"그렇다면 다행이고."

그렁저렁, 이렁저렁 여름이 다 가는 어느 날이었다. 최평사에게
내직으로의 발령이 떨어졌다. 결코 교지(敎旨)가 배달된 것은 아
니다. 임금의 교지는 문무관 사품 이상이라야 하기 때문이다. 아
직은 과만(만기)도 아니기 때문에 지금의 발령은 상당한 이유가
있었다. 최평사는 사단의 발판이 자신에게 있음을 감지했기에
담담한 표정이었다.

"드디어 올 것이 오고 말았나이다."

"이리가 많은 세상이라서 개는 늘 짖어야 하지 않겠는가."

"아니, 그러시면 나리님 자신을 개라 칭하시나이까?"

"아무렴 어때서. 집 잘 지키는 강아지가 나쁠 게 없지 않은가."

"그동안 나리님을 세상의 등불로 삼고 싶었지만, 이제는 생각을
달리해 봐야 하겠나이다."

"마음대로 하게나. 나를 편하게 해주는 사람이 있다면, 난 그가
누구이든 그를 존경할 것일세."

"귓구멍이 둘인 것이 얼마나 다행인지 모르겠나이다. 그렇담 소
첩도 귀찮게 한 사람 중에 하나였나이까?"

"내게 남는 것은 후회뿐이도다!"

"나리와 소녀가 항간의 유객과 유녀가 아닐진대, 무엇이 두렵나

이까. 그 왕고집만 버리소서."

"현기증 나는 세상을 구경만 하고 있으란 말인가. 난 그리 못 하네."

"나리님의 평온한 눈동자 속에 소녀의 영원한 천국이 열리나이다. 평정을 찾으시옵소서."

"평범이 어찌 창조를 낳겠는가."

"하오나 소녀는 꽃을 꽃으로만 보고 살겠나이다."

"더 이상의 욕심은 없다는 말이로군."

두 사람의 지적 수준은 늘 대화의 끝을 난타하는 것이다. 이천리 서울길을 가야 하는 대사를 앞에 두고 티격태격이다. 이렇듯 삶의 본질은 늘 진통을 일으키는 게 문제이다.

다음날 최평사는 절도사에게 하직을 고하려 방문하였다. 아침안개가 발 끝에 소용돌이치는 길을 걸어 나갔다. 절도사 앞에 당도한 최평사는 환도(군도)의 양끝을 전립의 태에까지 올려 군례를 취했다.

등채(지휘봉)를 들고 있던 병마절도사가 먼저 말을 꺼냈다.

"최평사, 섭섭하게 되었소이다. 그간 많은 일을 해놓았는데 말이외다."

"호랑이 새끼가 이제 없어지니 속이 편하시겠나이다."

"무슨 말을 그리 섭하게 하오. 그 동안 좋은 교감은 아니었더라도 서로가 멋진 전승을 거두었으니, 그만하면 기념비가 될 것이외다."

"아무튼 그 동안 모심을 게을리하였기에 사죄드리옵니다. 평강

하시옵소서."

"고맙소. 지난 일은 허물치 말고 편히 잘 가시오."

"그럼 곧 출발하겠나이다."

고죽은 자리를 물러나와 출발을 서둘렀다. 그럴 줄을 미리 알고 갓바치(피혜장)에게 가죽신도 몇 켤레씩 맞추어 놓았고, 탑골치(썩 좋은 미투리)도 준비해 두었었다.

최평사의 사족백이가 지금도 장시여서 어서 가자고 발을 굴러댔다. 홍랑에게는 청총마(꼬리와 갈기가 푸른 빛의 회색마)가 주어졌다. 비장과 사령들이 나와 지켜보며 계속 손사래를 해주었다. 한사코 눈물이 나는 홍랑은 고개를 떨구며 말이 없었다.

고죽의 일행 다섯 사람은 그렇게 장거리 길을 떠났다. 늦여름 길을 그렇게 걸어걸어 남으로 남으로의 길을 따라 걸었다. 역원에서 말을 갈아 주고 종자(말을 끄는 사람)도 바꾸어 주기를 수회, 드디어 홍원에 닿았다.

홍랑은 그간이라도 떠나 있었던 집에 먼저 들렀다.

"나리님, 소녀가 이 집에서 십삼 년을 살았나이다. 이제 또 몇 년을 더 사오리까."

"반 년만 기다리게. 늦어도 일 년 안에 그대를 서울에서 다시 만날 수 있을 것일세."

"지금 이 길로 함께 갈 수는 없는 것이오니까. 어찌하여 홍랑은 늘 기다림의 여인이 되어야 하는지요. 차라리 천첩을 죽이시고 가소서. 그래야 더 이상의 고통은 없을 것이옵니다."

"이 사람이 여기 오더니 또 짜증이군. 지금 한성으로 가는 길이 좋은 정황이 아니라는 것쯤 알고 있지를 아니한가. 그러니 제발 투정 부리지 말게나."

"그러시면 오늘은 이곳 객사에서 묵으시고, 내일은 함흥에서 한 군데 들러 갈 곳이 있사오니 허락해 주시기 바라옵니다."

"함흥은 왜?"

"함흥 바닷가 서호진에 소녀의 양아버지가 계시나이다. 들러 인사를 해야 하지 않겠는지요."

"그렇던가. 그렇다면 당연히 들러 가야지. 그대의 아버지이시면 나에게는 장인이 아니던가."

"꼭 가셔야 하옵니다."

"꼭 그렇게 하세나. 허허, 장인을 만나게 되다니……."

그들은 저녁이 되어 홍원 객관으로 들었다. 지난날 그들의 첫사랑이 익어 가던 곳이기도 하다. 황혼녘에 당도하여 주위를 둘러보니 낯익은 정경들이라서 정감이 더했다.

어린 홍랑을 붙들고서 이틀 동안 녹여내던 옛일을 생각하니 고죽 역시 감회가 무량했다. 그때 비가 왔기에 망정이지, 만약 비가 오지 않았다면 홍랑과의 정분을 맺을 수 없었을 것을 생각하니 고죽은 슬며시 웃음이 나왔다.

"이곳의 비장이시던가? 숙소를 마련해 주게나. 난 한성으로 가는 최평사일세."

"예, 알고 있나이다. 역로에 고생이 많으시옵니다."

"아직도 갈 길이 천리라네."

"그럼 안으로 드사이다."

"그런데, 이사또는 지금도 이곳에 계시는 겐가?"

"아니옵니다. 지난 봄에 갈리어 가셨나이다."

"그래, 어디로 갔던고?"

"관서지방으로 갔나이다."

"관서라, 어디쯤일꼬?"

"사또의 천성이 고와서 용정이나 용암포 쪽에서 오고가는 국빈이나 사신들을 모시게 되는 일을 하는 것으로 아옵니다."

"맞아, 그분은 그런 일이 합당하이. 나라에서 이번에야말로 정실 인사를 하였구먼."

"정실이라면 무슨 자를 말하는 것인지요?"

"바를정 자 정실이지 뭐겠나. 이 사람이 정실이라니까, 정색을 하고서 묻네그려."

"알겠나이다. 그럼 편히 쉬시옵소서."

"고맙구려."

그들이 저녁을 물린 뒤 자리에 들자 피로가 어깨를 눌렀다. 그러나 옛날 그 자리이고 보니 감회가 없지 않았다. 해풍이 한사코 문꼬리를 건드리는 가을 밤을 둘이서 밝히고 있었다.

"나리님, 소녀는 팔자가 센가 보옵니다."

"왜 그런 생각을 했던가?"

"살다 보니 북으로 천리, 남으로 천리를 다니며 살게 생겼으니 팔자가 세지 않겠나이까."

"글쎄, 그렇게 살기도 어렵겠으이."

"소녀의 팔자가 세다고 하는 것은 기구함을 말하는 것이옵니다.

늘 아끼어 주시옵소서."

"이 사람아, 버리고 달아날까 봐 걱정이 되는 것인가?"

"사실이 그러하나이다. 정실(본처) 옆에 가까이 두지는 못할망정 버리지는 마옵소서."

"지금까지 날 보아 믿음이 가지 않는다면 어찌하겠는가. 그건 그대의 잘못이네. 그만 내일 일을 위해서도 자 두는 게 좋지 않겠는가?"

"네, 그리하겠나이다."

추야장 긴긴 밤을 그냥 보내다니, 형벌이 따로 없다. 날마다 녹초가 된 그들은 금방 녹아 떨어졌다.

그렇다. 사실 마상(馬上)에서의 산천 구경도 지겹기만 했다. 가을의 정취도 한가한 사람에게나 어울리는 일이지, 한사코 먼 길을 가야 하는 사람에게는 고통의 연속일 수밖에 없다.

정말이지 행로가 유람이라면 한없이 유쾌한 것이어서, 적당한 취흥까지 겹치면 더욱 즐거울 수도 있다. 또한 마상의 몸은 흥겹기 그지없어서 노래가 절로 나오게 된다. 흔들흔들 말에게 몸을 맡기고 승경을 스쳐 가노라면 인생 복락이 눈가에 매달리게 된다.

그러기에 옛사람도 인생삼락(人生三樂)을 말하지 않았던가. 식도락이 그것이요, 방중락이 그것이요, 마상락이 그것일진대, 이를 마다할 사람이 없을 게다. 그러니 그것도 하루 이틀이지, 두어 달을 마냥 타고 가야 하는 것이라면 고통 중에서도 상고통이 될 수밖에 없다.

다음날 그들은 함흥으로 출발했다. 가다가 함관령 마루에서 쉬어 가기로 했다. 함흥과 홍원의 중간 지점에서 시장기를 느꼈기 때문이다.

그런데 홍랑의 걸음걸이가 이상했다. 삐쩍삐쩍 앉기도 불편해했다. 아닌게 아니라, 가랑이가 그렇게 아팠던 것이다. 서혜부가 아프기도 했겠지. 순결무구한 동정녀의 가랑이가 아픈 것은 아니기에 놀랄 일은 아니다.

고죽이야 늘 말타기를 하였던 것이니 괜찮지만, 말을 처음 타거나 오랫동안 타지 않다가 타는 사람은 고통이 따르게 마련이다. 말을 처음 타게 되면 가랑이를 말의 등가슴에 한사코 힘을 주어 밀착시켜야 된다. 물론 그렇게 해야만 안전하고 말의 방향 잡기가 용이하다.

홍랑이 말을 처음 탄 게 아니지만 질난이가 아닌 이상 고통이 오게 돼 있다. 글쎄, 삿자리(갈대를 엮어서 만든 자리) 위에 편히 앉지 못하는 홍랑을 보고서 고죽은 웃을 수밖에 없었다. 홍랑 역시 울고 싶은 통증을 참느라 애쓰고 있었다.

이때다. 시치미를 떼고서 고죽이 말을 걸었다.

"아니, 그대 왜 그런 겐가. 어차피 멀리 갈 수가 없겠구려."

"놀리시나이까. 사람 죽겠는데, 위로는 못할망정……."

"왜 그런 겐가. 내용을 알아야 위로를 해도 할 것이 아니던가."

"자꾸 말을 시키십니다. 사람 죽겠는데두요."

"허허 말도 못 하게 하고, 그럼 어쩌자는 것인가?"

"소첩을 업고서 가셔야 하겠나이다."

"아이구야, 큰일일세. 큰일이야!"

대개 길을 가다가 어느 고을이나 역참에 닿게 되면 저물거나 어둡게 마련이다. 이날도 그들은 함흥 쪽에서 곧바로 서호진으로 빠졌으나 날은 이미 어두웠다. 김의원 집 앞에 도착하여 놀라지 않도록 조심스럽게 시비를 불러내 안으로 들어섰다.

홍랑으로서는 한번 정한 아버지이기에 딸로서의 다정한 인사를 드리고 싶었던 것이다. 그리고 그 동안의 사유도 말씀드리는 것이 자신의 도리라고 생각했다. 늘 인자하신 모습이 홍랑으로 하여금 더욱 보고 싶어하게 했는지도 모른다.

"아니 누가 왔다고? 우리 홍랑이가 온 게냐. 어서 오너라!"

"아버님, 그간 편안하셨는지요. 이제사 찾아뵙게 되어 송구하옵니다."

"그래, 네가 떠난 뒤 소식이라도 듣자 하던 차에 와주어서 고맙구나."

"아버님, 인사 올리겠나이다."

"인사가 다 뭐냐. 어서 올라서려무나. 그런데 옆에 서 계신 분은 누구시냐? 일행이시면 함께 안으로 들도록 하려무나."

"네 아버님. 이분은 소녀의 지아비이십니다. 북도 평사이시온데, 지금은 한성으로 올라가고 있는 중이옵니다."

"그렇다면 반가운 일이로다. 내가 사위를 얻었음이 아니더냐!"

그들은 안방으로 안내되어 극진한 대접을 받았다. 몸과 마음이 한결 평온해짐을 느낄 수 있었다.

온 가족이 모처럼 웃음꽃을 피워 올렸다. 더욱이나 김의원은 최경창이 조선의 팔문장가라는 사실을 알고 있었기에 반가움이 더했던 것 같다. 홍랑을 건넌방에 재워 놓고서 이야기 꽃을 피우느라 두 사람은 밤 깊은 줄을 몰랐다.

"이보시게 최평사, 그대를 만남이 왜 이리 좋은지, 오늘 밤은 잠이 올 것 같지 않으이."

"소인도 그러하옵니다. 이처럼 다정하게 대해 주시니 그동안의 피로가 다 풀린 듯하옵니다."

"그러나 명일의 행군을 위해서 조금은 자 두는 게 좋을 게요. 사실은 두 사람을 며칠 붙잡아 두고 싶지만 무리일 것 같아 참으려네."

"해량해 주심을 진심으로 감사드립니다."

"그렇다면 한마디만 듣고 자리에 들기 바라오. 그렇게 해주겠소?"

"그럼은요. 듣다 뿐이겠나이까. 이야기라면 밤을 새워 듣겠나이다."

"고맙구려. 이 늙은이가 한방에서 평생을 두고 깨달은 것이 하나 있다오."

"아니 그런데, 말씀을 내리시지요. 사위가 듣기에 거북살스럽나이다."

"허허허, 그런가. 그러면 내 실언을 하더라도 용서하구려."

"여부가 있겠나이까."

"다른 게 아니라, 이 조선 땅 천지에는 양질의 쑥이 지천으로 깔려 있네. 그렇지 않던가?"

"그러하옵니다."

"그게 우리 민족의 보배이지. 그것을 끓여 먹든가, 아니면 말리거나 환으로 지어 식량으로 대용해도 아주 좋을 게야. 지상의 모든 초목에는 독기가 있지. 우리가 먹는 쌀에도 소량의 독기가 있어요. 그런데 쑥만은 독기가 전혀 없다네. 영양도 좋아서 곡물보다 더 좋지. 이를 모르고 그저 나물 정도로 생각하고 있는데, 그게 아니야. 이는 하늘이 우리에게 준 축복이라네. 강애라는 강화도 쑥이 좋다고 하나, 우리 땅에 있는 쑥은 다 좋아요. 제암(齊菴)이라는 배꼽쑥은 좋기가 이루 말할 수 없다네."

"아, 그러하나이까?"

"좋다마다, 우리 진역처럼 사계절이 또렷이 돌아가는 곳에서 나는 작물이나 곡식, 심지어 짐승까지도 맛이 다르지. 된장국에 띄운 쑥 한 가지만 먹고도 십년은 거뜬할 것이로세."

"백성들이 이를 모르고 있군요."

"최평사가 이를 개발하고 알려서 군사들의 대용식품으로 써도 좋을 듯하이."

"봉성(서울)으로 가면 연구해 보겠나이다. 좋은 가르침을 주시어 고두삼배라도 하고 싶사옵니다. 참으로 감사하기 그지없나이다."

"그럼 오늘 이야기는 이 정도로 해둠세. 그리고 며칠을 꼭 붙잡아 두고 싶지만, 길이란 게 쉬지 않고 계속 가야 한다네. 잘못 쉬게 되면 긴장이 풀려 병이 나기도 하기 때문이지."

"그럼 내일 다시 뵙겠습니다. 편안히 주무시기 바라옵니다."

최경창은 자기 처소로 갔다. 고죽은 좋은 만남에 좋은 배움이 너무도 기뻤다. 일홍 홍랑보다 김의원에게 매혹당하고 있는 자신이 나쁘지 않았다.

다음날은 김의원 내외가 이것저것 싸주는 것을 주렁주렁 매달고서 길을 나섰다. 지나는 길이면 언제든 들러 주라는 말도 잊지 않았다. 사람의 세상이 이렇듯 진한 감동으로 오는 것은 이렇듯 작은 정성이 모아질 때이다.

홍랑은 조금 더 배웅하겠다며 따라나섰다. 그들은 다시 남행을 계속했다. 그들은 그렇게 걷거나 마상에서 가을을 보내며 남행을 재촉했다. 봄은 남쪽에서 오는 것이지만, 가을은 북쪽에서 오는 것이라서 계절과 앞서거니 뒤서거니 하는 것이었다.

이틀 만에 쌍성(영흥)에 도착했다. 날마다 맑은 가을 날씨여서 다행이었다. 고죽은 시 한 수를 떠올리는지, 아까부터 말이 없었다.

쌍성의 역관에 이르러서야 비로소 말을 꺼냈다.

"내일은 헤어지세나. 더 내려가면 돌아가기가 더 힘들 게 아닌가."

"원산을 지나 안변까지만 가겠나이다. 그래야 중간쯤 되지 않겠는지요."

"뭘라 고생을 사서 하려는 겐가. 내 말 듣고 내일은 돌아가게나. 가서 곧 소식을 전하려네."

"이제 가라시면 가겠나이다. 나리께서 불편해 하시니……."

"불편한 게 아니라, 다 그대를 위해서일세. 누군들 헤어짐을 좋

아하겠는가. 아무리 생각을 해봐도 내 보직 발령의 의도가 심상
치 않아요. 내직으로 일단 들어가 동태를 살핀 연후에 정황을 보
아 기별할 것이니 그리 알고 기다리게나."

"사실은 추가령까지 갔다가 돌아서고 싶었나이다. 하오나 소첩
을 생각하시어 만류하시니 내일은 돌아가겠나이다."

"넉넉 잡고 서너 달만 기다리게나. 명년 봄엔 틀림없이 소식을
줄 터이니."

"답신을 주지 않으면 어찌하겠나이까?"

"소식을 주지 않으면 내가 달려와야 하지 않겠는가."

"그 말씀을 일점도 놓치지 않고서 기다리겠나이다. 명일 소첩의
인사가 길지 않더라도 상관 말고 떠나소서."

"알겠네. 내일은 눈물 흘리지 않기네?"

"노력하겠나이다."

어김없이 다음날 아침이 찾아왔다. 누구도 헤어짐의 말을 먼저
꺼내지 않으려 했다. 마지막 소품을 챙겨 싣고서 고죽이 먼저 입
을 열었다.

"그대 돌아가게나. 다음에 만나면 절대로 헤어지는 일 없을 것
일세."

"허상만을 안고서 돌아가옵니다. 돌아보시면 허상마저 도망갈
것이오니 돌아보지 말고 떠나가소서."

"그럼 먼저 가게나."

"아니옵니다. 나리께서 가심을 지키겠나이다."

"울지는 말게나."

"울음 소리 들리면 더욱 빨리 도망가소서."

"맞도다! 그 말이 상책이로세."

"도망가시라니 좋아하시나이다."

"그럴 리가 있겠는가. 그러니 그대가 먼저 돌아가게나. 연후에 내가 갈 터이니."

"죽어도 뒷모습은 보이지 않겠나이다."

"할 수 없구먼. 그럼, 먼저 가려네."

"눈물이 나면 어찌하리까?"

"소리없이 울게나. 목이 상할 수도 있으니."

고죽 최경창은 그렇게 멀어져 갔다. 홍랑은 한없는 눈물을 훔쳐 내며 발길을 돌렸다.

다시금 쓰개치마를 머리에 걸친 홍랑은 산야를 가로질러 가고 있었다. 고개 숙인 홍랑은 무슨 생각을 하며 걷는 것일까. 부담마도 타지 않고서 조금씩 걸어가고 있었다.

산까치 한 마리가 시비라도 하려는 듯 홍랑의 옆을 스쳐 난다. 왜일까. 흑백의 날갯빛이 좋아서 자랑하는 것일까. 자꾸만 홍랑의 머리 위를 스쳐 날아가 저만치서 울어댄다. 알고 보니, 떡갈나무 밑에 쉬어 가라고 울어대는 것이었다.

모두가 떠남을 준비해도 가을날의 약속을 위해 산국화 한 송이 가늘게 떨고 있다. 서릿발 세운 바람이 그냥 지나가면 좋으련만, 모든 게 걱정이 된다. 가을 햇살을 아끼는 것도 죄가 되는 것이라면 홍랑은 부지런히 귀가해야 한다. 바람이 시기하고 있기 때문이다.

명년 봄이면 소식을 주던가, 찾아오겠다고 했다. 홍랑의 임께서
봄 여름 다 가도록 소식 없다가 가을에 찾아오면 홍랑은 떡갈나
무 뒤로 숨어 버릴 것 같다. 고죽이 사나이라면 여인의 피신을 경
계해야 한다. 생명이 박동하는 홍랑의 젖무덤에 새로운 깃발을
꽂을 자 나타날지도 모르기 때문이다.

# 십년이 다한들

십년이 지난들 잊혀지지 않는 임이
백년이 지난다고 까맣게 잊혀질까
천년이 지난 후엔 더욱 또렷하리라.


집에 돌아온 홍랑은 그때서야 만곡의 눈물을 쏟았다. 무엇이 그렇게도 서러운 것인지, 거침없는 눈물을 쏟아냈다. 내상(남의 아내)이 따로 있는 한 첩의 길은 서러운 것이다. 이를 모를 리 없는 홍랑이 그토록 서러움을 토해 냈다.

그러나 매일을 조신하던 홍랑은 이내 숙수인(음식을 잘 만드는 사람)이 되어 자신의 살림을 경영해 나갔다. 가끔은 관아에서 시노(땔나무를 하는 종)를 보내주었기에 겨울이 따뜻하기도 했다.

홍랑의 거생(몸)이 홍원에 낙지(출생)하여 두 번째 길고 긴 겨울 밤을 보내건만, 현송(악기를 타고 시를 노래함)은커녕 초동(焦棟:가야금, 거문고)을 거들떠보지도 않는다. 홍랑의 집이 모옥(쓰러져 가는 초가)은 아니라서 그렇게 궁색하게 보이지 않음은 다행이었다. 고당(부모)을 모시고 사는 것이라면 더욱 좋겠지만, 업원이 기구한지라 말없이 감내하고 있다. 아직도 여액이 남아 있는 것이라면 그것까지도 앙가슴(두 젖무덤 사이)에 끼워 안아야 한다.

그렇다고 홍랑의 모습이 봉투난발이 된 거친 모습은 아니다. 몸을 단정히 하는 것도 조신이기 때문이다. 개짐(월경대)을 찰 때 차더라도 단정히 하는 것이 홍랑의 습성이기도 했다.

홍랑의 모야(깊은 밤)는 누구도 침노하지 못하는 세상 밖 후정(뒤뜰)이었다. 결코 누구의 이원(梨園:교방)이 될 수가 없는 고고한 고도이기도 했다. 더러 구종(고관들의 몸종)들이 야로를 부리려 했었지만 '최평사' 말만 듣고도 줄행랑을 쳤다. 당시 최고죽은 고관대작에 한량이요, 무장이라는 말이 짜하게 퍼져 있었기 때문이었다. 그러니 최평사의 소실을 누가 집적거리기만 했다 하면 조상까지 해를 입을 판에 감히 엄두를 내지 못했던 것이다.

그 옛날에도 분화니 홍분이니, 또는 홍장이니 해서 여인들의 꾸밈이 없었던 것은 아니다. 홍화(연지)를 바르고 분(쌀가루)을 바르고서 몇 시간씩 잠을 자기도 했다. 우리 홍랑이 그걸 모를 리 없지만, 그쪽도 손 놓은 지 오래다. 대개 남자는 여자가 변하길 원치 않고 여자는 남자가 변하길 원한다 했다. 여기서 여자가 남자의 변함을 바라는 것은 좀더 잘해 주기를 바라는 마음이다. 그런데도 여자가 변하는 것을 바라지 않는 이기적 남자가 판을 치는 세상은 불공평하다.

어찌 되었거나, 죽음보다 못한 홍랑의 하루하루를 어찌해야 하는가.

봄이 와도 서울에선 소식이 없다. 서찰을 보냈어도 답신조차 없다. 애초부터 봉황쌍명(복음)은 바라지도 않았지만, 고독이 골수에 파고든다. 날마다 소식 듣기 달소고대해 보지만 복받치는 설움만 가슴을 누른다.

그러나 임을 기다리는 여인의 심정은 알뜰하다. 만나면 쌓인 회포를 어찌 펴야 할지도 궁리해 두는 알뜰함이다. 긴긴 밤 한 허리를 도려내어 서리서리 접어 두었다가 어른님 오신 날 밤이어든 굽이굽이 펴보이겠다던 여심이 은하에 각인되는 밤이다. 허나 홍랑의 공방이 차가운 건 어찌할 수가 없다. 참으로 목불인견(차마볼 수 없음)이 따로 없다. 홍랑을 살려낼 수는 없는 것인가.

홍랑이 가부좌를 틀고 앉아 생각에 잠긴다. 지난날이 후회됐다. 상년(지난 해)에 경성으로 가지만 않았던들, 모든 것 포기하고 다시 교방으로 들어갔으리란 생각도 해보았다. 고을 사또가 갈려간 이상 꼭지 코머리에게 아양거리면 다시 안락한 교방 생활에 젖었으리란 생각을 떨쳐 버릴 수가 없었다. 애시당초 사랑의 언약이란 야랑들의 식은 죽 먹기가 아니던가.

수청이라든가, 첩으로 기생하는 일에 애초 사랑이란 있을 수 없는 생의 방편에 속할 뿐이다. 홍녀(유녀)의 길이란 어차피 망가진 순애가 아니던가. 그러기에 유랑들은 유녀에게 진정이니 순정이니를 가리지 않고 그저 이쁘고 요사스럽고 돈에 무력한 여자로 인식되게 된다.

그러기에 진정한 사랑은 대등한 입장에서만 의미를 가질 수 있다. 그런데도 간혹 권위나 위세만을 앞세운 자들이 있어 무서운

요기가 생겨나게 되는 것이다.

홍랑은 여기까지 생각하다가 창졸간(급작스럽게)에 몸을 떨며 일어섰다. 가물거리던 촛대의 등불이 넘어지려다 바로 선다.

홍랑을 살려야겠다. 이 봄이 가기 전 그녀의 얼굴에 화기가 돌게 해야겠다. 그동안 숫제 벽곡(육기나 곡기가 없는 악식)만을 했던지라 차마 못 보겠다. 그러나 홍랑에게도 봄날의 햇볕은 소중하다.

홍랑은 그처럼 자신의 낭고(자꾸 뒤돌아봄)를 계속하다가 그래도 살아야겠다는 결심을 했는지, 집 밖으로 나돌기도 했다. 그러나 봄은 저만치 홍랑을 쳐다보지도 않고 지나가고 있었다. 그렇다면 저 봄을 붙들게 해야 한다.

지난 봄엔 북쪽에 계신 임을 두고 해바라기를 했지만, 이번 봄엔 남쪽을 향해 머리 두루고 있는 홍랑은 웃음이 나오기도 했다. 소식이 없는 임이 근심덩어리인 것은 마찬가지이다. 이 봄이 가면 소식이 오겠지. 양춘가절에 천자만홍도 홍랑에게는 번거로운 것이 되고 만다.

그렇게 세월은 흘러서 어느덧 여름 한나절이 지루하기만 하다. 울며 나는 철새 때문에 마음이 울적하면 홍랑은 멀리 바닷새를 바라보며 마음을 실어 보냈다.

하루는 함흥 서호진에나 갈까 싶어 길을 나섰다. 그런데 함관령 마루에 채 도달하기도 전에 소나기가 몰아왔다. 별수 없이 근처 묏버들(산버들) 아래로 다가서니 수심을 천만사 내려뜨리고 있었다. 잠시 비를 피했다고는 하나 젖은 몸으로 계속 길을 가기가 난

처했다. 그대로 서서 묏버들 한 가지를 꺾어 들고서 홍랑은 시상
을 다스려 나갔다. 이 길을 지나간 어른님에게 산버들 한 가지를
꺾어 보내리란 홍랑은 자신의 심질(상사병)을 이렇게 노래했다.

　　묏버들 가려 꺾어 보내노라 님에게
　　자시는 창 밖에 심어 두고 보소서
　　밤비에 새잎 나거든 나인가도 여기소서.

　정말이지 청구에 길이 남을 수작을 토해 내고 있었다. 이 짧은
시조 한 수에 보내고 그리는 정이 절절이 배어 있다.
　산버들 가지를 가려 꺾어서 천리나 멀리 계신 임의 손에 보내오
니 주무시는 창 밖 뜰에 심어 두고 밤비에 새잎이 곧 나거든 나인
가 여겨 달라는 홍랑이다.
　박석길(돌이 많은 길)을 터벅터벅 걸으며 홍랑은 귀가를 재촉했
다. 젖은 옷이 어느 정도 마르긴 했지만 좋아 보이지는 않는 것도
사실이었다. 집에 돌아온 홍랑은 다듬고 다듬어서 서찰과 함께
본 시조를 한 수 보내기로 했다.
　다음날 역원으로 가서 파발꾼에게 접수시켰다. 물론 파발꾼은
아무 길에서나 봉서를 받아 주지를 않는다. 그러니 파발꾼을 길
에서 설복시킬 자신이 없다면 파발로 가서 수속을 밟아야 가능하
다.
　이제 날씨는 가을로 접어들었다. 봄이 오면 온다던 임은 여름이
다 가도록 소식을 주지 않는다. 이 가을에 찾아오면 어찌할 것인

가. 숨고야 말겠다던 홍랑의 투정을 고죽이 이겨낼지 지켜볼 일이다. 가을 밤, 천공(하느님)이 옥섬(달의 이칭)을 하늘에 던져 무주공산이련 듯 밝기만 하다. 물필유주(物必有主)라 하였거늘 저 달이 항아의 것인지, 그저 예쁘기만 하다.

이 밤 어른님도 저 달을 쳐다보고, 홍랑 또한 쳐다본다면 서로의 그리움이 이어질 텐데 무심한 달빛이 미워지는 것이었다. 이렇듯 다정다한(복잡한 감정)을 다독이고 있을 무렵이었다. 근처를 순찰하던 깜순(순라꾼의 우두머리)이 다가와 사람을 괴롭히는 것이었다.

"이보게, 서울집 별일 없는가?"

"별일 있으면 어떡하시려우?"

"별일이 있으면 진작에 나한테 알렸어야 할 게 아닌감."

"서울 양반이라도 잡아다 주시려우?"

"이보게, 서울 양반은 포기하게나. 한 해가 다 가도록 소식 없으면 끝난 게 아니던가?"

"이보세요! 내 비록 화류(花柳) 출신이기는 하나, 불개절을 시험이라도 하고 싶으신 게요?"

"이보시게 서울집, 남자가 부유해지면 친구를 달리하고 존귀해지면 아내를 달리한다(후한 광무제의 말) 했네. 지금쯤 무슨 변고가 있는 게야."

"이 양반이 자꾸만 '서울집, 서울집' 하는데, 듣기 거북살스럽소이다. 좀더 좋은 말을 쓰면 어디 덧나요!"

"사실이 안 그런감?"

"후일 최평사가 알게 되면 그때는 어찌 하시려우?"

"아, 그때야 곤장을 맞든 물고를 당하든 하나도 겁날 것이 없으이."

"멍청한 도깨비가 어찌 부적을 무서워할 리 있으리요."

"에이, 고약스러운 사람 같으니라구. 내 갈려네. 잘 있게나."

"잘 가시구려. 넘어지지 말고."

"걱정해 주어서 고마우이."

본시 집이라는 게 댁이요, 댁이 집이다. 그러니 서울 양반에게 우귀(시집감)한 홍랑은 홍원 쪽에서 보면 서울댁이요, 서울 쪽에서 보면 홍원댁이다. 문제는 댁과 집의 차이이다. 일반적으로 댁이라고 하면 무난할 것을 굳이 집이라고 하는 데에 골계(익살)가 있는 것이다. 방망이가 되었건, 몽둥이가 되었건, 홍두깨가 되었건 그것을 감추는 곳은 집이기 때문이다.

깜순이가 이를 놓고 홍랑더러 서울집이라고 놀렸던 것이다. 말하자면, 서울 양반 그것 집이라는 말이다. 더 노골적으로 말하면 좆집이라는 것이다.

그러기에 남성들이 소변을 보러 갈 때에는 홀로서기나 고추 만지러 간다고 하는 정도이지만, 침실의 여자에게 갈 때는 복잡하게 말이 갈린다. 이를 테면, 물총 쏘러 간다. 목욕시키러 간다, 이 정도는 약과이다. 점점 말이 거칠어지면 홍두깨 목욕시키러 간다, 몽둥이 죽이러 간다, 방망이 집 찾으러 간다, 방아 찧으러 간다, 약실 검사하러 간다. 도끼 자국 만지러 간다, 방아코 기름 치러 간다. 계곡에 목욕하러 간다 등등이다.

그런데 아주 듣기 싫은 말로는 하수도 뚫으러 간다고도 한다. 이는 산의 말이 아니다. 나 같으면 점잖게 반지 끼우러 간다고 하겠다.

그러니 인간이 만물의 영장인지 아닌지 분간이 어렵다. 작금의 온갖 못된 범죄와 착취와 살상과 패륜과 오염원을 보노라면 인간이 만물의 영장은 아닌 것 같다. 음호 하나를 두고 옥문이니, 음문이니, 하문이니, 분간을 못 하는 것을 보면 만물의 영장 아니다. 옛사람도 세상을 오토니 예토니 했던 게 헛말이 아님을 날이 갈수록 깨닫고 있다.

여기서 하나 여적으로 남기지만, 옛사람도 엉큼하기는 마찬가지였다. 글쎄, 여인의 속살을 온유지향(溫柔之鄕)이라고 했던 것이다. 물론 규방이나 기루(청루)를 일컫기도 했다. 산이야 숫되백이라서 미예(성애)가 무엇인지, 한코(한번의 성교)가 무엇인지도 모르는 안방 통수가 아니던가.

홍랑이 빙그레 웃는다. 안상(책상 위)의 장난이 너무 심하다는 것이다.

그래도 내게는 할말이 있다. 지금까지 홍랑의 손목은커녕 옷자락도 만지지 아니했기 때문이다. 어디 그뿐인가. 뼈대 있는 집안의 손이라서 함부로 숫눈길(아무도 밟지 않은 눈길) 밟지 않는다는 것이다. 지조가 있어서 외설에 매달리지 않는 것을 경험으로 알 수 있지 않겠는가.

사갈시(뱀이나 전갈을 보듯 함)하는 그대를 피해 홍원으로 줄달음치련다. 그래도 내 고향 가면 잠룡이라고 하는 이 많다는 것쯤 알아주었으면 좋겠다.

저 벽공(푸른 가을 하늘)에 묻나니, 홍랑의 한 세상도 그처럼 푸르게 할 수는 없는 것인가. 기다림에 지친 여인의 멍든 가슴은 푸르름이 아니던가. 밤낮을 눈물로 씻어도 씻겨지지 않는 검푸름이다.

수평선을 흔들며 일어서는 욱일(아침 해)이 유난히 붉게 타오르던 아침이었다. 역원에서 단단히 밀봉된 서찰이 하나 홍랑에게 배달되었다.

비보일까 희보일까. 두근거리는 마음으로 서찰을 받아든 홍랑은 한참이나 바라보다가 가지고 안으로 들어갔다. 제발, 제발 귀경하기만을 바라는 내용이었으면 했다.

그러나 내용은 이번 여름에 보낸 시조를 〈기여절양류(寄與折楊柳)〉라는 제목으로 한역하여 보내왔다. 덧붙여 봄부터 몸이 불편하여 늘 누워 있다고 했다. 놀란 가슴이라니 홍랑은 안절부절 어찌해야 할 줄을 몰랐다. 가라든가 오라든가 가부간의 방향 제시가 없고 보니 가슴이 답답하기 형용할 수 없었다.

그러나 다시 〈기여절양류〉 한역가(漢譯歌)를 천천히 읽어 보았다. 그동안 소식 전하지 아니하더니 겨우 홍랑의 서찰에 대한 답신만이 이 가을 손에 쥐어진 것이다.

　-寄與折楊柳
　折楊柳寄與千里　人爲試向庭前種
　須知一夜新生葉　憔悴愁眉是妾身

그렇잖아도 어떤 소식이든 소식이 그리웠는데, 막상 비보가 날아와 아니 받음만 못했다. 그동안 뒤란에 칠성단을 모셔놓고 아침 저녁으로 임의 무사를 얼마나 추구하였던가. 아무도 몰래 그 일만은 게을리하지 않았었다. 사실은 거기 칠성단이라도 있었기에 홍랑이 지금까지 지탱해 낼 수가 있었다. 마음이 울적해도, 사무치게 그리워도 잡생각에 짓눌려도 칠성단에 나아가 빌고 빌며 자신을 버틸 수 있었던 것이다.

그러나 이제 그것만으로는 부족했다. 홍랑은 늦가을 길을 재촉해 서울로 갈 것을 결심했다. 그가 오지 않으면 내가 가야 하는 게 아닌가. 더욱이나 그렇게도 건장한 체구가 병들어 있다 하니 오지 말래도 가보아야 했다.

혼자서 길을 나서기로 했다. 다음날 홍랑은 원이나 교방, 또는 역의 아무에게도 알리지 않고 한성으로 출발했다. 홍랑은 남장을 했다. 길을 빨리 가야 하기도 했지만, 야랑이나 시정아치들을 피하기 위해서도 그리 해야 했다. 구종을 들일 처지도 아니고 교군(가마꾼)을 살 처지도 아니기에 오로지 속보로 가기로 했다. 가다가 야차(두억시니)가 괴롭혀도 어쩔 수 없는 일이요, 산짐승이 괴롭혀도 어쩔 수 없는 노릇이었다. 그러기에 남장이 들통날 때 나더라도 주루막(배낭식 망태)을 하나 걸치고서 부지런히 가야 했다. 다만 걱정이 되는 것은 반야(무서운 여자 귀신)들이었다. 산모퉁이마다 초라니(여자 허깨비)들이 치맛자락을 잡고 늘어져도 살같이 가야 했던 것이다.

사실은 이쁠 것도 없는 홍랑이다. 거친 짚세기에 약간은 남루한 형색을 하였기에 누구도 거들떠보지 않을 모습이다.

그런데 여기서 하나 짚고 넘어가야 할 게 있다. 대개 이 대목에서 홍랑을 소개하는 책자마다 사실을 놓치고 있다. 이야기를 극적으로 몰아가다 보니 범할 수 있는 것들이다. 이를테면, 홍원에서 한성까지 홍랑이 칠주야를 걸어갔다는 엉터리이다.

사람이 식음을 전폐하고 불철주야 걸을 수도 없지만, 칠일이 되기 전에 노독으로 죽는다. 그러니 거짓말도 금방 들통이 나게 하면 곤란하다.

천리길은 빨리 가야 보름이요, 대개는 스무 날쯤 걸린다. 홍랑이 추가령을 넘어 평강·철원·연천·전곡·회천에서 수락산 밑을 지나 도성에 도착하니 열이레가 걸렸다. 그 고생고생이야 어찌 다 말하랴.

그런데 이 일을 어찌하랴! 당시는 양계(陽界:함경도와 평안도) 사람들의 서울 출입을 금하고 있었다. 그러나 쉽게 물러설 홍랑이 아니었다. 밤이면 성 밖에서 밤으로의 이동을 계속하여 남산 밑에까지 와서 다리를 놓았다. 고죽도 이를 알고서 쌍급주(급히 두 사람을 보냄) 놓아 남산 밑 집으로 오게 하는 데 성공했다.

몸이 불편한 고죽이 일어나 앉아 홍랑의 모습을 보고는 깜짝 놀랐다.

"오오, 홍랑이 왔구나! 어서 오게나."

"놀랬나이다. 옥체는 어떠신지요?"

"많이 좋아졌으이. 오느라 얼마나 고생이 많았을꼬. 내가 죄인이로세."

"오면서 서호진에 들러 화제도 없이 약을 몇 첩 지어 가져왔나
이다. 나리님의 병태를 알 수가 없어 그냥 보약으로만 지어 왔나
이다."

"이 먼 길을 오면서 말이던가. 고마우이, 고마우이."

갑자기 최경창이 눈물을 보였다. 사나이의 진한 눈물을 보자 홍
랑도 따라 울었다. 두 사람은 손을 꼭 붙들고서 한동안 울기를 그
치지 않았다. 이신동체라니, 둘은 눈물을 서너 말이나 쏟아냈다.

도대체 사랑이 무엇이관데 천리길도 마다 않고 한달음에 달려가
는 것인가. 타생에서는 이룰 수 없는 사랑이기에 이생에서 그토
록 간절함인가. 입술이며 손발이 부르튼 홍랑을 보고 있자니 산
의 마음도 서글퍼진다.

고죽은 홍랑을 붙들고서 그동안의 이야기를 들려주었다.

지난 가을 쌍성에서 헤어져 서울로 향해 오던 중 원산 못미처
덕원(德源:현 문천)에서 낙마를 했다는 것이다. 길을 가던 말이
갑작스레 살쾡이를 보고 놀라 앞발을 드는 바람에 뒤로 떨어져
언덕으로 구르다가 엉덩이 뼈를 다쳤다 했다.

그래서 걸을 수도 앉을 수도 없었는데 다친 정도가 중상이었다.
어쩔 수 없이 어느 민가로 들어가 치료를 한다고 했으나 빨리 낫
지를 않았다. 서울로 호출되어 가는 몸이지만, 어쩔 수 없이 한
달을 넘어 겨우겨우 서울에 다다랐다. 교군을 불러 가마를 타고
서울에 와서 보니 그 한 달 동안에 무상한 변화가 벌어졌다. 아
니, 한바탕 회오리바람이 지나갔다. 다행인 것은, 고죽은 그동안
에 그 회오리바람을 잘도 피할 수 있었다는 것이다. 그야말로 전

화위복이 따로 없었다.

사실은 경성부사이자 병마절도사인 김선삼이 눈엣가시인 최경창을 반대 당파의 인물로 몰아 '군령거역죄'라는 누명을 씌워 보고하였기에 병조판서는 최경창의 처벌을 고대하고 있었던 것이다. 그런데 일이 순조롭게 되려고 조신(조정의 신하)들 중 서인들이 쫓겨나고, 어느 당파에도 속하지 않았던 노수신(盧守愼)이 영상이 되었다. 물론 최경창도 어느 부류에 속하지 않기는 마찬가지였다.

그가 만약 덕원에서 낙마를 하지 않고 한 달 전 상경하였더라면 무슨 처벌을 받든 받았을 것이나, 부득이 상경이 지연되는 바람에 그 일이 흐지부지되고 말았다. 세상만사 새옹지마라는 말이 다시 한번 적중되는 일이기도 했다. 고죽은 그 일을 생각하며 혼자서 고소를 금치 못했다 한다.

그렇다. 눈물뿐인 세상에도 의인은 있다. 새로 부임한 영의정 노수신은 일찍이 홍문관 부제학(종3품)으로 있다가 진도로 귀양을 갔었는데, 그곳 수령이 노수신을 몹시 괴롭혔다. 밥은 깡보리밥만 주었고, 책도 읽지 못하도록 늘 통제를 했다. 그런데 훗날 노수신이 유배에서 풀려나 판서의 자리에 앉게 되었다. 노수신은 진도 수령을 당장에 서울로 불러 올려 영전시켜 주었다. 그리하여 그가 큰 감동으로 선정을 하게 했던 것이다.

그러한 영의정 노수신이 당파를 초월한 인재를 등용하려 애쓰고 있어서 고죽으로서는 여간 다행한 일이 아니었다. 고죽도 당파에 예속되어 있지 않아서 마음으로 여간 기뻤다. 그런데 고죽은 한

살이 더 많은 이산해(李山海)와 처음에는 친밀하게 지냈으나, 그가 빨리 재상(정2품 이상)의 자리에 올라 파당과 마음이 공평치 못한 것을 알고는 교유를 끊어 버렸다. 그래서 후일 고죽은 계속 외직으로만 떠돌게 된 것이다.

어쨌거나 고죽은 낙마로 인해 1575년 가을이 저물어 가도록 겨우 일어나 주령(지팡이)을 잡고 조금씩 걸을 뿐이었다.

그 다음날이었다. 홍랑의 부축으로 당하에 내려선 고죽이 힘든 듯 담 옆의 배롱나무 가지를 붙드니 작은 잎이 그나마 다 떨어졌다. 모처럼 마지막 가을 볕을 쬐고 싶어서 내려섰던 고죽이 그대로 서서 생각에 잠겼다.

"어쨌거나 그대가 대동의 땅 중앙에 온 것을 환영하오. 이제는 이곳에서 동정식(한솥밥을 먹는 온 식구)을 하리로다."

"소녀로서는 눈물겹도록 고마운 말씀이오니이다. 이럴 때 첩이 할 수 있는 일이란 무엇일까요?"

"그야 좋은 시우(詩友)가 되어 주는 것 아니겠는가. 그대와 늘 시담을 나누고 싶으이. 그 옛날 당 현종이 양옥진(양귀비)을 두고 해어화(解語花:말을 알아듣는 꽃)라 했다더니, 오늘 난 그대를 두고 뭐라 부를꼬?"

"예명이라도 하나 지어 주시렵나이까?"

"글쎄, 마땅치 않으니 다음 기회로 미루세나."

"괜한 말씀을 끄집어내시더니만……."

"다음 홍원에 갈 기회가 있으면 멋진 아호를 주리다."

그들은 늘 밖으로 나와 걸음 연습을 했다. 언제든 홍랑이 옆에서 한쪽을 부액하며 걸었다. 밤이면 또 그들은 무수한 대화를 나누기도 했다.

"살아서 홍원엘 가볼 기회가 있겠는지요?"

"멀잖아 가보게 될 것일세. 예감이……."

"나리님, 관북(함경도)의 그 높은 산들이 싫증도 나지 않으시나이까?"

"산이 어찌 싫증이 나리요. 강과 산을 떠나서는 살 수 없는 것이 아니던가."

"높은 산을 오리내리시기에 지겹지도 않으셨는지를 묻사옵니다."

"가만있자, 함경도에는 한라산보다 높은 산이 얼마나 되던고?"

"백두산 말고도 열 산이 넘는 줄 아옵니다."

"그렇던가. 그러니 그곳이 알아주는 산악지방이 아니던가. 그러니 그대는 산여자요, 산희(山姬)로세."

"듣기에 나쁘진 않나이다."

"그럼, 그대의 호는 산희로 하세나."

"우리 낭군 나리님께 감사하나이다."

"허, 내 생전에 아호를 주기는 처음이로세."

"그러니 더욱 감사하고 있나이다."

"이보게 산희, 지리산이 왜 전라도 산인 줄 아시나?"

"모르옵니다."

"산희가 그것도 모르고서야 되남. 지리산이 본시 천왕봉으로 따지자면 경상도 산임이 분명하이. 그런데도 전라도 산이 된 것은 그만한 이유가 있어서인 걸세.”

“그러하오이 들어보겠나이다.”

“경청하게나. 이태조가 고려를 혁파하고 조선국을 세운 다음 전국의 명산들을 불러모아 고신제(천제)를 올리는데 문제가 벌어지지 않았겠어. 그것 참…….”

“문제가 벌어지다니요?”

“모든 산(산신령)이 다 굴복을 하는데, 지리산만 이태조 앞에서 굴복을 하지 않더라나.”

“그래서요?”

“조급해 하면 내일 이야기할 수도 있으렷다!”

“아이고, 천첩을 놀리시나이까?”

“아니지, 그럼 계속 이야기함세나. 그래 태조께서 임금의 권한으로 경상도 지리산을 전라도로 귀양을 보낸 것이라네.”

“호호호, 그런 일도 있었나이까.”

“이 사람이 믿지를 못 하누만. 속고만 살았나.”

이렇듯 그들은 밤낮 가리지 않고 밑도 끝도 없는 이야기를 나누며 행복으로 줄달음쳤다. 물론 고죽은 몸이 불편하다는 핑계로 홍랑의 친의(속옷)도 만지지 않는 절제를 보였다.

이듬해 이른 봄, 다시 바깥으로 걸음걸이를 계속했다. 고죽의 옆에는 언제나 산여자 홍랑이 지키고 있었다.

다시금 배롱나무 가지를 잡고서 고죽은 말했다.

“지난 겨울 그대가 옆에 없었더라면 지루한 날을 내 어찌 보냈을꼬.”

"나리님의 완인(병이 쾌차함)을 보옵나니 소첩도 기쁘기 그지없나이다."

"이제 만리춘산에 천자만홍이럿다. 이 좋은 봄을 그대와 보냄도 복이로다."

"쉽게 말씀하시나이다. 이 태를 꼬박 고생하셨으면 고신(사령장)을 받아야 하지 않겠는지요?"

"좀더 쉬고 싶으이. 그대가 옆에 있으니 말일세."

"그럼 소첩이 죽기라도 하오리까."

"이 사람아, 왜 그리 방정맞은 말을 하는 겐가!"

"존공께 누가 될까 그러나이다."

"그래도 그렇지."

"나리님, 그 의분 그 기개는 다 어디로 갔답니까. 이 천첩에 미혹되었다면 하루빨리 벗어나소서."

"미혹됨이 아니라 매혹됨이로세."

"아무튼 포기하지 마사이다. 동가구(東家丘:공자)께서도 처음엔 벼슬을 하려 했다고 들었나이다."

"하려고 한 것이 아니라 했었지."

"황구(유구:어림)임이 여실하오이다."

"산희 아씨, 그대는 이조년(李兆年)이라는 분의 시조를 아는가?"

"원체 우둔하여 기억해 두지 못했나이다. 가르쳐 주시옵소서."

"선생은 고려 중엽 충혜왕 때에 예문관 대제학을 지낸 분으로 호를 해운당(海雲堂)이라고 했지. 그분의 시조 한 수가 갑자기 떠올라 하는 말일세."

"듣고 싶나이다."

"그럼 한번 읊겠으니 들어 보게나."

이때 고죽이 눈을 지그시 감고서 이조년의 시조 한 수를 읊조렸
다.

梨花에 月白하고 銀漢이 三更인 제
一枝春心을  子規야 너도 알랴마는
多情도 病인 양하여 잠 못 들어 하노라.

고죽의 시조 읊조림이 끝나자 홍랑은 감회가 어린 듯 말했다.

"초장·중장도 좋지만, 다정도 병인 양하여 잠 못 이룬다는 종
장은 그야말로 천의무봉(선녀의 옷)한 명구이옵나이다. 마치 다
정한 시간을 보내고 있는 소첩의 심사 같사옵니다."

"자탄가(自歎歌)는 아니고?"

"그럴 리가 있겠나이까."

그런데 그들의 봄도 길지 않았다. 이렇듯 너무 다정하면 다정도
병인 양하여 시기하는 사람이 있게 마련이다. 호사다마라는 말이
딱 들어맞는 말이었다.

그들이 늘 길을 오가며 손잡고 걸음 걷는 것이 지나쳐서 이웃의
눈에 드러난 것이었을까. 마침 명종비 인순대비의 승하로 국휼
(國恤:국상)을 당해 연제사는 끝났지만 평상시와 달랐다. 그래 그
들의 행동이 말썽이 될 줄이야 누가 알았겠는가. 고죽은 그동안
병가중에 있었으나, 사람들은 오륜을 모르는 자라고 지탄을 퍼부

었다. 그로 인해 면관이 되는 사태로까지 번지게 되었다.

이를 천붕지통이라 한다. 홍랑은 자신의 업원이 얼마나 많았기에 당신을 만날 때마다 사마가 생기는지 통탄할 노릇이었다. 두 겹다지 장지문 너머에서 홍랑은 한사코 호곡(목놓아 움)하고야 말았다.

이 일을 어찌하면 좋은가. 반상(양반과 상사람)의 만남이 이처럼 기구한가 싶어 홍랑은 세상을 원망하기도 했다. 물론 홍랑은 천민을 면했기에 본시 평민이지만, 상사람으로서의 평민이다.

홍랑은 기어이 떠남을 결심했다. 그래야 당신께서 평온할 것이며, 조정으로 나아갈 수 있겠기에 고향으로 갈 것을 결심했다.

"나리님, 어젯밤 삼경이 넘도록 생각해 보았나이다. 당분간 홍원에 가 있겠나이다. 허락하여 주소서."

"뭐시라, 홍원으로 가겠다고! 안 될 말일세. 우린 이신동체가 아니던가. 이제는 함께 있어야 해!"

"하오나 시절이 좋지 않나이다. 소녀만 잠시 피해 있으면 좋을 듯하오이다."

"이제 다 끝남이 아니던가. 그러니 아무 소리 말게나."

"나리님, 이 산희가 혼자서 여기까지 왔나이다. 갈 때 구종을 한 사람 들여보내 주소서."

"허허, 그러지 말래두!"

"허락하여 주셔야 하옵니다. 다시 만나면 더욱 반갑지 않겠나이까."

"우리 국향(國香:국색)의 신세가 말이 아니로다. 그대의 결심이

나를 이겼음일세."

"감사하옵니다. 이제 나리께서 완전히 쾌차하신 것 같아 기쁘게 떠나겠나이다."

"그렇다면 신물(신표)로 무엇을 준담."

"소녀에게 줄 것이 있사이다. 지금까지 모아 둔 시축(시를 써서 모아 둔 두루마리)을 소첩에게 주시옵소서. 소중히 간직하여 나리님을 보고 싶을 때면 꺼내 보겠나이다."

"그럴까. 그것도 좋은 생각이로세."

홍랑은 고죽 최경창을 세 번 만났다. 그때마다 헤어짐이 기구했다. 왜일까. 미인 박명인가. 그야말로 산여자의 서울살이가 쉽지 않았다.

산희 홍랑은 1576년 초여름, 무거운 발걸음을 홍원으로 돌렸다. 증별(贈別:정표로 시를 지어 줌)의 시 두 편을 안고서 떠난 것이다. 이제는 포졸이나 사령들도 무섭지가 않았다. 구종을 두 사람이나 들여 주었기에 산길도 무섭지 않았을 것이다. 구종들이 여부인(첩의 존칭)을 잘 모시겠다고 지극 정성이었다.

그러나 홍랑은 홍원으로 가지 않았다. 마음이 그곳으로 가고 싶지 않았기 때문이다. 함흥의 서호진 바닷가에 사시는 양부모님에게로 갔다. 홍랑으로서는 그나마 갈 곳이 있다는 게 천만 다행이었다. 물론 그곳으로 가 있어야 일신이 편할 것도 사실이다.

다시금 기약 없는 홍랑의 기다림이 시작되었다. 십년이 지난들 잊혀지지 않는 임이 천년이 지난 후엔 다시 또렷하리라는 야무진 홍랑의 기다림이다.

# 이승이 기구하여

전생에 그 무슨 비련이 있었기로
이승이 기구하여 먼저 떠난 임이여
후생에 기약 없이 언제 다시 만나랴.


 서호진 김의원 집에 도착한 홍랑은 창공(倉公:의원의 별칭)의 지시로 나들이도 삼간 채 독서에 열중했다. 홍랑은 틈틈이 고죽의 증별 시를 몇 번이나 읽고 또 읽었다.

　〈贈別·1〉


玉頰雙啼出鳳城　　曉鶯千囀爲離情
羅衫寶馬河關外　　草色迢迢送獨行


고운 뺨에 눈물 흘리며 서울을 떠나가니
새벽 꾀꼬리 먼저 알고 서럽게 우는구나
비단옷에 좋은 말로 물을 건너 보냈지만
그대 홀로 떠나가니 풀빛까지 아득하여라.

〈贈別·2〉

相看脈脈贈幽蘭　　此去天涯幾日還
莫唱咸關舊時曲　　至今雲雨暗靑山


맥맥히 바라본 그대에게 난시를 보내네
이제 하늘 끝으로 가면 언제 돌아오려나
함관령의 옛 곡조일랑 부디 부르지 마오
지금도 운우의 정이 푸른 산을 뒤덮으이.


　이 두 편의 한시는 고죽 최경창이 1576년 초여름 서울에서 홍랑을 떠나보내면서 지어 준 시이다. 더러 고죽과 홍랑이 주고받은 시라느니, 여러 사람이 각기 다른 해석을 하는 줄 안다.

　여기서 사족으로 남긴다. 20여 년 전 정비석 님은 당신이 채집한 기록을 소설화했거니와, 위의 두 증별 시를 최경창의 11세 후손인 최원부(崔元簿) 씨가 소장하고 있는 홍랑의 송별 시라고 했다.

　이 두 편의 시가 어떻게 후손에게 남겨지게 되었는지는 모르겠지만, 아무리 원문을 읽어 보아도 최고죽의 시임이 분명하다.

　얼른 보아도 〈증별·1〉에서의 출봉성(出鳳城)이나, 〈증별·2〉에서 차거천애(此去天涯)란 말을 보아서도 고죽의 시임이 분명해진다.

　그러나 〈증별·2〉는 홍랑의 화답시라고 고집할 만도 하다. 다

시 국역하여 옮긴다. 더욱이 난시(蘭詩)란 여성의 시를 말함이요,
난집은 여성의 시문집을 말하기도 하기 때문이다.

맥맥히 바라보던 임에게 난시를 보냅니다
이제 하늘 끝으로 가서 언제 돌아오리요
함관령의 옛 곡조일랑은 부르지 않으렵니다.
지금도 운우의 정이 푸른 산을 덮고 있나니.


한편 고죽은 홍랑을 멀리 떠나보내고서 착잡한 심경을 달래고
있던 여름 어느 날이었다. 의정부에서 사령 한 사람이 와서 영상
께서 찾으신다고 알려 왔다.
고죽은 휴직 상태에 있었기 때문에 평복으로 찾아갔다. 그러나
한성판윤(서울시장) 집무실에서 만나자고 하여, 오후 늦게서야
영의정 노수신을 만날 수 있었다.
"그대가 학반이 아니던가?"
"네, 그러하옵나이다."
"알고 보니, 그대는 함경도 북평사로 있을 때 오랑캐들을 섬멸
하는 데 혁혁한 공로가 있었더구만. 늦게서야 이 사실이 알려지
게 되었다네. 고마우이."
"소전이었나이다."
"아닐세. 그렇게 겸손할 필요 없어요. 그래, 그대가 떠난 뒤 북
방 경계가 아주 불안하기 짝이 없다 하니, 그대와 같은 유능한 장
수가 종성부사를 겸직해 변방을 다스려 주었으면 하이. 그대 생

각은 어떤가?"

"소인에게는 과분하고도 황공하옵신 분부이옵나이다. 또한 소인은 아직도 건강이 좋지 않아 조양중이옵니다. 이 기회에 고향에 가서 노부모님을 찾아뵙고 싶사오니 해량하여 주시옵소서."

"음, 명나라에도 누군가 갔다와야 하는데, 그대가 적격이란 말씀이야."

"어렵기는 마찬가지이겠나이다."

"고향이 어디이던고?"

"전라도 영암이옵니다."

"그러면 그렇게 하게나. 그대가 그곳에 가 있으면 따로 고신(사령장)을 내려보내리라. 그것도 싫다 하려는가?"

"아니옵니다. 그렇게 하겠나이다."

고죽으로서는 눈물겹도록 고마웠다. 영상께서 하급까지 일일이 챙겨 주시니 너무도 감사한 마음 금할 길이 없었다.

집으로 돌아온 고죽은 귀향을 서둘렀다. 가급적 빨리 가서 부모님을 뵙고 고향 산천을 거닐며 고우를 만나 시작이나 하고 싶었다.

망일 후 그는 천천히 말을 몰아 고향 영암에 닿았다. 그런데 얼마지 않아 바로 이웃 영광군수(종4품)로 발령이 나는 것이었다. 영상 노수신이 고죽과의 약속을 잊지 않고서 배려해 주었다. 고죽으로서는 여간 다행한 일이 아니었으나 홍랑에게는 차마 소식을 전할 수가 없었다. 홍랑이 이 겨울 편지를 받고서 이천리 눈보라 길을 걷게 할 수가 없었던 것이다.

삼겹 충정관(사대부의 평소 갓)을 위엄있게 쓰고서 영광 군수직을 수행하고 있던 다음해 어느 봄날이었다. 여느때와 같이 시회(詩會)로 즐거운 나날을 보내던 어느 날, 비장을 통해서 시 한 편이 고죽에게 배달되었다. 사실은 손곡이 최경창을 찾아와 영광군을 노닐며 사귄 기녀가 하나 있었다. 정을 주었던 기녀가 시전에서 상인이 파는 자줏빛 비단을 보고서 사달라고 하였지만 가진 게 없었다. 그래서 이달이 시 한 수를 지어 고죽에게 그 값을 구했던 것이다.

> 이곳 사람이 시전에서 비단을 파는데
> 아침 햇살에 어려 자줏빛이 고왔어라
> 가인이 한사코 그 치맛값을 보채는데
> 주머니를 뒤져 보니 한 푼도 없네그려.
>
> —원문 생략

고죽이 시를 보고서 즉시 화답하기를, '손곡의 시는 글자 하나 하나에 천금이나 값이 나가니 내 어찌 비용을 아끼겠느뇨. 나에게 귀한 선물이로다!'라고 했다. 그리하여 글자마다 각각 한 필씩의 값을 쳐서 보내니 이달이 그 기녀에게 자운금(紫雲錦) 비단을 넉넉히 사서 주었다.

그 후로도 고죽은 몇 군데 외관직에 머물렀다. 왜냐하면, 영상 노수신이 물러나고 멀리만 했던 이산해가 승승장구하여 중앙에서 재상의 자리에 있었기에 고죽은 바깥 고을로만 떠돌게 되었던 것이다.

　서호진의 홍랑은 수년이 지나도록 소식이 없었으나 초연해지려고 무던히도 애를 썼다.

　다행인 것은 고죽의 분신이랄 수도 있는 시축을 가지고 있었기에 스스로 위안을 삼았다. 만나면 당신을 편하게 해주지 못했다고 판단한 홍랑은 자신을 그렇게 책망하기도 했다. 이는 홍랑의 마음씨가 그만큼 고움을 뜻한다. 이 세상 함께 살아 있음이 그나마 다행일 수밖에 없는 홍랑의 한적한 공방이 차갑기만 하다.

　이는 전적으로 고죽의 잘못이었다. 진작에 불러 냈어야 했다. 정사에 바쁘고 시회에 동원되어 차일피일 미루다 어느덧 수년이 흘러가 버렸던 것이다.

　이렇듯 고죽은 늘 자기 생활, 자기 취향에 젖어 홍랑의 호출을 등한시했다. 다만 서울 근교로 가게 되면 부르려니 했던 것이 6년의 세월을 허송하고 말았다. 뒤늦게 후회했으나, 홍랑의 노여움을 감당하기에 겁이 났다.

　그러던 여름 어느 날 더위를 피하여 시원한 그늘을 찾고 있는데 조사(朝謝:사령장)가 배달되었다. 열어 보니 성균관 직강(直講:정5품)으로 불러들이고 있었다.

　고죽을 성균관 직강에 제수한 것은 그만한 이유가 없지 않았다. 그가 학반(문반)으로 그의 학풍과 시풍이 학궁(성균관)으로 불러들이기에 충분했다. 물론 고죽으로서도 경연청에서 만조백관들을 모아놓고 학문에 대해 강론한다는 것은 그에게 다시없는 기쁨이었다.

　고죽은 다음날로 행장을 꾸려 일행 십여 명과 함께 한성으로 출발했다. 이십여 일 만에 서울 왕십리(往十里)에 도착했다. 그때가 1583년(신축년)으로 임진왜란이 일어나기 9년 전이었다.

내일이면 서울 장안으로 들어가 상사에게 부임 신고를 하려 했었으나, 그날 밤 고죽은 객관에서 정체불명의 자객에게 무참히 살해당하고 말았다. 누가 그를 죽인 것일까. 그에게 그토록 원한이 맺힌 사람이 있었던 것일까. 아니면 불한당에게 참살당한 것일까. 아무도 알 수 없는 일이었다.

다만 한 가지 분명한 것은 혼탁한 시대에 그가 너무도 뛰어난 인물이었기에 천명을 다하지 못하고 비명에 갔다는 생각이다. 비록 외직으로 돌고 돌았지만, 그의 명성에 누군가가 중앙의 진출을 시기했을 것이라는 짐작이다. 그의 나이 44세에 아깝게도 당쟁의 제물이 되어 버렸던 게 틀림없었다.

고죽, 그는 홍랑에게 부탁의 말 한마디 없이 그렇게 떠밀려 세상을 떠나갔다. 그의 유해는 지금의 파주군 월롱면 영태리에 조용히 묻혔다. 세상 일이란 신기해서 사건이 확대되든가, 아니면 조용히 사그라지는 것이다. 그의 죽음은 가족들의 요구로 그렇게 조용히 매장되었다.

그러나 그러한 사실을 까마득히 알 수 없는 홍랑은 만 7년이라는 세월을 흐트러짐 없이 생명을 지키고 있었다.

그러다가 가을 어느 날 그 통한의 사실을 이동하는 장병들로부터 알게 된 홍랑은 서러움에 며칠 동안을 울었다. 당신의 운명이 가엾어서 울었고, 자신의 운명이 애처로워 울고 울었다.

그렇게 며칠 동안을 울던 홍랑이 양아버지의 허락을 받아 한성으로 떠났다. 이미 그녀의 머리는 흐트러져 있었고 신발마저 제대로 된 것이 없었다. 당신과 함께 죽지 못한 죄인이기에 자신을 철저히 학대하고 있었던 것이다.

어찌할거나. 문자가 재담멍석을 말기도 전에 그가 유명을 달리하였으니, 이 일을 어찌할거나. 산 자의 비애가 땅을 흔든다.

그래도 화가 나는 것은 고죽의 무심함이다. 한 여자와의 동행을 각오하였으면 끝까지 한눈팔지 말았어야 했다. 천년의 행복을 일구던 속삭임도, 만년의 사랑을 달구던 속삭임도 다 부질없는 것이었던가. 미운 최서방이지만, 그가 비명에 갔다고 하니 그 역시 불쌍하기 그지없다. 때를 기다려 득세를 하는 날 홍랑을 업고서 서울 장안을 세 바퀴도 더 돌리라던 그가 아니던가.

자, 하늘보다 높은 곳에 날개를 감춘 고죽이다. 도적을 잡아다 세월을 토해 내게 하지 못하는 이상, 빛나던 고죽의 눈동자를 다시는 볼 수가 없다. 이제는 그의 영원이 홍원을 향해 가다가 함흥성 구천각에 머물러 있을지도 모른다. 아니다. 함흥 본궁 그 넓은 반송 밑에서 길을 잃었을지도 모를 일이다.

소후(이정표:십리마다 세움)를 지나쳐 가기 몇 번, 휘청거리는 홍랑이 저만치 가고 있다. 당신의 해로가(만가)도 듣지 못한 홍랑을 홀로 두고 그리 쉽게 갈 수가 있었단 말인가. 추가령을 넘은 홍랑이 길가에 앉아 상념에 잠긴다.

'황천이 어디라고 그리 쉽게 가셨나이까. 세월이 멈추지 않는 한 영원히 당신 곁에 있으렸더니, 어느 누가 시기하였단 말입니까. 이제 이 소녀가 무엇을 해야 할지를 알겠나이다. 조용히 임의 뒤를 따르겠나이다. 그냥 두고 가지 마소서. 소녀도 이제는 고통도 슬픔도 없는 곳에 가 쉬고 싶나이다. 더 이상의 고통은 없을 것이옵니다. 더 잃을 것이 없는 이 열병에서 깨어나야 하겠습니다.'

여기까지 생각을 몰아가던 홍랑이 스스로 놀라 몸을 떨었다. 달콤한 꿀을 빨 때에도 별들은 저렇게 울고 있었을까. 눈가에 아롱이는 별빛이 한사코 앞길을 막는다. 저 나뭇가지 사이로 스치는 유성이 어디로 갔는지 찾을 길이 없다.

이럴 때 적선(이태백, 자신을 천상에서 귀양 온 신선이라고 함)은 어디서 달과 함께 취해 있어 산새가 저토록 잠 못 드는가. 저 황총(거친 무덤)을 찾지 않는 자손 깨어나라고 우는 겐가. 형작(반딧불이) 하나가 홍랑의 발등을 스쳐 지나간다.

어찌 되었거나 홍랑을 살려서 한성까지 보내야 한다. 우는 것도 힘을 빼앗는 것이라서 너무 울다 보면 어지럽게 된다. 그러니 우선은 홍랑이 울지 않도록 방도를 취해야 하겠다. 어엿븐(가엾은) 우리 홍랑, 고죽 묘하 못 가나니.

　　홍랑이 저만치 가네 온갖 설움 안고서
　　바람아 불지 마라 넘어지지 아니하게
　　저 가희 쓰러지면 다시 보기 어려워라.

누구의 노랫가락 같다.

오유 선생 잠룡의 시기도 이쯤이면 끝을 내야 한다. 말이 어려운가. 이제는 문자도 빛을 보아야 하겠다는 말이다. 소설 홍랑이 끝나는 날 승천을 해야 하겠으니 그대가 박수를 치지 아니하면 다시 이무기로 돌아가야 한다.

이쯤 해서 홍랑을 일으켜 세워야겠다. 눈물의 의미는 기쁨의 서곡이 되어야 한다고 하지 않았던가. 저 처절한 홍랑에게 기쁨을 주지 못한다면 잠룡의 시기를 아직은 끝내지 말아야 한다.

이럴 때쯤 지쳐 있는 홍랑에게 오색 무지개가 드리워져야 한다. 여기서 작자의 능력이 검색되어지는 것이다. 그렇다. 더블 클릭을 하기도 전에 꽃가마가 나타난다. 우리들의 홍랑을 가마에 태우기 위한 작가의 배려이다. 채여보다 더 고운 이인교이다.

뜨악한 홍랑, 황통이(말벌)에 놀란 줄 알았더니, 내려감은 눈이 싫지는 않는 모양이다. 가자. 이해간에 어서 가서 고죽이 구천으로 급히 간 연유를 알아야 한다. 문가의 초인문학도 그 연유를 홍랑에게 직접 가르쳐 줄 수는 없다.

엽월인가, 장월인가, 수성이던가. 8월이면 지금의 9월이다.

아침 저녁으로 찬기가 목을 감는다. 초가을, 파주에 도착한 홍랑은 제상을 차려놓고 호곡을 그치지 않았다. 천년을 울어도 지워지지 않을 이름을 두고 울고 우는 것이었다. 왜 명천은 그를 보내고 홍랑을 보내어 기구한 사랑의 이름으로 멍울지게 하였단 말인가.

홍랑은 마침내 고죽의 묘하에 초막(움막)을 지어 그곳에 기거하며 날마다 참담한 제향을 피워 올리고 있었다. 얼굴을 훼손(상하게 하여)하고서 수묘를 하고 있었던 것이다.

스물일곱 홍랑은 한도 끝도 없는 심전(心田)을 일구어 그 추운 겨울을 보내고 있었으니 온 몸에 성한 데가 없었다. 동상인지 동창인지, 그 몹쓸 놈의 추위 때문에 손가락 발가락이 얼어 터져 있었다.

도대체 이 일 또한 어찌해야 좋단 말인가. 여기까지 몰아간 산의 눈 언저리가 뜨거워진다. 여기 이 대목에서 생각해 본다. 고죽의 묘하에서 떨고 있는 홍랑을 두고 사설을 길길이 늘어낸다면 본 소설을 서너 권쯤 쓸 수도 있을 것 같다. 그러나 그것은 그대들이 식상해 할 것 같아 참아야겠다. 더러 소설을 쓴답시고 억지로 길이만 늘려 놓은 몇몇 소설들을 읽노라면 산도 짜증이 나기는 마찬가지이다.

어찌 되었거나, 홍랑의 차가운 눈물을 모아 둔 천제께서 용서하신다면 홍랑의 신체 발부는 온전하리라. 열부의 길을 하늘인들 어찌 막을 수 있단 말인가. 천현(우주의 기운)이 홍랑을 감싸고 있으니 천제께서 차마 용서하실 것 같다.

홍랑은 이처럼 멍울진 사랑의 완성을 위해 홀로 무서운 절의를 지켜내고 있었다. 소천(그녀의 자기)의 넋을 달랠 수만 있는 길이라면 무슨 짓인들 못하랴. 하루에도 수없이 천호만환(부르고 또 부름)을 거듭하다가 쓰러지면 그뿐, 오장육부가 갈가리 찢어지는 통한의 세월을 보내고 있는 홍랑이다.

그대로 홍랑까지 죽어지면 백옥루에서 기다리던 고죽이 홍랑인들 알아볼 수 있을까. 면산(개자추가 불에 타 죽은 산)의 개자추가 되더라도 그곳을 떠나지 않으리라는 홍랑의 영혼을 누가 달래어

줄 수 있단 말인가. 밤이면 옥문(좋은 글)의 초를 운운하던 그도
없는데, 어찌 떠나가질 못하는 것인가.

홍랑의 수묘(守墓:시묘)는 삼 년을 지나 오 년을 지나도 그냥 그
대로였다. 목하 몸부림의 7년 세월을 다시 소진하고 있었다.

어찌할거나. 어찌할거나. 홍랑까지 쓰러지면 어찌할거나. 세상
인심 야박하다지만, 이대로 홍랑까지 쓰러지고 나면 두 문사의
무덤이 파주에 있노라고 세상 사람 기억이나 할지 누가 알겠는
가. 시인 두보(杜甫)의 무덤이 여덟 군데나 있다니, 인간의 시샘
을 알만도 하지 않은가.

그 모양으로 홍랑은 9년 동안이나 고죽의 무덤을 지켰다. 사는
날까지 당신 옆에 있으리란 홍랑의 희원은 그마저 순조롭지 못했
다. 임진왜란으로 선조대왕이 서울을 비우고 의주로 몽진(임금이
난리를 피해 이주)을 떠나게 되자, 홍랑은 부득이 자리를 옮길 수
밖에 없었다. 하여, 고죽이 남겨 놓은 시고(詩稿)만을 움켜쥐고
동두천으로 길을 따라 함흥 서호진으로 피난길에 올랐다.

고죽의 시고를 짊어진 홍랑의 모습이라니, 홍랑을 함흥 쪽으로
보내고 나니 산도 인간인지라 가슴이 저민다. 나도 모르게 혀를
차며 뒷모습을 바라보노라니 애처로워지는 마음을 가눌 길 없다.
그나마 다행인 것은 홍랑이 고죽의 여러 시축을 애지중지하였기
에 임란의 병화에 타버리는 것을 면하게 되었다는 사실이다.

후일, 임란 7년 전쟁이 끝나자 홍랑은 다시금 세 번째로 도성을
찾아 파주에서 조용히 여행을 마치니 그녀의 나이 마흔이 넘어서
였다. 여름 어느 날, 자욱한 아침 안개 걷힌 눈부신 햇살을 타고

서 우리들의 홍랑은 그렇게 떠나갔다. 이에 최씨 본가의 가족이 숙의하여 고죽의 무덤 아래 홍랑을 묻고 후손이 대대로 제사하여 주었다. 그리하여 홍랑은 고죽의 무덤 아래서 영원히 잠들 수 있었던 것이다.

한 여인의 수절, 시린 홍랑의 의절(義節)에 고개를 숙이지 않을 수 없다. 오직 사랑의 승리만을 위하여 자식도, 형제도 두지 않은 홍랑이다. 물론《회은집》에 유일자(有一子)라고 하여 그들 사이에 자식이 하나 있었다고 하나 확인할 길이 없다.

홍랑의 무덤은 파주시 교하면 다율리 산 114번지의 야산으로 그다지 높지 않은 산기슭에 있다. 그곳에는 고죽의 무덤을 비롯한 최씨 문중 현관(벼슬아치)들의 무덤이 십여 기나 함께 있다. 홍랑의 무덤은 그 중에서도 가장 요지인 고죽의 무덤 바로 아래에 있다. 묘비와 석물도 여느 묘의 것과 추호도 차별이 없다.

그곳 묘역의 어귀에 커다란 신도비가 있어 그곳이 해주 최씨 일문의 종중 산임을 말해 준다. 물론 고죽 최경창은 최씨 일파의 종조(宗祖)가 되어 가문의 자랑이 되고 있다.

이들의 무덤은 본디 파주군 월롱면 영태리에 있었으나, 그곳에 미군이 주둔하게 되면서 병영 내로 편입되게 되어 부득이 30여 년 전 지금의 위치로 이장하게 된 것이다. 지금도 홍랑의 무덤은 고죽의 묘 아래에 있다. 묘역의 요지에 자좌오향(子坐午向)하여 4백 년의 세월이 흐른 지금에도 최씨 문중에서의 모심의 정도는 갈수록 더해지고 있음을 알 수 있다. 홍랑의 비문이 근래에 세워졌음을 보아도 알 수 있는 일이다.

장할사, 고죽의 15세 후손이신 최태호(崔台鎬) 문사께서 홍랑의
비문을 쓰셨다. 선생은 한때 경기 상고 교장이셨으며 아동문학가
로서 명성을 날리시던 분이시다.

그곳 묘소로부터 200여 보 떨어진 동네 입구에는 전국 국어국문
학 시가비건립동호회가 세운 홍랑의 시비가 곱게 세워져 있다.

어찌 되었거나, 홍랑과 고죽과의 애끓는 사랑 이야기는 《회은
집》, 《대동기문》, 《일사유사》, 《해동시선》, 《홍원읍지》,
《조선해어화사》 등에 전한다.

이렇듯 홍랑의 애달픈 사랑 이야기를 여기서 접는다. 그녀의 영
혼이 지금쯤 백설보다 하얗게 표백되어 있었으면 좋겠다. 문사가
굳이 천호문을 쓸 필요가 없기 때문이다.

물론 검은 것도 아름답다. 어두움도 빛만큼 소중하다. 산의 타
임머신이 4백 년 전을 유영할 수 있었던 것도 어두움이 다 감추어
놓았기에 가능했다.

후회가 된다. 조선조 중엽쯤 태어났어야 했다. 한사코 수줍어하
며, 오롯이 피어나는 생화를 도저히 볼 수가 없기 때문이다. 밤이
면 사각사각 풀먹인 옷을 벗기며 천상의 노래인 듯 눈을 감고 감
상에 젖었을 게다. 까맣게 빗질한 동백기름 냄새가 좋아서 밤을
하얗게 새웠을 게고, 촉하에 드러난 뽀얀 살결이 꿈결인 양 더듬
었을 것이고, 그 순한 눈동자 속으로 파고 들어가 나오지도 아니
했을 것이다.

요즘처럼 매사를 피곤하게 하는 한부들을 피하려고 발버둥치지
도 않았을 게 분명하다. 언뜻하면 여권을 달라고 골목길 누비는

이들과도 마주치지 않았을 게고, 거칠게 소리지르는 딸년을 윽박지르지도 않았을 게다. 또 있다. 배꼽이며 서혜부를 내놓고 경염을 벌이는 막가는 사람들도 없었을 게다. 정말이지, 아찔한 세상을 살기가 얼마나 힘이 든지 모른다.

답답할사, 이제 홍랑을 불러내 자문을 받을 일이다. 홍원 여자 산희 홍랑을 가만히 불러내 책상머리에서 이야기해야겠다. 지금이 11월 하순인데, 밖에서의 만남은 피차간에 어렵다. 따뜻한 방으로 안내해야겠다.

우선 밖으로 나가 아직도 잎이 지지 않은 버들가지 하나를 꺾어와야 한다. 다행인 것은, 얼마 전 한쪽에 가죽이 붙은 챔버린도 주워 왔다. 준비 만점이다. 이제 다시 만나면 두 번을 만나게 된다.

홍랑을 굳이 밤거리로 안내하지 않음은 그만한 이유가 있기도 한다. 저 불빛 가까이 펼쳐지는 회칠한 군상들을 보면 그녀가 놀랄 것이기 때문이다. 세뇌된 페미니스트들이 홍랑을 괴롭힐 것이고, 미니스커트 바람이 고약할 것이기 때문이기도 하다. 붉은 불빛 아래 문드러지는 룸살롱을 보여주기 싫기도 하거니와, 사이버섹스를 설명하려면 내가 먼저 지칠 것을 알기에 산의 우거로 일단 부르기로 한 것이다.

그대여, 조용히 해야 한다. 저기 홍랑이 오고 있다. 오늘은 자주색 고운 삼회장 저고리를 받쳐 입었어라. 너무도 깨끗하고 너무도 아름답다. 영혼이 저처럼 곱게 표백될 수 있는 것이라면 무엇을 두려워하랴.

"아이고, 홍소사, 오랜만이외다. 그동안 더욱 고와지셨습니다."

"고맙습니다. 여기는 어디인지요?"

"시생의 집이올시다. 귀하신 분을 누추한 곳에 모시게 되어 죄송합니다. 나무라지 마시기 바랍니다."

"방금 문사께서 자기를 시생(侍生)이라 했는지요? 지난 여름보다 더 겸손해지셨네요. 좋은 현상이라고 말하면 말이 되나요?"

"마음대로 하십시오. 우리 집의 귀한 손님이신데, 시생이면 어떻고 머슴이면 어떻습니까. 다만……."

"다만이라니요. 무슨 말을 하려고 그럽니까?"

"다만 시생을 너무 경계하지 말아 달라는 말을 하고 싶었습니다."

"그러지요. 그게 뭐가 어렵겠습니까. 다만 지난번처럼 손목이라도 만져 보자고 할까 봐 겁이 날 뿐이지요."

"그 점은 안심하셔도 되겠습니다."

그런데 이상한 일이다. 홍랑에게서 이상한 약초 냄새 같은 것이 풍긴다. 일반 향료 냄새는 분명 아니다. 연한 창출 냄새와도 같은 냄새가 온 방안을 휘감는다.

이게 선녀의 냄새일까, 천녀의 냄새일까. 홍랑의 로맨스를 줄줄이 엮어내린 문자에 대한 보상인지, 알 수가 없었다. 그렇다고 함부로 묻는 것도 프라이버시를 손상시킬 수 있는 것이기에 참아야겠다.

그동안 난해했던 부분이나 미진한 부분이 있었기에, 그 부분을 보강해 나가야 하겠다. 그런데 홍랑의 눈동자가 왜 이리 맑아 보이는지, 잘못 하다간 빨려 들어갈 것만 같다. 정신을 차려야겠다.

"우리 나라는 유사 이래 오랑캐와 왜구들에게 자주 시달려 왔는데, 무슨 묘책이라도 없을까요?"

"오랑캐들의 남진도 어쩔 수 없는 것이로되, 왜구들의 침노도 상당한 이유가 있었던 게지요."

"아, 그렇습니까?"

"신라의 나당 연합군에 패한 백제의 유민들이 일본으로 가 고급 문물을 전하기도 했지만, 망국의 비통함에 젖어 있던 그들은 대대로 '한반도는 언젠가 되찾아야 할 땅이며, 그곳에는 나쁜 무리들이 들어와 살고 있다'라고 생각한 것입니다. 그들의 주장이 알게 모르게 전 일본인에게 영향을 주었던 거라구요."

"아, 그렇군요. 어쩐지 그놈들이……."

"그러나 그렇게 낙담만 할 것은 못 됩니다. 왜냐하면, 천손(선민)에게는 그러한 고통이 축복으로 이어질 것이기 때문입니다."

"……."

"보세요. 이 민족에게는 선민의 세 가지 조건이 있어요. 첫째가 은둔성이요, 둘째가 수난성이요, 셋째가 불멸성이라는 겁니다. 그게 우리 민족의 자랑이에요."

"그렇군요. 항상 평화롭고 행복했다면 기도를 잊고, 신도 잃어버렸을 것이라는 말이 생각나네요."

"그러니 보지 않고 믿는 자가 복되다고 하더이다. 다시는 손목 잡아 보겠다고 하지 말기 바랍니다."

"속치마 끈이 풀려도 아무 소리 않겠습니다."

"물론 그리해야 할 것이외다."

 홍랑이 산의 거실을 한번 둘러보더니 신기한 모양이다. 도대체
가 이해되지 않는 물건들이 있기 때문이다. 전자제품은 모두가
생소한 것이라서 만져 보고 두들겨 보기도 한다.

 "신기하십니까. 별들 중에는 숫제 다이아몬드로 된 별이 있다고
하는데, 난 그게 더 신기하네요."

 "별들의 이야기를 듣고 싶으신 겐가요?"

 "별보다 우주에 대한 것을 알고 싶소이다."

 "그게 그것 아닌가요."

 "글쎄, 우주가 평창을 한다나 어쩐다나. 뭐, 우리 우주는 성장기
에 있다나. 그런 거 말입니다."

 "지하에 있었던 사람이 무엇을 알겠습니까."

 "시공을 초월하지 않았던가요. 지금도 그렇고……."

 "타임머신은 지금도 얼마든지 가능합니다. 저 육안의 북극성은
28년 전의 별입니다. 지금 그걸 보고 있잖아요."

 "그렇지만 공간 이동을 못 하니 하는 말입니다."

 "그건 이렇게 생각하면 되오이다. 블랙홀은 3차원이지만, 고차
원으로 축소되어 결국 1차원으로 소멸된다는 것입니다. 거울에
비친 3차원이 2차원으로 되어 있듯, 우리의 육계는 4차원의 세계
를 3차원으로 인식하고 있는 거라구요."

 "오오, 대단하십니다. 늘 놀라고 있소이다!"

 "요요(어여쁜)한 오세미(무당)보다 나은가요?"

 "낫다마다요. 이 길로 태학(太學:성균관)으로 가시어 직강하심

이 좋을 듯하오이다."

아무튼 대단하다. 아무것도 모를 것 같지만, 어떤 안제가 나왔
다 하면 척척박사이다.

우둔한 산의 호기심이 홍랑을 귀찮게 할 수도 있을 것이다. 그
러나 그것은 미망에서 벗어나고자 하는 단산의 몸부림이라고 해
두자. 창조적 상상력을 아름다움으로 표출할 수도 있는 인간이기
에 존귀한 것이 아니겠는가.

자, 그러니 극적 경험에 동참해 보자. 때로 상상력의 착오는 비
망을 가져올 수도 있겠지만, 꿈처럼 자유로운 것이 또 어디에 있
겠는가. 죽음은 또 다른 세계에서의 삶이라는 종교의 원초적 기
대에 희망을 걸어 볼 수도 있을 것이다.

이를테면, 불교 사상이 제시하는 미륵불은 석가여래께서 펴신
불법이 희미해지는 말법의 시대가 오면 이 세상에 현현할 새로운
부처님이다. 현재는 천상의 도솔천에 머물고 있어, 56억 7천만 년
뒤 용화수(龍華樹) 아래 있는 교화된 중생들을 데리고 이 땅에 오
신다는 미래의 부처님이시다. 지구의 나이가 50억 년이 넘었다고
하니 기대가 되는 일이기도 하다.

그러기에 이야기를 더 들어야 한다. 히어로인지 히로뽕인지, 얼
토당토 않은 구름 잡는 이야기를 마구 지껄여도 홍랑이 옆에서
도와만 주면 소득은 짭짤할 수밖에 없다.

다시 홍랑에게 구원을 요청해야겠다. 카오스(혼돈 또는 혼돈의
질서) 이론의 옹호론자들은 20세기 과학은 상대성 원리, 양자 역
학, 카오스 이론으로 기록될 것이라고 힘주어 말한다. 단산도 그

런 미궁으로 빠져들기를 자초해 본다.

"이제 인간 세상의 잡다한 것이 거의 밝혀지고 있으니, 우주의 형태랄까 신비에 대해서도 들려주시면 고맙겠소이다."

"그것도 많이 밝혀 놓았더군요. 폭발(빅뱅)이나 평창(생성), 소멸(블랙홀) 등 상당한 진척이 있더라구요. 그러나 정확한 우주의 형태를 밝히지 못했습니다."

"지금 돈자(돼지 아들)가 그걸 알고 싶은 거라구요. 들려주시기를 앙청하나이다."

"이 우주는 유무의 병렬과 교차로 되어 있습니다. 더 구체적으로 말하면 유무의 굴 속이……."

"그 굴 속이란 말을 터널이라고 하십시다. 산희께서는 외국어에 대한 이질감이 있을 것이오나, 우리말의 궁핍이기도 한 것이니 꼬부랑말로 터널이라고 해둡시다."

"그럴까요. 우주란 유무의 터널이 서로 크고 작게 교차하면서 평창 축소를 하게 되는 미로와도 같은 것이랍니다. 알아듣기가 힘이 드나요?"

"알 것도 같고……."

"모를 것도 같은가요?"

"그러네요. 그런데, 그런데 말입니다. 천구의 오성(五星)이 우리 나라 위에서 빛나는 직렬 취합이 1950년대에 이루어졌다고 말하는 사람이 있더라구요. 맞는 말인지요?"

"그게 그렇게 되었다면 대단한 사건이요, 한민족의 영광이 될 것입니다. 그러나 그게 그렇게 된 것인지, 되었다면 그때가 언제

인지는 따로 알아보아야 하겠습니다. 다만, 용화수(龍華樹)와 신단수(神壇樹) 또는 감람수(橄欖樹)가 같은 의미를 지닌 나무라는 것을 분명히 밝혀 두겠습니다."

"고맙습니다."

본시 오성이란 수 화 금 목 토 오행의 기원을 말하는 것으로, 우리 태양계의 수성·화성·금성·목성·토성을 말한다.

지금까지 홍랑과 엉뚱한 이야기를 나누고 있는 것도 다 뜻이 있었기 때문이다. 단산의 충정도 대단한 것이어서, 국익에 도움을 주고자 변죽을 울리고 있는 것이다. 그것을 알 수 없는 그대의 짜증을 해소하기 위해 결론을 내려야 할 것 같다.

"여사님, 요즘 이 나라가 상당한 곤경에 처해 있음을 아실 것입니다. 통일의 문제가 풀리지 않고 있고, 아이 엠 에프니 뭐니 해서 나라 살림이 거덜이 나기도 했습니다. 좋은 처방이 있을까요?"

"처방요?"

"네!"

"그동안 내가  줄곧 서울 근교에 있었기에 그간의 사정을 조금은 알고 있습니다. 방법이 전혀 없는 것은 아니오이다."

"밤참을 맛있게 대접할 터이니 일러주시기 바랍니다, 여부인."

"저 한양성 푸른 집의 뒷산이 뭐라더라?"

"북악산입니다."

"맞아요. 푸른 집의 뒤 북악산 기슭을 소달구지가 아닌 쇠로 만든 쇠달구지가 부단히 왔다갔다하며 정기를 끊고 있나이다. 그게 백두대간에서 한반도의 심장으로 이어진 정기인데, 마지막 집터의 경계에서 산통이 벌어진 것이올시다. 알아듣겠어요?"

"그렇군요. 어쩐지……."

아아, 그렇구나. 그걸 모르고서 그곳에서 너나 나나 쇠달구지 타고 다니며 희희낙락하였어라. 그러나 한 가지 방도는 있다. 목마(木馬)라는 푸른 글씨 녹색 비표를 통로의 양쪽에서 필히 지급 회수하란다.

큰 수확이다. 정말 큰 수확이다. 더 이상의 욕심은 금물이다.

이제는 일단 홍랑을 그녀의 처소로 고이 보내드려야겠다. 더 이상 괴롭힘을 주었다가는 그대가 용서하지 않을 것 같다. 또 능청을 부리면 그대가 쇠좆매(황소의 생식기로 만든 매)로 등을 내려칠 것 같아 이쯤해서 시나위를 접으련다. 다행인 것은, 홍랑과의 약속이 한번 더 남아 있다는 것이다. 이제 두 번의 만남을 여기서 접고, 훗날 나라의 다급한 사정이 있을 때 또 부르리라.

문자가 그간 백옥(白屋:초가집)을 떠나 백옥루(白玉樓:문인들이 죽어 모이는 누대)로 가서 고죽 최경창과 산희 홍랑을 만나고자 몸부림쳤던 고통의 밤을 그대는 아실는지, 그대의 성원과 후원과 지원을 기다려야겠다.

2000년 11월 27일 오후 6시 반, 서쪽 강화도 위에 높이 뜬 금성이 밝게 빛나고 있다. 서방은 지금 밝아지고 있다는 암시이다. 우리들의 홍랑이 오운거를 타고서 서역으로 날아간다.

전생에 그 무슨 비련이 있었기로, 이승이 기구하여 먼저 떠난 임이여, 후생에 기약 없이 언제 다시 만나랴! 홍랑의 애처로운 노래가 아직도 뇌리에 생생하다.

# 역대 무명씨들의 작품

연정을 노래한 역대 작가 미상의 작품들을 여기 옮긴다.
　천천만야 규원이 되어버린 무명씨들의 홍루를 그냥 지나쳐 갈
수 없음이다.


오늘도 좋은 날이요 이곳도 좋은 곳이
좋은 날 좋은 곳에 좋은 사람 만나서
좋은 술 좋은 안주에 좋이 높이 좋아라.


비는 온다마는 임은 어이 못 오는고
물은 간다마는 나는 어이 못 가는가
오거나 말거나 하면 이대도록 설우랴.


어리거든 어리거나 미치거든 미치거나
어린 듯 미친 듯 아는 듯 모르는 듯
이런가 저런가 하니 어찌할 줄 몰라라.


바람 불으소서 비 올 바람 불으소서
가랑비는 그치고 굵은 비만 나리소서

한길이 바다 되어 임 못 가게 하소라.
가다가 올지라도 오다가 가지는 마소서
미워하다 사랑해도 사랑하다 미워 마소서
미우나 고우나 간에 걱정 없게 하소서.

거울에 비친 얼굴 내 보기에도 좋은데
하물며 단장하고 임에게 보일 적이랴
이 단장 임이 못 보니 이를 슬퍼하노라.

누운들 잠이 오며 기다린들 임이 오랴
이내 누운들 무슨 잠이 금시 오리
차라리 앉은 곳에서 긴 밤을 세오리라.

동창에 돋았던 달이 서창으로 기울도록
못 오실 임이련만 잠은 어이 가져간고
잠조차 가져간 임이니 밤새워 무엇하리요.

먼데 개 자주 짖어 몇 사람 지났는고
오지 못할 것이면 오만 말이나 말지나
오마코 아니 오는 심사를 몰라 하노라.

사랑이 어떻드뇨 둥글더냐 넓더냐
길더냐 짧더냐 발로 자로 재것드냐
하그리 긴 줄은 모르되 끝간 데를 몰라라.

설월이 만정한데 바람아 불지 마라
예리성 아닌 줄을 확연히 알건마는
그립고 아쉬운 마음에 행여 건가 하노라.


꽃 보고 춤추는 나비 나비 보고 웃는 꽃
저 둘의 사랑은 늘상 오가고 하건마는
어찌타 우리의 사랑은 가고 아니 오는가.


창 밖이 어른거리거늘 뛰어나가 보아하니
임은 아니 오고 달빛에 지나는 구름이어라
차라리 밤이기망정이지 남 웃길 뻔하였네라.


달 밝고 바람 차서 잠 없는 이 밤에
밤하늘 가르며 울어대는 저 기럭아
짝 잃고 우는 정이야 너와 내가 다르랴.


이 몸이 스러져서 접동새 넋이 되어
임 계신 창 밖에서 구슬피 울어대
날 잊고 깊이 든 잠을 깨워 볼까 하여라.


사람이 사람을 그려 사람이 죽게 되니
사람이 사람이면 설마 사람 죽게 하랴
사람아 사람을 살려 사람이 살게 하라.

해 지면 장탄식에 촉백성 단장회라
일시나 잊자니 궂은비는 무슨 일고
이제껏 탄 간장에 봄눈 스미듯 하여라.


사람이 죽어지면 어디메로 보내는고
저승도 이승같이 임에게로 보내는가
진실로 그러할 것이면 이제 죽어 가리라.


간밤에 문을 건든 바람이 날 속였어라
문풍지 소리에 임이신가 반긴 내도 잘못이다
임께서 보았더라면 얼굴 들지 못했겠네라.


가더니 잊은 양 꿈에서도 아니 뵌다
설마하니 임께서 그 사이에 잊었으랴
내 생각 아쉬운 까닭에 임의 탓을 삼노라.


까마귀 칠하여 검으며 해오리 늙어 희랴
나면서부터 검고 흰 것은 예부터이련만
어찌해 임은 날더러 검다 희다 하시는고.


이리 헤고 저리 헤나 속절없는 세월이다
팔자 사나운 이 몸이 살고 싶어 살았는가
지금껏 살아 있음은 임을 보려 함이어라.

죽어 잊어야 하랴 살아 그리워해야 하랴
죽어 잊기도 어렵고 살아 그리기도 어려워라
임이여 한마디만 하소라 사생 결단하리라.


이리하여 날 속이고 저리하여 속이시니
원수 같은 임이라서 잊을 법도 하다마는
전날의 언약 중해 못 잊어서 그리노라.


새벽 지샌 달에 외기러기 울며 가니
반가운 임의 소식 행여 올까 여겼더니
창망한 구름 밖에서 빈소리만 들리누나.


옛적에 그러하듯 그 얼굴 그대로겠지
수심이 실이 되어 올올이 맺혀 있어
아무리 풀려 하되 끝간 데를 몰라라.


흐물흐물 사랑해도 내내 쫓아다닐거나
까닭을 알 수 없어 벗님에게 물어볼까
풀솜을 고르듯이 버무려서 놀아 봅세.


꽂은 달빛에 젖고 빚은 술 다 익었겠다
거문고 가진 임이 달과 함께 온다 하니
아희야 처마에 달 오른다 뉘 오시나 보아라.

시비에 개 짖어도 거친 길에 올 이 없다
듣나니 물소리요 보이나니 사슴 노루로다
속세를 얼마나 지났는지 나는 몰라 하노라.


달 뜨자 배 떠나니 가시면 언제 오리
만경 창파에 가시는 듯 돌아오소서
한밤중 지국총 소리에 애끓는 듯하여라.


닭아 일찍 운다고 자랑하지 말아라
밤중 진관에 이른 맹상군 아니로다
임께서 오신 밤이니 아니 욺이 어떠리.


바람에 쓰러진 나무 비 온다 살아나며
상사로 생긴 병이 약 먹는다 나을소냐
저 임아 너로 생긴 병이니 고치어 내소라.


녹음방초 우거진 골 우짖는 꾀꼬리야
네 소리 어여뻐 임의 노랫소리 같구나
진실로 우리 임과 겨누어 봄이 어떠하랴.


우리 둘이 후생에 서로 바꿔 태어나서
애타는 심정으로 너도 나 되어 그려 보렴
생전에 내 설운 줄을 너도 알까 하여라.

기러기 산채로 잡아 정들이고 길들여서
임의 집 가는 길을 역력히 가르쳐 주어
한밤중 임 생각 날 제면 소식 전케 하리라.


언약이 늦어지니 뜰에 매화 다 지겠다
아침에 우는 까치라 유신타 하오리니
거울에 어린 눈썹을 이제 다스려 보리라.


등잔불 그므러 갈 제 창 넘어 드는 임과
새벽이 다가와도 다시 안고 눕는 임을
백골이 진토가 된들 잊을 줄이 있으랴.


내 가슴 흐르는 피로 임의 얼굴 그려서
내 자는 방안에다가 족자 삼아 걸어 두고
살뜰히 임 그리울 제면 두고두고 보리라.


가라지 짝을 잃고 네 홀로 날 따르니
네 짝을 찾을 시면 나는 임을 보련마는
짝 잃고 그리는 정은 너와 내가 다르랴.


양지 곁 따스한 볕을 임에게 비추고자
봄미나리 살찐 맛을 임에게 드리고자
임이야 없으랴만 못 잊어 하는 병이로다.

내 보기 좋다고 임을 매양 보기만 하랴
열흘 두 닷새에 아흐레를 또 보고지고
그 달이 큰 달이면 또 이틀을 더 보리라.


눈물이 진주라면 구슬로 꿰어 두었다가
설운 임이 오시면 구슬성에 가두련만
흔적이 이내 없어지니 이를 슬퍼하노라.


바람도 쉬어 넘고 구름도 쉬어 넘는 고개
산지니 수지니 보라매도 쉬어 넘는 고개
임께서 재 너머 계시오면 단번에 넘으리라.


부채 보낸 임의 뜻을 곰곰이 생각하니
가슴에 붙는 불을 끄라고 보냈도다
눈물도 못 끄는 불을 부채가 어이 끄리요.


사랑 쌓여 불이 되어 가슴에서 피어나고
간장 썩어 물이 되어 눈에서 솟아난다
한몸에 불과 물이 침노하니 살동말동 하여라.


사랑사랑 긴긴 사랑 개천같이 긴긴 사랑
구만리 창공으로 쭉 뻗고도 남는 사랑
아마도 우리 임의 사랑도 끝간 데가 없어라.

사랑을 쓸어모아 말로 담아 섬에 넣어
힘센 말 허리춤에 야무지게 추겨 실어
채찍을 휘두르며 임의 집으로 보내리라.


한숨은 바람이 되고 눈물은 비가 되어
임 자는 창 밖에 비바람으로 뿌리고자
날 잊고 깊이 잠든 임을 깨워 볼까 하나니.


시비에 개 짖거늘 임 오시나 반겼더니
임은 아니 오고 오동잎 떨어짐이로다
저 개야 추풍낙엽을 짖어 어찌하려 하느냐.


얼씨구 넝쿨이여 절씨구 박넝쿨이여
어인 넝쿨이관대 남의 담을 넘는다
아무도 모를 제 내 손 잡으려 하는고야.


우뢰같이 무선 임을 번개같이 번쩍 만나
비같이 오락가락하다가 구름같이 헤어지니
가슴에 바람 같은 한숨이 안개같이 피더라.


편지야 너 오는데 임께선 못 오느냐
장안 넓은 길에 오고가기 너뿐이던가
이후론 너가 올 제 임과 함께 오려무나.

하늘에 다녀온 이 내 아니 누구더냐
팔만 상공들을 모두 다 만나 보았지만
어른님같이 고운 이는 하늘에도 없더라.


한 자 쓰고 눈물이요 두 자 쓰고 한숨이라
자자 행간이 온통 수묵산수 되었어라
저 임아 울며 쓴 편지오니 알고나 보옵소서.

# 홍원 명기 홍랑

초판 인쇄 · 2001년 6월 5일
초판 발행 · 2001년 6월 15일

지은 이 · 문정배
펴낸 이 · 임종대
펴낸 곳 · 미래문화사

등록 번호 · 제3-44호
등록 일자 · 1976년 10월 19일
주소 · 서울시 용산구 효창동 5-421호 ㉾140-120
전화 · 715-4507, 713-6647
팩스 · 713-4805

E-mail · miraebooks@com.ne.kr
mirae715@hanmail.net
ISBN 89-7299-200-3 03810
ⓒ2001, 미래문화사

정가 · 8,000원